Samstag, 03. Oktober

Un caffè al banco

Ratlos starrte Marco Pellegrini auf die digitale Anzeige, den Siebträger mit dem frisch gemahlenen Espressopulver noch in der Hand. Den ganzen Morgen hatte die nagelneue Kaffeemaschine in der *Bar della Funicolare* ihren Dienst getan, Druck, Temperatur, alles war in bester Ordnung gewesen. Jetzt blinkte ihm ein rotes Licht auf dem digitalen Display entgegen, und er hatte keine Ahnung, was es bedeutete.

Pellegrini hakte den Siebträger ein und drückte auf den Knopf, der normalerweise dafür sorgte, dass ein frischer *caffè* in die Tasse gluckerte. Nichts passierte.

»Technik, die begeistert«, rief Pellegrini laut und verschränkte die Finger ineinander, um sich davon abzuhalten, dem störrischen Gerät einen Schlag zu verpassen. Zum Glück befand sich im Moment außer ihm nur die friedlich schlafende Emma in der Bar. Den *caffè* hatte Pellegrini für sich selbst machen wollen, es wäre erst der zweite an diesem Morgen.

Er drückte nacheinander alle Knöpfe. Die Digitalanzeige erlosch für ein oder zwei Sekunden vollständig, dann blinkte alles wieder auf, einschließlich dem roten Licht. Seufzend verschränkte Pellegrini die Arme und lehnte sich gegen die Anrichte. Da befand er sich an einem seiner Lieblingsorte, die herbstliche Sonne schien warm durch die bodentiefen Fenster, und aus dem Radio säuselte Jovanottis *Mi fido di te*. Aber ohne eine Tasse starken schwarzen *caffè* wollte die übliche Wohlfühlatmosphäre nicht recht aufkommen.

Und zu allem Übel erwachte Emma und fing an zu wimmern. Mit einem Seitenblick auf die Wanduhr über dem Spirituosenregal trat Pellegrini an den Stuhl mit der Babyschale und hob die Kleine hoch. Sie verstummte, doch das würde nicht lange so bleiben. Sicher hatte sie Hunger, wie immer um diese Uhrzeit.

Die Tür zur Bar wurde geöffnet. Ein herbstlicher Wind wehte herein. Die Sonne draußen täuschte, die Tage wurden bereits kühler.

»Buongiorno!«, tönte ein tiefer Bass fröhlich in den Raum. Draußen in der Ferne heulten Polizeisirenen, untermalt von dem herannahenden Geknatter eines Hubschraubers.

Pellegrini versicherte sich, dass Emma fest in seiner rechten Armbeuge lag und schaltete mit der linken den Babymilch-Zubereiter ein. Dann erst wandte er sich mit einem strahlenden Lächeln seinem Gast zu. »Don Amissah, Sie schickt der Himmel.«

Der Pfarrer von Brunate faltete die Hände vor die Brust. »Was ist passiert? Ist es so schlimm um die Menschheit bestellt, dass sich jetzt sogar die Ungläubigen an Gott, den Herrn, wenden?«

»Schlimmer!« Pellegrini lachte. Auch wenn sie in Glaubensfragen nicht einer Meinung waren, verstanden sie sich prächtig. »Die Espressomaschine will ihrer Pflicht nicht nachkommen.«

»Das ist in der Tat kritisch. Ich kann es gerne mit einem Gebet versuchen, aber meiner Erfahrung nach gelangt die göttliche Intervention bei technischen Geräten an ihre Grenzen.«

Ein Signalton piepte unschön.

»Da haben Sie es.« Pellegrini nahm das Milchfläschchen aus der Maschine. »Wenn es wirklich darauf ankommt, ist mit Gott nicht zu rechnen.«

Emma wusste, was nun bevorstand. Sie räkelte sich in seinem Arm und gluckste.

Don Amissah widersprach nicht. Manchmal fragte sich Pellegrini, ob der Pfarrer eigentlich selbst noch glaubte oder angesichts der Entwicklungen auf dieser Welt längst haderte. Der gebürtige Nigerianer gab sich in seinen religiösen Überzeugungen ohnehin eher pragmatisch, stets den Menschen in seiner Gemeinde zugewandt und weniger himmlischen Idealen. Er kritisierte die katholische Kirche offen, vor allem, was deren Missionsbemühungen auf seinem Heimatkontinent oder die Haltung zum Umgang mit afrikanischen Flüchtlingen anging – besser gesagt, ihr lautes Schweigen in diesem Punkt –, und hörte auch nicht damit auf, nachdem er sich vor Kurzem erst einen offiziellen Verweis aus dem Vatikan eingefangen hatte. Dafür hatte er Pellegrinis uneingeschränkte Bewunderung und Solidarität, und dem tat seine agnostische Haltung keinen Abbruch.

Don Amissah setzte sich auf einen Barhocker an den marmornen Tresen und beobachtete interessiert, wie Pellegrini sich gegen die Anrichte lehnte und Emma die Flasche anbot. Das Baby öffnete den Mund, schien sich nicht recht entscheiden zu können, ob es losplärren oder lieber trinken wollte. Vorsichtig stupste Pellegrini ihm mit dem Sauger an die Lippen. Und zu seiner Erleichterung schmatzte Emma ein paarmal und trank schließlich. Das rote Licht auf dem Display der Siebträgermaschine blinkte noch immer.

»Sie ist eine ganz Ruhige, oder? Steht Ihnen übrigens gut«, meinte der Pfarrer.

»*Grazie.* Und ja, tagsüber ist sie pflegeleicht, aber lassen Sie sich nicht täuschen. Sehen Sie meine Augenringe?«

»Ja, Sie wirken ein wenig müde.«

»Kennen Sie den Film *Die Gremlins*? Schon älter, von Anfang der Achtziger.«

»Ich bitte Sie, da war ich gerade mal geboren. Meine Eltern hatten keinen Fernseher, und das nächste Kino war kilometerweit weg.« Don Amissah wedelte abwehrend mit der Hand.

»Diese Gremlins sind niedliche Wesen, solange sie nicht nach Mitternacht gefüttert werden. Dann verwandeln sie sich in Monster.«

»Sie meinen, Ihr Baby ist so ein Gremlin?«

»Schauen Sie Emma an, sie ist äußerst niedlich. Nachts habe ich es hingegen mit einem kleinen Dämon zu tun. Sie holt mich alle zwei Stunden aus dem Bett.«

»Da sehen Sie mal, was Mütter leisten. Wie geht es denn Signora Segnieri?«

Pellegrini antwortete zunächst nicht und war sich sicher, dass sein Gegenüber klug genug war, seine eigenen Schlüsse zu ziehen. Dann überwand er sich. Nicht über seine Probleme oder Gefühle zu sprechen, hatte ihn in der Vergangenheit nicht weitergebracht, und er hatte sich geschworen, daraus zu lernen. Wem könnte er sich anvertrauen, wenn nicht diesem zugewandten Pfarrer?

»Schlecht, Don Amissah. Sehr schlecht. Sie ist gut untergebracht und nimmt die Therapieangebote an, aber noch helfen sie nicht. Der zuständige Neurologe sucht nach einem Antidepressivum, das bei ihr anschlägt.« Er stockte. »Sie will mich nicht sehen.« Und ihre Tochter auch nicht.

»Das tut mir leid. Aber das wird sich wieder ändern, da bin ich mir sicher. Geben Sie ihr Zeit.«

»Ich würde Franca mehr als nur Zeit geben, Don Amissah.«

Der Pfarrer nickte lächelnd.

Emma nuckelte die halbe Flasche leer und hatte dann genug. Pellegrini legte ein Tuch über die Schulter, lehnte das Baby dagegen und klopfte ihm sanft auf den Rücken.

Don Amissah schmunzelte. »Ich erinnere mich gut daran, dass ich bei meinen ersten Taufen immer Panik hatte, das Baby fallen zu lassen. Ich stelle mich bis heute manchmal unbeholfen an, diese ganz kleinen Menschen sind nichts für mich. Sie dagegen gehen mit Emma um, als hätten Sie jahrelange Erfahrung.«

»Ich hatte nach der Geburt keine vierundzwanzig Stunden Zeit, mich an diese Rolle zu gewöhnen, und das war gestern vor genau sechs Wochen. Meine Schwester hat mir geholfen, und meine Mutter natürlich auch.«

Und der Gynäkologe, das Pflegepersonal im Krankenhaus, eine Hebamme. An helfenden Händen hatte es wahrlich nicht gemangelt. Manchmal waren es Pellegrini sogar zu viele Hände gewesen. Aber zumindest konnte er sicher sein, dass seine Familie das Baby, gesund und munter, wie es war, bestens versorgte. Er selbst hätte sich lieber um Franca gekümmert – wenn sie es denn zugelassen hätte. Das letzte Schwangerschaftsdrittel war für sie katastrophal verlaufen. Sie entwickelte im siebten Monat Unverträglichkeiten und Übelkeit, was gar nicht einmal so unüblich war, wie sie beide lernen mussten. Zwischendurch nahm sie sogar ab, was dann endlich ihre Ärztin auf den Plan rief. Die letzten zwei Wochen verbrachte sie im Ospedale Sant'Anna, bis Emma per Kaiserschnitt zur Welt kam. Drei Tage lang war Franca danach zwar bei Bewusstsein, jedoch kaum ansprechbar, wollte ihr Kind nicht sehen und stieß das Neugeborene weg, als eine wohlmeinende Krankenschwester versuchte, es ihr auf die Brust zu legen. Danach, als sie auf der Geburtsstation nichts mehr für sie tun konnten, begab Franca sich freiwillig in eine psychosomatische Einrichtung. In den ersten Tagen hatten sie alle noch vergeblich versucht, Franca davon zu überzeugen, das Baby mit in die Klinik zu nehmen. Doch was zunächst noch als Babyblues wegerklärt und auf die Hormonumstellung des Körpers geschoben wurde, stellte sich allzu bald als schwere postpartale Depression heraus. Etwas, das ebenfalls häufiger vorkam, als die Allgemeinheit glaubte, lernte Pellegrini, doch was nutzte das? Eine Besserung war nicht in Sicht. Er, Franca, seine Familie, sie alle mussten Geduld haben, so schwer es ihnen fiel.

Die Siebträgermaschine zischte, und die beiden Männer zuckten zusammen. Dann schoss plötzlich Wasser aus allen Düsen, inklusive der mit dem Siebträger, den Pellegrini zuvor eingehängt hatte. Die Flüssigkeit in der Tasse sah allerdings nicht nach einem guten *caffè* aus, sondern eher wie schäumendes Spülwasser. Das rote Licht auf dem Display erlosch endlich.

Pellegrini entwand Emma seinen Finger und nahm das Tuch von der Schulter. »Das scheint ein Reinigungsprogramm gewesen zu sein. Vielleicht kann ich Ihnen jetzt Ihren Cappuccino zubereiten, Don Amissah.«

»Versuchen Sie Ihr Glück. Und ein *cornetto con albiocca* dazu, bitte.«

»Das bekommen Sie auf jeden Fall.«

I

Kurz darauf verabschiedete der Pfarrer sich. Inzwischen hatte sich die *Bar della Funicolare* wieder gefüllt. Pellegrini bediente sowohl Einheimische, die den Samstag nutzten, um mit der Standseilbahn nach Como zu fahren und einen ausgedehnten Einkaufsbummel durch die engen Gassen zu machen, als auch die wenigen letzten Touristinnen und Touristen der Saison, die einen Tagesausflug nach Brunate unternahmen, um sich den Volta-Leuchtturm anzusehen oder die Aussicht auf die Bucht zu genießen. Den Herbst als Reisezeit für diejenigen zu vermarkten, die es gemütlich mochten und die düstere Atmosphäre von Nebel und nach feuchter Erde duftenden Wäldern schätzten, lockte neuerdings immer mehr Gäste bis weit in den Oktober an den See, sodass die Saison beständig länger wurde.

Pellegrini hatte gut zu tun, wofür er dankbar war, lenkte es ihn doch von seinen Grübeleien ab. Dass er Franca nicht helfen konnte, außer indem er für ihre Tochter da war, machte ihm weit mehr zu schaffen, als er vor Don Amissah zugegeben hatte. Der Pfarrer vermutete es sicher ohnehin, schließlich hatte er auch ständig mit Marta Pellegrini zu tun.

Nach drei Stunden, gerade als der mittägliche Ansturm einsetzte, blinkte das Display der Espressomaschine wieder rot. Stumm verwünschte Pellegrini das Gerät und erklärte der kaffeedurstigen Kundschaft, er könne allenfalls mit dem Wasserkocher einen Instantkaffee zubereiten. Dabei schwenkte er ein Schraubglas mit seit Jahren abgelaufenem

Nescafé, das er zu seiner eigenen Überraschung unter dem Spülbecken gefunden hatte. Immerhin nahmen die Gäste es mit Humor und bestellten Crodino, Orangina oder einen frühen Aperol Spritz.

Pellegrini überlegte gerade, ob er wegen der Maschine jemanden aus seiner Familie anrufen sollte, als Marta Pellegrini in die Bar rauschte und erst auf ihren Sohn zuhielt, dann jedoch die Babyschale erblickte und zu Emma abbog. Prüfend beugte sie sich über ihr schlafendes Enkelkind. »Alles in Ordnung, Marco?«

»Nein, nichts ist in Ordnung. Schau dir das an, die Maschine blinkt jetzt schon wieder seit zehn Minuten.«

»Ich meinte, mit dem Baby.« Sie schaute auf das Display. »Das ist das Reinigungsprogramm. Warum lässt du das jetzt laufen, mitten am Tag?« Routiniert ließ sie den Blick über die Anwesenden schweifen, die an den Bistrotischen saßen, sich unterhielten, mit ihren Telefonen herumspielten, vor sich ausgebreitete Wanderkarten studierten – oder auch alles gleichzeitig. Da niemand über die fehlenden Heißgetränke unglücklich wirkte, gab sie sich zunächst zufrieden.

»Ich habe das nicht angestellt, Mamma. Das läuft heute schon zum zweiten Mal automatisch ab.«

»Dann musst du es abstellen, ist doch ganz logisch.«

»Ich? Ich bin Commissario und Teilzeit-Barista, kein Programmierer. Wer hat das denn so eingerichtet?«

Seine Mutter zog eine Schublade auf und nahm ein dickes Taschenbuch mit dem Foto einer raffinierten Latte Art auf dem Cover heraus. »Das ist die Bedienungsanleitung. Da steht es sicher drin.«

Er schüttelte schweigend den Kopf.

Marta Pellegrini stemmte die Fäuste in die Seiten. »Ich habe auch nicht darum gebeten, dass die alte Maschine irreparabel ihren Geist aufgibt. Wenn du hier im Betrieb mit anpackst, kannst du dir nicht nur die Rosinen herauspicken.«

»Wie bitte?«

»Du hast mich schon verstanden.«

Pellegrini hatte Mühe, leise zu sprechen. »Nein, ganz und gar nicht. Was heißt denn hier: *im Betrieb mit anpacken*? Ich habe mich angeboten, spontan einzuspringen, weil Valentina heute morgen abgesagt hat.« Außerdem war er müde, die kurzen Nächte forderten ihr Tribut.

Marta Pellegrini holte Luft. In dem Moment beendete die Maschine ihre Reinigung. Emma begann zu greinen. Gleichzeitig betrat ein rothaariger Mann mit breiten Schultern die Bar und schaute sich suchend um. Er erblickte Pellegrini und winkte ihm lächelnd zu.

»Sicherlich musst du die Windeln wechseln.« Seine Mutter beugte sich schnüffelnd über die Babyschale.

Pellegrini schüttelte wütend den Kopf. Natürlich wusste sie wieder alles besser. Er hatte Emma gerade erst frisch gewickelt, bevor sie gekommen war.

»*Salve*, Tonio!«, wandte er sich demonstrativ an den Neuankömmling. »Was führt dich in meine heiligen Hallen? Hoffentlich nichts Dienstliches?«

Commissario Antonio Gruber zuckte unbestimmt mit den Schultern. Pellegrini nickte ihm zu, zog sich eine Kapuzenjacke über und drängte sich an seiner Mutter vorbei.

»Kannst du hier für ein paar Minuten die Stellung halten? Emma braucht nur ein wenig frische Luft.« Er hob das Baby auf, was dieses überrascht verstummen ließ, und fischte eine Mütze aus der Jackentasche.

»Das ist doch viel zu kalt! Zieh ihr wenigstens eine Mütze auf!«

»Liebe Gäste, die Espressomaschine ist jetzt wieder einsatzbereit«, rief Pellegrini im Hinausgehen.

Ein Chor erfreuter Stimmen antwortete ihm, einige standen sofort auf, um etwas zu bestellen. Die Verwünschungen, die seine Mutter hinter seinem Rücken vor sich hin murmelte, würde sie sicherlich beichten müssen. Gruber hielt ihm die Tür auf und schaute neugierig zu, wie Pellegrini Emma gekonnt die Mütze aufsetzte und seine Jacke halb über sie beide schloss.

»Dich schickt der Himmel, sonst wäre da hinter der Theke gleich ein Verbrechen passiert. Komm, lass uns ein paar Meter gehen.«

»Ist das deine Mutter?«

»Wie sie leibt und lebt. Lass dich von ihrer zierlichen Gestalt nicht täuschen. Sie ist Sizilianerin, und es gibt Tage, da legt sie es darauf an, sämtlichen Klischees der süditalienischen Matriarchin zu entsprechen. Und was das Kind anbelangt, weiß sie als Frau, zweifache Mutter und Großmutter natürlich alles besser.« Er tätschelte Emma den Rücken. Die schien jedenfalls der Ansicht zu sein, dass er seine Sache gut genug machte. Zufrieden steckte sie zwei Finger in den Mund und schloss die Augen.

Gruber warf ihm einen amüsierten Seitenblick zu. »Steht dir gut.«

»Das habe ich heute schon mal gehört.«

»Es stimmt ja auch. Schön, mitanzusehen, aber ein bisschen Sorgen macht mir das schon, dass du so in der Vaterrolle aufzugehen scheinst. Am Ende denkst du noch darüber nach, vorläufig nicht zu uns zurückzukommen. Ich könnte es dir nicht verdenken.«

Reumütig grinste Pellegrini. »Du musst mir glauben, dass das so nicht geplant war. Da werben Claudia und ich dich als neuen Kollegen für Como an, und kaum hast du angefangen, machen wir uns aus dem Staub. Glaub mir, an dir liegt es nicht.«

»Das will ich doch hoffen!« Obwohl Gruber kurz auflachte, wirkte er verkrampft und wurde mit einem Schlag wieder ernst. Nachdenklich lehnte er sich auf die Brüstung des Aussichtspunkts, den sie inzwischen erreicht hatten, und schaute hinab auf den See, der, umgeben von grünen Hügeln, unter ihnen lag.

Commissario Antonio Gruber stammte ursprünglich aus Brixen in Südtirol und hatte sich Anfang des Jahres auf die Nachfolge von Ispettore Fabio Cunego beworben. Pellegrinis ehemaligem Mitarbeiter war schon vor einiger Zeit nahegelegt worden, sich eine andere Dienststelle zu suchen, nachdem er mit Ispettrice Claudia Spagnoli ein übles Spiel getrieben hatte. Im Mai nahmen Pellegrini und sie am Kongress der Vereinigung *Hominis et Tigris* in Bergamo teil und hatten Gruber dort zufällig kennengelernt. Als Pellegrini vor Ort unfreiwillig eine Mordermittlung übernehmen musste, da der zuständige Commissario aus Bergamo zum Kreise der Verdächtigen zählte, rekrutierte er den Kollegen in spe kurzerhand. Die Zusammenarbeit funktionierte so tadellos, dass Grubers Anstellung in Como danach nur noch Formsache war. Statt zu dritt zusammenzuarbeiten, verabschiedete sich Spagnoli aber noch vor Grubers Antritt zu einer Europareise mit ihrer sterbenskranken Mutter und ihrem Bruder Gianluca. Und auch Pellegrini war an Grubers erstem Arbeitstag bereits unverhofft im Vaterschaftsurlaub. Er hatte sich um den Geburtstermin ohnehin freinehmen wollen, aber dann war aus den paar Tagen ein längerer Zeitraum geworden.

Eine Weile standen der Südtiroler und er nun stumm nebeneinander und betrachteten die Aussicht, von der Pellegrini, da war er sich sicher, niemals genug bekommen würde. Der See war unruhig, Wind türmte das Wasser zu schaumigen Wellen auf. Wolken trieben über den Himmel, warfen dunklere Schatten auf die in der Sonne glänzende Oberfläche. Ein Motorboot verließ den Hafen von Como und pflügte auf seinem Weg Richtung Norden eine weiße Schneise durch den See.

»Kennst du das?«, fragte Gruber unvermittelt. »Diese Momente, in denen du dich fragst, ob das, was du machst, irgendeinen Sinn hat? Ob du mit deiner Arbeit überhaupt etwas ausrichten kannst?«

»Natürlich. Aber irgendjemand muss es ja tun. Für die Opfer, für die Gesellschaft, gerade, wenn es um Gewaltverbrechen geht. Mir hilft es dann, mich daran zu erinnern, dass ich die Arbeit ganz gut mache. Hast du einen schwierigen Fall?« Pellegrini wunderte sich ein wenig. Zwar hatte er sich von Questore Ruscon offiziell auf unbestimmte Zeit beurlauben lassen, dennoch hätte er eigentlich erwartet, von einem unnatürlichen Todesfall, gar einem Mord in Como als einer der Ersten zu erfahren.

Gruber wandte der Aussicht den Rücken zu und lehnte sich gegen das Geländer. Als er die Arme verschränkte, wirkten seine Schultern noch massiger. Nicht zum ersten Mal dachte Pellegrini, dass sein Kollege mit dem roten Bürstenhaarschnitt jederzeit einen Job als Türsteher oder Bodyguard bekommen könnte. Dagegen fühlte er, eine Handbreit kleiner, aber aufgrund seines jahrelangen Rudertrainings auch nicht gerade schmal gebaut, sich beinahe zierlich.

»Nein, schwierige Fälle gibt es zum Glück gerade nicht. Es ist eher die Gesamtsituation. Der Questore hat mir heute Morgen unmissverständlich klargemacht, dass wir keine neuen Leute bekommen werden. Ich bin noch keine zwei Monate hier und habe schon vierunddreißig Überstunden. Und das ist ja eher wenig, das weiß ich selbst.«

»Daher dachtest du, du schaust mal bei mir rein und fragst, ob ich etwas Zeit habe.«

Gruber lachte laut auf. »Die hast du nicht, die Zeichen sind eindeutig. Die Frauen deiner Familie haben dich fest im Griff.« Er klang schon weniger angespannt. »Ach was, ich will dich nicht mit meinen Zweifeln und Nöten belästigen. Tatsächlich bin ich vorhin in der Nähe gewesen und dachte, ich schaue mal in der Bar vorbei, von der du erzählt hast. Ich hatte gar nicht damit gerechnet, dich hier zu treffen, schon gar nicht hinterm Tresen.«

»Das kommt hin und wieder vor, wenn es einen personellen Engpass gibt. Die Bar ist sieben Tage die Woche siebzehn Stunden geöffnet, an den Wochenenden noch eine Stunde länger. Es gibt nur zwei Vollzeitangestellte, die übrigen Schichten werden über Teilzeit, Aushilfen und Familie abgedeckt. Rechne dir selbst aus, wie gut das passt. Personalprobleme kennen wir in letzter Zeit auch.«

»Ich glaube, Ruscon hofft immer noch darauf, dass du recht schnell zurückkommst.«

»Auf mich sollte der Questore nicht zählen.« Pellegrini stockte, dachte wieder an Franca. »Ich weiß nicht, wie lange es dauert. Das weiß niemand. Vater zu werden, habe ich mir ganz anders vorgestellt. Aber solange Emma mich braucht, bin ich da.« Sanft streichelte er dem schlafenden Kind über den Rücken. Das mit der Jacke war nicht optimal, er hätte besser ein Tragetuch mitgenommen. Er lernte eben noch.

»Aber vielleicht habe ich eine gute Nachricht für dich«, sagte Pellegrini in das einträchtige Schweigen. »Ich bin mir ziemlich sicher, dass Claudia sehr bald in den Dienst zurückkehrt. Sie ist zumindest schon wieder in Como.«

»Ja, das weiß ich«, sagte Gruber zu seiner Überraschung. »Sie hat sich auch bei mir gemeldet und gefragt, ob ich ein Problem damit hätte, wenn sie sogar möglichst zeitnah wieder anfängt. Der Tod ihrer Mutter liegt jetzt drei

Monate zurück. Mir scheint, ihr fällt die Decke auf den Kopf.«

»Ich konnte mir ohnehin nicht gut vorstellen, dass sie noch weitere Wochen oder Monate durch die Weltgeschichte tingeln würde. Das Geld war ja nicht das Problem, wenn ich sie richtig verstanden habe. Aber sie ist einfach nicht der Typ dafür.« Er fragte sich, wann er selbst die Arbeit vermissen würde. Noch hielt Emma ihn auf Trab; die für ihn unbekannten Herausforderungen, die Sorge um Franca waren für den Moment genug. Aber was die Zukunft auch für ihn bereithielt, ewig konnte es so nicht weitergehen. Und der kurze Zusammenstoß mit seiner Mutter vorhin hatte ihm wieder einmal gezeigt, dass es für ihn nach wie vor nicht infrage kam, dauerhaft im Familienbetrieb mitzuarbeiten.

»Was hat dich nach Brunate geführt, Tonio?«, fragte er, um das Thema zu wechseln. »Du meintest vorhin, du wärst in der Nähe gewesen.«

»Das, richtig. Ein Großeinsatz, leider mit unerfreulichem Ende. Auf der Fahrt hier rauf ist in einer der Serpentinen ein Auto verunglückt. Der Fahrer hat nicht überlebt, die Beifahrerin wurde schwer verletzt ins Hospital eingeliefert.«

»*Oddio*, ich habe heute Morgen einen Hubschrauber gehört. Also schon wieder ein Verkehrsunglück. Das wird immer schlimmer. Gerade hier, die schmalen Straßen, die zahllosen und viel zu großen Autos, das passt schon lange nicht mehr zusammen. Und warum macht das nicht jemand von der Polstrada?«

»Ich habe heute Dienst, ich war verfügbar. Das ist es, was ich vorhin meinte, die Personaldecke ist hauchdünn. Du warst früher bei der Verkehrspolizei, richtig?«

Pellegrini nickte. »Stimmt. Ich habe so einiges gesehen und erlebt. Was weißt du schon über den Unfallhergang?«

»Laut einer Anwohnerin ist ein Motorrad aus Richtung Brunate gekommen und hat das Auto in der Steilkurve geschnitten. Für die Zeugin sah es so aus, als hätte der Autofahrer versucht, auszuweichen. Der Wagen fuhr zur Seite und wurde über die Leitplanke die Böschung runtergeschleudert. Der sah ziemlich übel aus. Ob die Beifahrerin überlebt, steht noch in den Sternen. Aber weil du vorhin von ›viel zu groß‹ gesprochen hast: Das war eine G-Klasse. Die braucht die gesamte Straßenbreite, da wäre nicht viel mit Ausweichen gewesen.«

»Lass mich raten. Der Motorradfahrer war ganz in Schwarz gehüllt und auf einer Maschine unterwegs, die meiner Meinung nach nicht in den Straßenverkehr gehört, sondern nur auf eine Rennbahn.«

»Ganz in Schwarz, das stimmt, sogar das Helmvisier war verspiegelt. Daher könnte es auch eine Frau gewesen sein, oder?« Gruber lachte auf. »Wenn ich mich recht entsinne, fährt Claudia ebenfalls gern auf zwei Rädern.«

»Ja, ist möglich, aber unwahrscheinlich, wenn es einer von denen war, die ich vor Augen habe. Ich würde auch darauf wetten, dass er eher jünger ist, zwischen zwanzig und dreißig, allerhöchstens vierzig. Aber was heißt denn ›könnte‹? Heißt das, ihr wisst es nicht?«

»Nein, die Person ist flüchtig. Und die Anwohnerin hat sie samt Motorrad ungefähr so beschrieben, wie du gerade: ›eine schwarze Gestalt auf einem sportlichen und sehr lauten Motorrad‹, so ihre Worte.«

»Flüchtig? Dem Fahrer ist nichts passiert?«

»Scheint so. Die Zeugin meinte, das Motorrad wäre ein paar Schlangenlinien gefahren, aber dann war es fort. Offen gestanden bin ich nicht sicher, wie zuverlässig diese Augenzeugin ist. Das muss alles ziemlich schnell gegangen sein. Die Dame stand zufällig am Fenster und hat Blumen gegossen, als es passiert ist. Wir haben natürlich in der Nachbarschaft herumgefragt, ob noch jemand etwas gesehen hat.«

»Die wenigsten sind am Samstagvormittag zu Hause«, meinte Pellegrini. »Und wenn doch, arbeiten sie im Garten oder entrümpeln den Keller, was weiß ich.« Sein Vater Amerigo Pellegrini hatte mal erzählt, in seiner ehemaligen Heimatstadt Köln sei es früher üblich gewesen, samstagmorgens sein Auto zu waschen. Auch er sei einmal im Monat am Wochenende mit seinem Ford Fiesta in die Waschstraße gefahren, wo er sich in eine lange Schlange habe einreihen müssen. Wenn Pellegrini das richtig verstanden hatte, war sein Vater dort immer denselben Leuten begegnet, daher vermutete er, dass im Mittelpunkt des Rituals eher der soziale Austausch stand und nicht das saubere Auto.

»So ist es. Es gibt zwei Videoaufnahmen, die wir uns ansehen müssen. Aber auch da bin ich skeptisch, ob die uns weiterbringen. Die Überwachungskameras waren auf die Hauseinfahrten gerichtet, nicht auf die Straße.« Gruber stieß sich vom Geländer ab und klatschte in die Hände. »Wie du siehst, verpasst du nichts. Alles ziemlich übel, aber eher Routine. Es wird schwierig, den Motorradfahrer zu finden. Anschließend festzustellen, ob er eine Schuld, gar die Hauptschuld an dem Unfall trägt oder nicht, ist weniger herausfordernd. Selbst wenn er als Verursacher vor Gericht landet, ist sein Anteil am Geschehen für die KFZ-Versicherungen interessanter als für mich.«

»Ich verstehe schon. Und den Fahrer macht es nicht mehr lebendig. Hoffen wir, dass die Frau überlebt.«

»Sie liegt zurzeit im künstlichen Koma. Der Oberarzt auf der Intensivstation hat mir versprochen, dass er sich meldet, sobald sich etwas ändert. Und es wird selbstverständlich eine Obduktion des Toten geben, aber die hat Zeit bis Montag.«

Pellegrini brummte zustimmend. Er hatte schon wieder vergessen, dass Samstag war. Dank Emma spielten die Wochentage für ihn kaum noch eine Rolle. Er lud seinen Kollegen ein, noch mit zurück in die Bar zu kommen. Mit etwas Glück hatte die Espressomaschine ihren Dienst wieder aufgenommen. Doch Gruber verwies auf die Zeit und verabschiedete sich mit einem bedauernden Lächeln.

2

Als Pellegrini nach einer halben Stunde zurückkehrte, war es in der Bar ruhiger geworden. Seine Mutter war allein, abgesehen von zwei Stammgästen. Die beiden Rentner saßen mit einigen Rubbellosen und je einer Weißweinschorle an der Theke und unterhielten sich angeregt, während sie die Spielfelder mit Münzen freikratzten.

»Marco, da bist du ja! Du ahnst nicht, was passiert ist!«, rief Marta Pellegrini ihm entgegen.

»Vermutlich nicht. *Dimmi!*« Es musste etwas Dramatisches sein, denn ausnahmsweise kontrollierte sie nicht, ob Emma von der frischen Luft möglicherweise Schaden genommen hatte.

»Nicole Bruchsitter hat mich gerade angerufen. Erinnerst du dich an sie? Also vermutlich heißt sie gar nicht mehr Bruchsitter, da sie verheiratet ist, aber das ist gerade mal egal.«

»Die Bruchsitters aus Köln. Ich weiß noch, wer die sind«, meinte Pellegrini ruhig. Er brachte die friedlich schlummernde Emma wieder in der Babyschale unter. »Ein Ehepaar mit zwei Töchtern. Sie gehörten nach der Wiedereröffnung zu unseren ersten Gästen.«

»Genau! Nicole war eine junge Signorina von elf oder zwölf Jahren.« Sie hielt die Hand auf Höhe ihres Oberschenkels. »Ihre Schwester Caroline war sieben und so klein. Und beide mit langen blonden Zöpfen.«

»Daran erinnere ich mich nicht mehr.« Dagegen hatte er die fünfzehnjährige Nicole lebhaft vor Augen. Mit ihr hatte er, kaum ein Jahr älter, seine ersten Erfahrungen gesammelt. Sergio, der Pizzabäcker des Albergo, der ihm unter dem Siegel der Verschwiegenheit Kondome besorgt hatte, verpfiff ihn am Ende doch bei seinen Eltern. Noch besser als das entsetzlich ziellose Herumgefummel zweier Teenager und die Strafpredigt Amerigo Pellegrinis war ihm die heimliche Anerkennung seiner Mutter im Gedächtnis geblieben. Die hatte ihn dafür gelobt, an Verhütung gedacht zu haben, ganz im Gegensatz zu seinem Vater, als er das erste Mal mit ihr … und so weiter. Das waren Informationen, die ein Sechzehnjähriger über seine Eltern unter keinen Umständen erfahren möchte und die er ganz sicher niemals vergessen würde.

»Ihre Eltern sind verunglückt!«, riss die fassungslose Stimme seiner Mutter ihn aus seinen Erinnerungen. »Hier! Hans-Peter ist tot! Dagmar liegt im Ospedale Sant'Anna.« Sie brach ab und griff unbewusst nach dem kleinen Kettenanhänger, einem goldenen Kreuz, das sie um den Hals trug.

Pellegrini richtete sich auf und starrte sie an. Ihm kam ein ganz schrecklicher Gedanke. »Hier? Wo?«

»Praktisch vor dem Albergo, auf der Auffahrt nach Brunate! Sie wollten heute anreisen. Es heißt, Hans-Peter wäre mit dem Auto von der Straße abgekommen. *Madonna mia.*«

Wortlos nickte Pellegrini. Und während er Grubers Bericht zuvor distanziert und nüchtern hatte zuhören können, stiegen nun Bilder vor seinem inneren Auge auf, Unfälle, die er in all den Jahren gesehen hatte – ganz vorneweg der seines besten Freundes Luca Camerone, der ebenfalls eine Böschung hinabgestürzt war. Das war zwar am Luganer See gewesen, aber das machte keinen Unterschied. Die Straßen waren dort nicht anders, schmal und oft genug in schlechtem Zustand, die Hänge steil. Saniert wurden sie am ehesten dort, wo eine Etappe des Giro d'Italia an einem

Ort vorbeiführte, oder wie gerade jetzt im Herbst vor der Lombardeirundfahrt. Und selbst das hatte den Radsportprofi Renco Evenepol vor wenigen Jahren bei Nesso nicht vor einem spektakulären Sturz von einer der zahllosen Brücken bewahrt.

»Stammgäste, die seit dreißig Jahren herkommen, und dann so was.« Sie murmelte etwas, rief vermutlich weitere Heilige an. »Ich erinnere mich gut daran, wie wir im letzten Jahr auf der Poolterrasse mit einem Glas Wein zusammengesessen haben. Sie haben sich so sehr auf den Ruhestand gefreut. Marco, jetzt sag doch was. Wie konnte das passieren?«

»Deswegen war der Kollege vorhin hier. Sie wissen noch nicht, warum Hans-Peter von der Fahrbahn abgekommen ist. Es scheint, dass da ein Motorradfahrer beteiligt war, aber der ist flüchtig.«

Jahrelang war Pellegrini beim Geruch von gegrilltem Fleisch übel geworden, da er ihn daran erinnerte, wie Lucas Lieferwagen in Flammen aufgegangen war. Eigentlich hatte sich das gelegt, doch jetzt wurde ihm beim Gedanken an ein Barbecue wieder mulmig. Wie gut, dass Herbst war und die Grillsaison beinahe vorbei.

»Madonnuzza!« Marta Pellegrini schlug rasch ein Kreuzzeichen. »Einer dieser Raser auf einem Motorrad. Jetzt wundere ich mich gar nicht mehr. Hans-Peter ist so ein umsichtiger Fahrer, dem wäre das niemals passiert! Erst im letzten Urlaub hat er mir erzählt, dass er vom ADAC eine Plakette bekommen hat, für fünfzig Jahre unfallfreies Fahren. Und die Bruchsitters kennen die Straßen hier in- und auswendig.«

»Aber auch sie fahren immer größere Autos. Tonio sprach von einer G-Klasse. Mal ehrlich, für den wäre ein Lkw-Führerschein angebracht.«

»Nicht Hans-Peter, nein, der ist immer gut gefahren.«

Pellegrini sagte nichts mehr. Seine Mutter konnte das wohl kaum beurteilen. Sie konnte höchstens mitbekommen haben, wie der deutsche Gast auf den Hotelparkplatz eingebogen war. Aber solche Diskussionen führten zu nichts.

»Ob ich Dagmar besuchen sollte?«, grübelte Marta Pellegrini laut. »Was wird denn aus den Töchtern? Die Familie war immer so angenehm, alle vier. Und was machen sie mit dem Betrieb? Hans-Peter hat doch noch gearbeitet. Ob er viele Angestellte hat? Ich weiß es gar nicht.«

Und es ging sie auch eigentlich nichts an, fand Pellegrini. Er begab sich hinter die Theke und stellte erleichtert fest, dass einem weiteren *caffè* nichts im Wege stand. »Die beiden Töchter sind so erwachsen wie ich. Das ist alles nicht einfach, aber sie werden zurechtkommen.«

»Ja, das stimmt natürlich. In meinem Kopf sehe ich sie immer noch als Kinder vor mir.«

»Dagmar Bruchsitter liegt auf der Intensivstation und ist derzeit nicht ansprechbar. Sollte sich daran etwas ändern und ich davon erfahren, gebe ich dir sofort Bescheid. Allerdings hat Tonio anderes zu tun.«

»*Va bene.* Ich muss zurück ins Hotel. Was wird denn Amerigo sagen? Er mochte Hans-Peter sehr, der war auch ein begeisterter Hobbykoch. Er war der einzige Gast, dem Amerigo sogar ein paar seiner Küchentricks verraten hatte.« Sie sprach leiser vor sich hin und hatte die Tür bereits geöffnet, als ihr noch etwas einfiel. »Marco!«

»Ja?«

»War Don Amissah heute Morgen eigentlich hier? Ich habe ihn getroffen, da war er auf dem Weg runter nach Como.«

Pellegrini wurde misstrauisch. »Ja, er war da.«

»Habt ihr über Emmas Taufe gesprochen?«

»Das schon wieder«, murmelte er.

»Was meinst du?«, rief seine Mutter und schloss noch einmal die Tür.

Die beiden Rentner an der Theke hoben neugierig die Köpfe und versuchten gleichzeitig, sich uninteressiert zu geben.

»Nichts«, erklärte er lauter. »Nein, haben wir nicht.« Bei sich dachte er, dass es gar kein Wunder war, wenn in der Nachbarschaft immer alle alles wussten, so wie Marta Pellegrini private Angelegenheiten herumposaunte. Er kannte die beiden alten Männer nur vom Sehen, war aber sicher, dass sein Nonno Carlo mit ihnen Boccia spielte, sie also genau wussten, um wen es hier ging. Jetzt taten sie so, als widmeten sie sich immer noch ihren Rubbellosen, aber das hieß ja nicht, dass sie nicht weiterhin zuhörten. Also musste Pellegrini sich hüten, seine Mutter in allzu scharfen Worten in die Schranken zu weisen.

Sie machte kehrt, stützte sich auf den Marmortresen und beugte sich vertraulich näher, ohne sich vom mörderischen Blick ihres Sohnes aus der Ruhe bringen zu lassen. »Marco, das muss doch geklärt werden!«

Er zog die Augenbrauen noch fester zusammen und schwieg. Diese Miene hatte schon in Dutzenden Verhören erfolgreich dazu geführt, dass sein Gegenüber die nächsten Worte gründlichst abwägte, doch an seine Mutter war sie verschwendet.

»Du weißt ganz genau, dass ich recht habe. Selbstverständlich werde ich es tolerieren, wenn ihr Emma nicht taufen lasst, aber …«

»Zum letzten Mal, es gibt in dieser Sache kein ›wir‹«, stieß Pellegrini schmallippig hervor. »Das kann einzig und allein Franca als leibliche Mutter entscheiden, das habe ich dir schon einmal gesagt. Ich werde da nicht über ihren Kopf hinweg Fakten schaffen, indem ich einfach eine Taufe plane. Das ist übrigens auch rechtlich eindeutig geregelt.«

»Ich weiß, dass sie solche Entscheidungen im Moment allein treffen müsste. Aber es spricht doch nichts dagegen, wenn du dich schon einmal kümmerst. Wenn ihr erst einmal heiratet, dann ist Emma auch …«

»Das reicht jetzt.« Er sagte die Worte nicht laut und doch schärfer, als er beabsichtigt hatte.

Marta Pellegrini zuckte zurück, als hätte er ihr ins Gesicht gespuckt. Ohne ein weiteres Wort kehrte sie ihm den Rücken zu und verließ die Bar. Müde wandte er sich der Espressomaschine zu und bereitete einen *caffè* zu.

»Marco, ich habe fünfzig Euro gewonnen!« Einer der beiden alten Männer stand wie aus dem Nichts vor ihm und wedelte mit seinem Rubbellos. Sein Kumpel war hinausgegangen, ohne dass Pellegrini es bemerkt hatte, und zündete sich vor der Eingangstür eine Zigarette an.

»*Momento.* Ich zahl es dir sofort aus.«

»Mach mir auch noch einen *caffè*. Kannst du vom Gewinn abziehen.«

Pellegrini nickte und unterdrückte ein Gähnen. Mechanisch wiederholte er die schon tausendfach ausgeübten Handgriffe. Es wurde Zeit, dass seine Schwester Alessandra kam und ihn ablöste, damit er endlich nach Hause konnte. Wenn er Glück hatte, fand er die Gelegenheit, selbst eine halbe Stunde zu schlafen, bevor das Baby ihn wieder vereinnahmte.

Nachdem der glückliche Gewinner die Bar verlassen hatte, wurde es endlich wohltuend ruhig. Emma schlief – noch, das konnte nicht mehr lange gut gehen. Pellegrini blieb allein mit sich. Er zupfte ein Zuckertütchen aus der großen Tasse, die auf dem Tresen bereitstand, und nahm sich Zeit, um seinen *caffè* zu zelebrieren.

Eines musste er der neuen Espressomaschine lassen, die Crema war überwältigend. So fest, dass der Zucker für einige Sekunden darauf liegen blieb, bevor er im Tintenschwarz versank. Erst dann rührte Pellegrini um.

Während er trank, wanderten seine Gedanken zurück zu den letzten Worten seiner Mutter. Quälte sie ihn eigentlich mit Absicht, oder war ihr Drang, die Dinge zu regeln, einfach so übermächtig, dass sie nicht bemerkte, welche Dolchstöße sie ihm damit verpasste? Es war ja nicht so, dass er nicht selbst gern gewusst hätte, wie es mit ihm und Franca weitergehen würde. Aber er zwang sich zur Geduld; ihm blieb doch gar nichts anderes übrig. Was nutzte es ihm da, mit dem Pfarrer über seine Gedanken zur Kindstaufe zu diskutieren?

Nachdem sich sein Leben vor einiger Zeit drastisch geändert hatte, weil sich die Ereignisse, die zum Unfalltod seines besten Freundes Luca geführt hatten, überraschend aufklärten, hatte Pellegrini Franca einen Heiratsantrag gemacht. Danach wurde es kompliziert. Sie hatte ihm bis heute keine Antwort gegeben. Stattdessen hatte sie sich an der Seite eines anderen Mannes auf Sizilien eine Auszeit genommen und war schwanger geworden. Ihren eigenen Worten damals zufolge hatte sie wirklich geglaubt, ihr Glück gefunden zu haben. Ein kleiner Teil von ihm hätte ihr das sogar gegönnt, denn er hatte es ihr in all den Jahren nicht leicht gemacht. Doch dann kam es zum Bruch. Sie hatte den undankbaren Kindsvater verlassen, darüber hinaus die nächste Stufe – und vermutlich die letzte, denn höher hinaus ging es nicht mehr – ihrer beruflichen Karriere ausgeschlagen und stattdessen gekündigt.

Während der Ermittlungen zu Lucas Tod war Pellegrini selbst kurz unter Mordverdacht geraten. Franca war jede Minute für ihn da gewesen. Seitdem hatte er immer das Gefühl gehabt, in ihrer Schuld zu stehen. Sie hatte gewusst, dass er ihr etwas zurückgeben wollte. Vielleicht war sie, die immer auf ihre Unabhängigkeit bedacht gewesen war, deshalb bereit, sein Angebot anzunehmen und zu ihm nach Brunate zu ziehen, wenigstens bis zur Geburt. Eine Entscheidung darüber, was danach kommen sollte, konnte oder wollte sie nicht treffen.

Im Nachhinein erschien Pellegrini dieses für Franca untypische Verhalten wie ein erstes Anzeichen dafür, wie schlecht es ihr gegangen war. Sicher wusste er es jedoch nicht, und er hütete sich vor solchen küchenpsychologischen Einschätzungen. Franca war schon während der Schwangerschaft nicht ganz die Frau gewesen, die er kannte und liebte. »Hormone machen so was. Mach dir nicht zu viele Gedanken«, hatte sie stets abgewiegelt.

Sie hätten die Indizien beide ernster nehmen sollen. Aber hinterher waren ja immer alle schlauer. Marta Pellegrini hatte ein paar Anzeichen erkannt und richtig gedeutet, ihre Ratschläge hatten sie allerdings beide als überfürsorglich in den Wind geschlagen. Immerhin verschonte sie ihn mit dem Hinweis, sie habe ja alles schon vorher gewusst.

Außer mit Alessandra hatte Pellegrini mit niemandem in Brunate oder gar in Como darüber gesprochen, dass er nicht Emmas leiblicher Vater war. Seine Mutter war natürlich alles andere als blauäugig und hatte längst nachgerechnet, wie lange Franca »dienstlich« auf Sizilien gewesen war. Doch in solchen Angelegenheiten folgte sie dem ungeschriebenen Gesetz, das in einem großen Teil der italienischen Gesellschaft bis heute galt: Solange niemand das Offensichtliche aussprach, existierte es nicht. Für Pellegrini selbst spielte die biologische Vaterschaft erstaunlicherweise keine Rolle. Er war in den letzten Monaten für Franca da gewesen, er war jede mögliche Sekunde im Krankenhaus an ihrer Seite geblieben und hatte das Kind nach Arzt und Hebamme in den Armen gehalten. Für ihn reichte das, es fühlte sich alles richtig an. Formal hätte er Emmas Pflege dennoch gar nicht übernehmen dürfen. Er war nicht Emmas Vater und auch von einer »eheähnlichen Gemeinschaft« konnte keine Rede sein, schließlich wohnten sie gerade erst seit wenigen Wochen zusammen. Franca hatte jedoch ausdrücklich verlangt, dass er das Baby versorgen solle, und dazu sogar Pellegrinis Reputation als angesehener Commissario in die Waagschale geworfen.

Immerhin hatte ihre Kraft gereicht, sich gegen die Behörden durchzusetzen und zu verhindern, dass ihre Tochter in einer x-beliebigen Pflegefamilie landete. Danach war sie wieder in ihr schwermütiges Schweigen versunken, hatte sich nicht einmal großartig dafür interessiert, wie das kleine Menschenwesen heißen sollte. Schon zuvor war sie stets unentschlossen gewesen. Pellegrini und seine Schwester hatten aus Francas engerer Auswahl den Namen für das Baby ausgesucht, der ihnen am besten gefiel. Übergangsweise, wie Alessandra betont hatte.

Und schon waren sechs Wochen vorüber, und aus Francas Tochter war Emma geworden. Es würde Pellegrini schwerfallen, sich an einen anderen Namen zu gewöhnen, falls das nötig werden sollte.

Er packte Emmas Sachen in einen Korb und ging danach ungeduldig auf und ab.

Alessandra kam zehn Minuten zu spät. Abgehetzt und mit roten Wangen stürmte sie in die Bar, entschuldigte sich wortreich, bis sie begriff, dass ihr Bruder sich vor Erschöpfung kaum noch auf den Beinen halten konnte. Mit einem mitfühlenden Lächeln drückte sie ihm den Korb, den er vor dem Tresen abgestellt und schon wieder vergessen hatte, in die Hand und entließ ihn hinaus in den Tag.

Montag, 05. Oktober

I

Pellegrini stand am großen Panoramafenster des ehemaligen Gartenhauses vom Albergo seiner Familie und dachte über die Ironie nach, dass dieses Haus sein und Francas Heim hätte werden sollen. Sein Nonno Carlo Pellegrini hatte ihm das Haus überschrieben, genau wie seiner Schwester Alessandra das Gebäude mit der *Bar della Funicolare*. Das Schicksal hatte es anders gewollt. Pellegrini verzichtete und überschrieb das Gartenhaus seinerseits seinen Eltern, die daraus Ferienwohnungen machten, um das Angebot des Albergo zu erweitern.

Und dann waren die drei Wohnungen – verzögert durch die Covid-Pandemie später als geplant – vor ein paar Monaten fertig geworden, sodass er, Franca und das Baby großzügige drei Zimmer statt seines winzigen Apartments zur Verfügung hatten. Wohnraum war knapp in Como und Umgebung, zumindest bezahlbar und in der Größe, die ihnen vorschwebte. Und so war eins zum anderen gekommen. Widerwillig gestand Pellegrini sich ein, dass es gut war, in der Nähe seiner Familie zu leben. Er war nicht sicher, ob er, gerade in den ersten Tagen und mit dem Kopf voller Sorgen um Franca, allein mit Emma zurechtgekommen wäre.

Das Klingeln des Telefons riss ihn aus seinen Gedanken.

»*Pronto*, Claudia! Schön, dass du dich meldest.«

»Papà Marco, wie geht es dir?«

Er holte tief Luft, bevor er sich zu einer Antwort durchrang. »Nicht anders als dir, vermute ich. Und dazu völlig übermüdet.«

»Da vermutest du richtig. Deshalb habe ich heute Morgen wieder angefangen zu arbeiten. Mein Bruder und ich … es ging nicht mehr. Ich bin für ihn da, aber den Tod meiner Mutter muss er selbst verarbeiten.«

Offenbar hatten die Umstände sowohl ihn als auch seine langjährige Mitarbeiterin Ispettrice Claudia Spagnoli verändert. Ein solch offenes Gespräch wäre noch vor wenigen Monaten undenkbar gewesen.

»Das ist gut«, sagte er betont munter. »Wird auch Zeit, dass jemand unserem Tonio Gruber auf die Finger schaut.«

»Jetzt mal ganz im Ernst, Tonio ist auch einer der Gründe, warum ich seit heute schon zurück bin. Er kann jede Unterstützung gebrauchen. Dieser Unfall von Samstag gibt ein paar Rätsel auf. Ein Augenzeuge hat sich gemeldet. Der will gesehen haben, wie das Motorrad dem Autofahrer mit voller Absicht in die Quere gekommen ist. Ich soll herausfinden, wie glaubwürdig dieser Zeuge ist, während Tonio der Spurensicherung auf die Füße tritt, inwieweit die den Hergang inzwischen rekonstruieren konnten. Sagt dir der Name Alfredo Cantù etwas?«

»Alfredo Cantù? Der lebt noch? Der müsste über hundert sein!«

»Neunundneunzig. Du kennst ihn also?«

»Kennen ist zu viel gesagt. Das ist der Großvater von Umberto. Du erinnerst dich an ihn, ein Freund von mir. Wir sind als Jugendliche zusammen gerudert.«

»Daher kam mir der Name bekannt vor.« Sie lachte auf. »Da hätte ich auch Andrea fragen können.«

»Wie geht es Andrea? Wir haben uns ewig nicht gesprochen.«

»Er feiert noch immer die Überstunden ab, die er mit seinen ganzen Sondereinsätzen gesammelt hat. Im Moment schlägt er sich im Piemont durch die Wildnis, irgendwo zwischen dem Lago Maggiore und dem Lago d'Orta.«

»Wie bitte? Genügt ihm unser See nicht mehr?«

Wieder ein Lachen von ihr, und Pellegrini bemerkte, dass es ein wenig gelöster klang als das erste. Offenbar tat das Gespräch mit der vertrauten Kollegin nicht nur ihm gut.

»Andrea hatte im Frühjahr diesen Sondereinsatz in Stresa, da war dieser G7-Gipfel in einem der Luxushotels, erinnerst du dich?«

»Vage. Da waren wir beide in Bergamo und sind über Tonio gestolpert, der sich gerade frisch bei uns beworben hatte.«

»Jedenfalls hat Andrea dort einen Kollegen aus der Gegend um Stresa kennengelernt, der ihn auf eine Jagdhütte eingeladen hat. Da sind sie gerade und machen die Wälder unsicher. Aber zurück zu meinem Zeugen. Ich weiß, dass meine Bitte ein wenig unverschämt ist, du bist ja nicht im Dienst. Aber würdest du vielleicht mitkommen? Mir wurde gesagt, dass dieser Signore Cantù ein wenig schwierig im Umgang ist. Er ist in der Questura kein Unbekannter, hat ein paar Einträge wegen Körperverletzung. Auch wenn die schon ein paar Tage zurückliegen, wurde mir geraten, nicht allein zu ihm zu gehen. Ich will aber nicht warten, bis Tonio Zeit hat, das bringt ja niemandem was.«

Pellegrini nickte. Umberto hatte vor vielen Jahren schon mit seinem Nonno gebrochen. Die konkreten Gründe dafür hatte sein Freund für sich behalten, aber es hatte mit Alfredo Cantùs unrühmlicher Vergangenheit während des Zweiten Weltkriegs zu tun, so viel wusste er.

»Ich muss nur meine Schwester fragen, ob sie Zeit zum Babysitten hat. Wenn das klappt, komme ich gern mit.« Sobald er sie ausgesprochen hatte, wurde ihm bewusst, wie ehrlich er seine Worte meinte. Emma war derzeit sein Mittelpunkt, aber ein paar Stunden ohne Windeln und Babymilch klangen durchaus verlockend.

2

Ispettrice Claudia Spagnoli wartete, an einen zivilen schwarzen Alfa Romeo 159 aus dem Fuhrpark der Questura gelehnt, auf ihn. Sie hatte abgenommen, ihre Schultern wirkten spitzer, das Gesicht schmaler, die Schatten um die Augen ein wenig tiefer. Vielleicht lag das aber auch daran, dass sie nicht ihre übliche Sonnenbrille trug, oder an der neuen Frisur. Sie trug das dunkle Haar kinnlang und offen statt wie früher zu einem Zopf oder Knoten gebunden. Auf Pellegrini wirkte sie älter.

Unwillkürlich streifte er mit dem Daumen über die Narbe auf seiner Wange, eine Erinnerung an einen gemeinsamen Einsatz vor einigen Jahren, als ein Verdächtiger ihn angegriffen hatte, um anschließend zu flüchten. Auch die Zeit flüchtete, die Erinnerung kam ihm vor wie aus einem anderen Leben. Er zupfte sein Jackett über den breiten Schultern zurecht. Hemd und Anzug zu tragen, war ihm in nur wenigen Wochen fremd geworden, seit er bestenfalls ein Poloshirt und Jeans oder eine Stoffhose anhatte. Nichts, was nicht notfalls bei sechzig Grad waschbar wäre.

Er wusste nicht recht, wie er Spagnoli nach all der Zeit begrüßen sollte, und so klopfte er ihr kurz auf den Oberarm. »Gut siehst du aus.«

Sie verzog spöttisch den Mund. »Das ist gelogen, und ich weiß es.« Gnädig verzichtete sie auf eine ähnlich höfliche Floskel und forderte ihn nur auf, einzusteigen.

»Erzähl mir, was ihr bisher herausgefunden habt und was

es mit diesem Zeugen auf sich hat«, bat er, nachdem sie den Motor gestartet hatte.

Sie fuhren am Ufer des Sees entlang. Sowohl auf dem Wasser als auch auf der Straße war einiges los. Eine Schulklasse nutzte die milden Temperaturen und den Sonnenschein für einen Ausflug aufs Wasser. Rund dreißig Kinder verteilten sich gerade auf die rot-gelben Tretboote, von denen Pellegrini immer angenommen hatte, sie würden nur noch als nostalgische Dekoration am Ufer liegen und wären gar nicht mehr fahrtüchtig.

»Alfredo Cantù hat sich heute Morgen telefonisch in der Questura gemeldet, weil er eine Aussage zu dem Unfall vom Samstag machen wollte, von dem er heute in der Zeitung gelesen hat. Da er aber nicht gut zu Fuß ist, sollte jemand zu ihm kommen.«

Pellegrini nickte. Er fragte nicht, warum sie ausgerechnet ihn darum gebeten hatte, sie zu begleiten, und nicht einen diensthabenden Agente. Er traute ihr durchaus zu, sich gegen einen alten Mann zur Wehr zu setzen, sollte das nötig sein. Sie war nicht gerade zartbesaitet, dafür hatte ihre Familiengeschichte mit einem gewalttätigen Vater gesorgt. Er hatte vielmehr die Vermutung, dass es ihr darum ging, an ihrem ersten Tag ein vertrautes Gesicht an der Seite zu haben.

Er lehnte sich zurück und ließ den Blick über die vorbeiziehende Stadtmauer gleiten. Vielleicht nahm er sich auch zu wichtig. Aber er persönlich war froh, dass sie angerufen hatte. So bekam er wenigstens für ein paar Stunden den Kopf frei.

»Was den Unfallhergang anbelangt, sind wir noch nicht schlauer«, fuhr sie fort. »Tonio hat dir ja alles erzählt. Wir lassen uns gerade die Bilder von den Überwachungskameras in der Umgegend liefern, ob dieser Motorradfahrer irgendwo erfasst wurde. Aber das kennst du ja, das Material zu sichten, ist aufwendig und langweilig.«

»Langwierig, wolltest du sagen.«

»Natürlich. Der Unfallwagen ist noch bei der Spurensicherung in der Werkstatt. Da es sich um ein Elektroauto handelt, will die deutsche Versicherung es so schnell wie möglich für ein Gutachten nach Deutschland überführt bekommen, damit sie es ihrerseits auf mögliche technische Mängel untersuchen können.« Sie lächelte grimmig. »Die haben sich, wenn ich das richtig verstanden habe, schon am Samstag gemeldet, weil das Auto einen Alarm ausgelöst hat. Die wussten exakt, wann und wo der Unfall passiert ist. Gruselig, findest du nicht?«

»Ich habe von diesen Dingen glücklicherweise keine Ahnung, ich besitze ja nicht einmal einen eigenen Wagen. Und ich gehe nicht davon aus, dass sich das in nächster Zukunft ändert.«

Sie fuhren inzwischen durch eine dieser Straßen voll freudloser Mehrfamilienhäuser am Rande von Como. Spagnoli hielt vor dem mit einer Betonmauer eingefriedeten Vorgarten, in dem das Gras trotz einer guten Mischung von Sonne und Regen in den letzten Wochen eher graubraun als grün spross.

Pellegrini stieg aus und blickte die Fassade hinauf. Er sah das, was die Gäste aus aller Welt selten zu sehen bekamen, einen Bau aus den Sechzigern mit einfach verglasten Fenstern und abblätterndem Putz. Ob es in dem Gebäude einen Aufzug gab? Pellegrini wunderte sich, dass ein fast Hundertjähriger hier noch allein wohnte.

»Signor Cantù hat einen Pfleger aus der Ukraine, hat Laura Rosso mir erklärt. Sie hat den Anruf heute Morgen entgegengenommen«, erklärte Spagnoli, während sie klingelte. »Ich bin trotzdem gespannt, wie rüstig er noch ist.

Laura hat ihre Zweifel, dass bei seiner Aussage etwas rumkommt. Aber zumindest konnte er uns die Adresse und den Grund unseres Besuchs mitteilen.«

Kurz darauf wurden sie ins Haus gelassen und betraten einen düsteren Flur, in dem es nach Reinigungsmitteln roch. Eine Tür im Erdgeschoss, vor der ein Rollator stand, wurde geöffnet. Ein bärtiger Riese, der mit dem Kopf bis an den Türsturz heranreichte, stand vor ihnen. Er lächelte, wobei er eine Reihe schiefer Zähne entblößte, und schwang den Arm in einer ausladenden Bewegung. »Polizia? Kommen rein. Bitte, kommen rein. Signore wartet.« Er sprach mit schwerem osteuropäischem Akzent.

Nacheinander betraten sie ein enges, düsteres Wohnzimmer. Pellegrinis Blick fiel als Erstes auf den alten Mann, der rechterhand hinter einem flachen Tisch in einem großen Sessel saß, eine karierte Decke über den Knien. Ein Kranz aus dünnem weißem Haar kräuselte sich über seinen Ohren, und er blickte ihnen durch eine stark vergrößernde Brille neugierig entgegen.

Dann erst bemerkte Pellegrini, dass Spagnoli in eine andere Richtung schaute. Sie hatte den Kopf nach links gewandt und sog jetzt scharf Luft ein. Er folgte ihrem Blick auf die große Wohnwand, die von einem riesigen Flachbildfernseher dominiert wurde. Auf diesem lief ohne Ton eine Quizsendung auf Rete Tre. Die offenen Regalbretter drumherum waren vollgestopft mit … ja, mit was?

Devotionalien, schoss es Pellegrini durch den Kopf. Weinflaschen mit Bildern von Hitler und Mussolini auf den Etiketten. Die gab es noch bis in die 2020er-Jahre als sogenannte *historische Linie* in Italiens Supermärkten zu kaufen, nicht verboten, aber abgrundtief geschmacklos. Sicherlich waren sie auch immer noch in irgendwelchen Online-Shops zu haben. Zwischen den Flaschen standen

Schwarz-Weiß-Fotografien von Soldaten auf Schlachtfeldern, diverse Orden davor drapiert, Patronenhülsen, über einem Rahmen hing ein Armeebarett. In einem Fach lag sogar ein Stahlhelm. Der stammte, wenn Pellegrini sich nicht täuschte, von einem Alpino aus dem Ersten Weltkrieg. Alfredo Cantù mochte alt sein, aber dass er ihn getragen hatte, war ausgeschlossen. Offenbar war er nicht der erste Verehrer von Kriegsherrlichkeit und Führerkult in der Familie.

Pellegrinis alter Freund Umberto hatte dessen Nonno Carlo immer bewundert, weil dieser in den Fünfzigern als Gastarbeiter nach Deutschland gegangen war. Über seine eigene Familie hatte er sich dagegen immer sehr verhalten geäußert. Umberto war Musiklehrer, kultiviert und tendierte in seinen politischen Ansichten in die linke Richtung. Jetzt erst ahnte Pellegrini das volle Ausmaß der Zerwürfnisse zwischen den Generationen.

»Wird auch Zeit, dass Sie kommen«, schnarrte Alfredo Cantù erstaunlich laut. »Setzen Sie sich.« Er wies auf zwei bereitstehende Holzstühle mit unbequem aufrechten Lehnen.

Pellegrini lächelte unverbindlich. »Danke. Ich stehe lieber.«

»Sie setzen sich! Glauben Sie, ich werde zu Ihnen aufsehen?«

Spagnoli warf ihm einen gereizten Blick zu und setzte sich. Aber er dachte gar nicht daran, sich von diesem alten Greis Befehle erteilen zu lassen, auch nicht in dessen Wohnzimmer. Er machte zwei Schritte zurück und lehnte sich mit verschränken Armen gegen den Türrahmen. Durch die Spalte der angelehnten Tür sah er von hier aus auch den Pfleger, der in der Küche an einem kleinen Tisch saß und auf seinem Smartphone herumwischte.

Alfredo Cantù beachtete ihn nicht weiter, sondern reckte anklagend den Finger in Spagnolis Richtung. »Ist das heutzutage üblich, dass die Polizei so lange braucht, bis sie kommt, wenn jemand wie ich einen Notfall meldet?«

»Notfall? Wir sind wegen Ihrer Zeugenaussage hier«, erwiderte sie.

»Zeugenaussage?«

»Sie haben sich gemeldet, weil Sie Angaben zu dem tödlichen Unfall am vergangenen Samstagmorgen machen können. Ein Auto und ein Motorrad waren beteiligt, in einer Steilkurve auf der Auffahrt nach Brunate. Sie haben angegeben, dort einen Freund besucht zu haben.«

»Ach ja.« Der alte Mann beugte sich interessiert vor. »Ist dem Motorradfahrer was passiert?«

»Das wissen wir nicht. Der ist flüchtig.«

Pellegrini bewunderte Spagnolis Geduld. Ihr war nicht anzumerken, ob sie angespannt war oder was sie über Alfredo Cantùs Aussagen dachte.

»Das war ein schneidiger Bursche! Auch egal. Jedenfalls wollte ich meinen alten Freund besuchen. Bruno Fratesi. Der wohnt genau an der Stelle, wo es passiert ist. Ich bin gerade ausgestiegen, ich bin nicht mehr so gut zu Fuß, müssen Sie wissen.« Er sprach jetzt sachlicher, der angebliche Notruf war vergessen.

»Was haben Sie denn genau beobachtet, Signor Cantù?«

»Brunos Tochter hat mir aus dem Wagen geholfen. Und wie ich so dastehe, kommt ein schwarzes Auto um die Kurve gebogen.«

»Können Sie das Auto näher beschreiben?«

»Ein Mercedes, das weiß ich, ein neues Modell. Mit denen kenne ich mich nicht mehr so aus, ich fahre ja nicht mehr selbst. Auch wenn ich es könnte, verstehen Sie mich nicht falsch, junge Frau. Wer sind Sie überhaupt?«

»*Scusatemi.* Ich habe mich gar nicht vorgestellt.« Mit einer fließenden Bewegung zog sie eine Visitenkarte aus der Innentasche ihres Blazers. »Ispettrice Spagnoli von der Polizia di Stato aus Como.«

»Bah.« Alfredo nahm die Karte entgegen und betrachtete sie blinzelnd von allen Seiten. Pellegrini hätte einen größeren Betrag darauf verwettet, dass er sie in dem dämmrigen Licht, das im Wohnzimmer herrschte, gar nicht lesen konnte.

»*Va bene.* Dann sind Sie wegen des Notrufs hier?« Alfredo Cantù machte Anstalten, sich aus dem Sessel zu erheben, schaffte es jedoch nicht, sich aus eigener Kraft hochzustemmen. »Gregorij!«

»Nein, Signor Cantù, wir möchten wissen, was Sie am Samstag beobachtet haben, als Sie bei Ihrem Freund zu Besuch waren.«

»Der Motorradfahrer, der das Auto geschnitten hat, ja, stimmt. Der ist fast aus der Kurve geflogen, das kann ich Ihnen sagen. Wurde er bei dem Sturz verletzt?«

»Signore, was ich kann tun?« Der Pfleger tauchte hinter Pellegrini auf und beugte sich unter den Türsturz, um seinen Schützling anzusehen.

»Wir müssen gleich einkaufen, Gregorij. Parken Sie schon mal den Wagen aus der Garage.«

»Sicher. Ich mach.« Bevor er sich abwandte, raunte er Pellegrini zu: »Heiß ich Andrej, bitte, ja?« Er ging zurück in die Küche und setzte sich dort wieder an den Tisch.

Spagnoli erhob sich und nickte Pellegrini zu. Der Frust stand ihr ins Gesicht geschrieben.

»*Momento*, was machen Sie denn? Sie müssen doch noch nach der Leitung sehen! Stellen die Gaswerke für eine so gefährliche Arbeit jetzt schon Frauen ein? Das wird ja immer besser mit den ganzen Kommunisten!«

Spagnoli winkte ihm zu. »Machen Sie es gut, Signor Cantù, passen Sie auf sich auf.«

Cantù blinzelte und senkte dann verschwörerisch die Stimme. »Mich kriegen die nicht.«

Pellegrini nickte wortlos und sah zu, dass er hinter seiner Kollegin aus der Wohnung kam.

»Warten Sie, komme ich mit.« Andrej griff sich eine Schachtel Zigaretten vom Fensterbrett in der Küche und folgte ihnen bis vors Haus.

Spagnoli blies die Wangen auf und prustete dann laut aus. Pellegrini entging ihr neidischer Seitenblick auf die Zigaretten nicht. Anerkennend stellte er fest, dass sie ihrem Vorsatz aufzuhören noch treu geblieben zu sein schien.

»Tut mir leid«, erklärte der Hüne. »Versuch ich immer, ihn abzuhalten, zu telefonieren. Verstecke ich Telefon. Aber er findet. Ruft er immer überall an.«

»Schon gut, das ist nicht Ihre Schuld.« Spagnoli zuckte mit den Schultern. »Vielleicht ist ihm auch einfach langweilig, und er lädt sich ein paar Leute ein, die mit ihm reden.«

»Stimmt es, dass er manchmal handgreiflich wird?«, fragte Pellegrini. »So wurde es uns gesagt.«

»Ja, passiert schon. Vor einem Monat er hat Mann Prügel angedroht. Der hat gewollt Geld sammeln für Kinderheim. Ist er alt, kann nicht prügeln, so nicht mehr gefährlich. Aber er hat geworfen schwere Aschenbecher aus Glas. Nicht hat getroffen. Wenn, dann tut schon viel weh.« Er lächelte und klopfte sich auf die Brust. »Deshalb ich. Waren Frauen da, die haben gepflegt, alle weggescheucht. Eine kaputtes Auge von Stock. Ich immer pass auf.« Hier im Freien wirkte Andrej wie ein tapsiger Bär aus dem Bilderbuch, der nach dem Winterschlaf zum ersten Mal seine Höhle verließ. »Glaubt er, er wird verfolgt.« Er tippte sich an die Schläfe. »Ist verwirrt, eine Tag, jemand will vergiften, andere Tag, er sieht Mann mit Messer an Bett. Heute Morgen, er sagt, er riecht Gas. Jemand will vergasen. Ich weiß nicht.« Er nahm einen letzten Zug und trat die Zigarette aus.

Spagnolis Lächeln wurde wärmer. »Noch mal, haben Sie vielen Dank und alles Gute, Andrej.«

Er lachte fröhlich. »Sie haben behalten mein richtige Name. Heute ich Gregorij, morgen vielleicht Ivan. *Arrivederci!*« Mit diesen Worten ging er zurück.

Spagnoli stieg ins Auto. »Das war ja ein ganz großer Reinfall. Und dafür hole ich dich aus dem Elternurlaub.«

»Bah, das hat mir ganz gutgetan, mach dir keine Sorgen. Auch wenn ich lieber mit dir in Carlottas Trattoria zu Mittag gegessen hätte, als in die Welt eines alten Faschisten einzutauchen.«

»Das ist er, oder? Immerhin hat der vermutlich kein Problem mit der aktuellen Regierung. Wusstest du übrigens, dass eine Enkelin von Mussolini bei der *Fratelli d'Italia* ausgetreten ist, weil die ihr zu rechts waren? Sie setzt sich jetzt für die Integration von Migrantenkindern ein.«

»Rachel. Und ihre Halbschwester Alessandra tritt neuerdings für die Rechte der queeren Community ein.«

»Erstaunlich, weil sie sich nämlich auch schon für ein positives Andenken an Benito Mussolini starkgemacht hat.«

»Sie haben ein Recht darauf, ihre Meinung zu ändern, Claudia.«

»Ja, schon. Es fällt mir nur schwer zu glauben, dass sie das tatsächlich getan haben.« Sie stockte. »Erinnerst du dich übrigens daran, dass wir Tonio in Lecco mit ein paar Freunden gesehen haben? Da haben wir darüber spekuliert, ob er und dieser Latino ein Paar sind. Falls dem so ist, wie geht es ihm dann damit?«

»Wie meinst du das?«

»Wenn die Rechte von Homosexuellen wieder infrage

gestellt werden, dann betrifft ihn das persönlich. Und was, wenn sie tatsächlich eingeschränkt werden sollten …?«

»Nun mach aber mal halblang. Ich glaube gar nicht, dass es so weit kommt. Und offiziell wissen wir von nichts. Er und dieser andere Mann waren vertraut miteinander, aber das kann auch andere Gründe haben. Ehrlich, Claudia, es geht uns nichts an, solange er das Thema nicht von sich aus anspricht.«

»Ja, schon gut.« Sie schwieg kurz. »Ich würde ihm einfach gern zeigen, dass ich hinter ihm stehe. Natürlich ohne ihn zu bedrängen. Heutzutage kann uns das nicht mehr egal sein.«

»Noch mal, wir wissen nichts über Tonios Privatleben. Zeig ihm einfach, dass er hier willkommen ist. Hilf ihm, diesen Unfall aufzuklären. Alles andere ergibt sich mit der Zeit.«

»Amen!« Sie lachte auf. »Es tut gut, mit dir unterwegs zu sein. Das Unfallauto war übrigens weiß, nicht schwarz. Und dass es ein Mercedes war, stand in allen Zeitungen. Vermutlich stimmt an der Aussage von Alfredo Cantù gar nichts. Aber falls du mit deinem Freund sprichst, frag ihn doch mal, ob dieser Bruno Fratesi wirklich an der Unfallstelle wohnt.«

3

»Bruno Fratesi? *Oddio*, der ist mindestens seit zwanzig Jahren tot!« Umbertos freundliches Lachen tönte durchs Wohnzimmer. Pellegrini hatte seinen alten Freund auf einen *caffè* zu sich ins Gartenhaus eingeladen, und der war gerne gekommen. Emma schlief selig in ihrer Wiege, und Pellegrini hoffte auf eine Stunde Ruhe vor seinen Vaterpflichten.

Umberto zupfte ein Tuch aus der Tasche seines Jacketts und nahm seine Brille ab, um sie zu putzen. »Aber immerhin das stimmt, der hat an der Straße nach Brunate hinauf gewohnt, in einer Haarnadelkurve. Ob es aber die war, in der der Unfall passiert ist? Keine Ahnung.«

»Das spielt auch keine Rolle. Im Gedächtnis deines Nonno ist einiges durcheinandergeraten. Die ein oder andere Wahrheit mag in dem stecken, was er uns erzählt hat, aber eins ist sicher, den Unfall beobachtet haben kann er nicht.«

Umberto nickte. »Ich habe ihn seit Jahren nicht mehr besucht, ich habe das einfach nicht ausgehalten. Meine Mutter organisiert seine Pflegekräfte und all das, aber selbst geht sie auch nicht gern zu ihm. Jetzt frage ich mich schon, ob ich mich vielleicht mal wieder blicken lassen sollte. Allerdings hat er mich beim letzten Mal in einem fort wegen meines *Gutmenschentums* beleidigt. Ich unterrichte regelmäßig unentgeltlich Kinder von Familien, die sich das nicht leisten können. Wie du dir denken kannst, sind auch Kinder aus Einwandererfamilien darunter.« Er legte eine Hand auf die Brust. »Musik ist universell. Wer ein offenes Herz für Musik hat, ist auch bereit, auf Worte zu hören, auf andere Menschen zuzugehen und neue Erfahrungen zu machen. Ja, ich weiß, du als Commissario, mit deinen Morden und all dem, was du schon erlebt hast, siehst das vielleicht anders, und es mag auch nicht auf ausnahmslos alle meine Schülerinnen und Schüler zutreffen. Vielleicht bin ich naiv. Aber ich glaube fest daran, dass ich mit dem Unterricht für diese Kinder ein wenig Gutes bewirke.«

»Dann wird es so sein.« Pellegrini meinte das vollkommen aufrichtig. Ob dieses Gute in Umbertos freundlich zugewandter Art lag oder in der Musik, konnte er nicht beurteilen, denn vermutlich ging das eine mit dem anderen einher. Sein Freund gehörte ohne jeden Zweifel zu diesen Menschen, die etwas bewirken konnten, das hatte Pellegrini schon am eigenen Leib erfahren.

»Und dein Nonno, so würde ich ihn einschätzen, sieht es als Schwäche an, solchen Kindern zu helfen«, fuhr er fort. »Er ist davon überzeugt, dass wir alle für uns selbst verantwortlich sind. Ein Mann, der beruflich scheitert, ist selbst schuld, weil er sich nicht genug angestrengt hat. So oder so ähnlich, habe ich recht?«

»So ist es.« Umberto stockte kurz. »Meiner Mutter zufolge hat er in den letzten Kriegstagen Partisanen, die sich im Norden oberhalb von Colico verschanzt hatten, an die Deutschen verraten. Sie entschuldigt das damit, dass er es für seine Familie getan habe. Er habe als Gegenleistung für die Informationen Lebensmittel bekommen. Mir ist ja völlig klar, dass nicht alle in der *resistenza* gewesen sein können … Niemand gibt es gern zu, aber die schreckliche Wahrheit ist, dass genug mitgemacht haben; erst bei den italienischen Faschisten, dann bei den deutschen Nazis. Warum also nicht auch mein Nonno?« Er lächelte dünn.

Pellegrini unterdrückte ein Gähnen. »Du kannst nichts für das, was er getan oder unterlassen hat. Du bist für dein Leben verantwortlich, und du machst es besser, das zählt. Lade dir nicht die Schuld deiner Vorfahren auf. Ganz unabhängig davon, was dein Nonno für ein Mensch gewesen ist, war meine Kollegin enttäuscht, weil sie gehofft hatte, mit der Aufklärung dieses Unfalls weiterzukommen. Inzwischen gibt es drei Aussagen, die bestätigen, dass dem Auto ein Motorrad entgegengekommen ist. Aber nicht einmal darüber, was dann passiert ist, besteht Einigkeit.«

»Ich habe von dem Unfall gelesen. Hältst du es für möglich, dass der Motorradfahrer gar nicht beteiligt war?«

»Könnte durchaus sein. Als Ursache kommen Dutzende Möglichkeiten infrage. Der Autofahrer könnte einen Moment unaufmerksam gewesen sein, vielleicht hat die Beifahrerin ihn abgelenkt, was weiß ich. Aber um das beurteilen zu können, müsste die Person auf dem Motorrad gefunden werden und eine Aussage machen.«

»Macht sie sich dann strafbar, wenn sie nicht anhält und den Verunglückten hilft?«

Pellegrini rieb sich die Schläfen. »Moralisch hätte sie unbedingt die Pflicht, und auch juristisch wäre die Sache zunächst einmal klar: Sie darf sich nicht vom Unfallort entfernen, ohne mindestens Hilfe gerufen zu haben. Die Unfallursache ist zunächst einmal unerheblich. Die Staatsanwaltschaft müsste dieser Person allerdings nachweisen, dass sie den Unfall bemerkt hat. Das wäre in diesem Fall vielleicht gar nicht so einfach. Wo juristisch die Grenze verläuft, ab wann jemand schuldig ist, weiß ich nicht.« Er unterbrach sich und schüttelte dann den Kopf. »Stell dir das vor, Umberto: Da fährst du nichts ahnend irgendwo lang, und ein entgegenkommendes Auto schlingert ein wenig. Und am nächsten Tag erfährst du, dass es die Böschung hinabgestürzt ist, der Fahrer tot, die Beifahrerin schwer verletzt.«

»Dann würde ich mich melden und aussagen, dass ich das Fahrzeug habe schlingern sehen.«

»Ja, du. Du bist ja auch ein *Gutmensch*.« Pellegrini lächelte warm. »Ich bitte dich herzlich, das niemals zu ändern.«

»Werde ich ganz bestimmt nicht, mach dir keine Sorgen. Aber ich verstehe, worauf du hinauswillst. Ich kann mir gut vorstellen, dass sich da einige nicht melden, weil sie sich vielleicht Vorwürfe machen, weil sie glauben, sie könnten belangt werden oder hätten aufmerksamer sein müssen.«

»Das denke ich auch.«

Umberto stand auf und streckte den Rücken durch. »Ich muss los, Viola wollte heute Abend ins Kino. Du bist sicher froh, wenn du ein paar Minuten Ruhe hast. Du gähnst ja schon die ganze Zeit.«

»Ehrlich, ich weiß nicht, wie Mütter das hinbekommen. Ich bin ja wenigstens körperlich fit. Aber was so eine Geburt mit einem Körper anstellen kann … ich hatte ja keine Ahnung. Manche Frauen müssen mehrfach genäht werden, und so ein Kaiserschnitt ist auch nicht ohne.«

Umbertos Blick umwölkte sich. »Und doch hätte Viola das alles mit Freuden auf sich genommen.«

Pellegrini stutzte. »Dann hättet ihr euch Kinder gewünscht?« Er kannte Umbertos Frau nicht sehr gut und wusste lediglich, dass sie in einer sehr guten Position bei *Crédit Agricole Italia* arbeitete.

»Der Wunsch war da«, erklärte Umberto leise. »Es liegt an mir. Ich habe das lange nicht wahrhaben wollen und die Untersuchungen verweigert. Ich dachte immer, das wird schon, manchmal dauert es eben. Und als ich dann die Diagnose bekam, war es für Viola zu spät. Sie wollte nicht mehr. Sie ist vier Jahre älter als wir beide. Das habe ich unterschätzt. Ich dachte, wir hätten mehr Zeit.«

Pellegrini nickte und sagte nichts. Das war auch nicht nötig. Sie kannten einander gut genug, um zu wissen, wie der andere sich fühlte.

Auch nachdem er seinen Freund herzlich verabschiedet hatte, hallten dessen Worte nach. Sich für unsterblich zu halten, war etwas so zutiefst Menschliches, zu glauben, dass etwas noch Zeit hatte. Bis es dann zu spät war.

Die gesamte Familie Bruchsitter hatte sicher auch gedacht, ihnen bliebe noch eine Menge Lebenszeit. Eine Steilkurve zu schnell gefahren, und für Hans-Peter war es vorbei gewesen. Pellegrini hatte vorhin noch von seiner Mutter erfahren, dass es um Dagmars Überlebenschancen inzwischen ein klein wenig besser stand. Ihre Tochter Nicole war auf dem Weg nach Como, um ihrer Mutter beizustehen und sich um alles zu kümmern.

Pellegrini hoffte für Nicole und den Rest der Familie, dass sich keine weiteren Abgründe auftun würden. So ein Unfall an sich war schlimm genug. Im Nachhinein zu erfahren, dass es einen Streit gegeben, der Fahrer Alkohol oder Medikamente zu sich genommen hatte, oder dass die Beifahrerin zugab, ihm ins Steuer gegriffen zu haben, machte alles umso dramatischer. Und auch für den Motorradfahrer oder andere Beteiligte würde ein solches Ereignis kaum folgenlos bleiben.

Pellegrini lächelte melancholisch. Solche Betrachtungen nützten nichts. Zunächst musste die Unfallursache zweifelsfrei geklärt sein, und welche Konsequenzen sich daraus ergaben, würde sich zeigen. Eine sorgfältige Ermittlung brauchte Zeit. Im Geiste hörte er eine Uhr ticken. Doch statt dem Schrillen eines Weckers ertönte Emmas Stimme, die lautstark und unvermittelt ihr Recht einforderte.

4

Die Wege in Como waren vertraut und doch ungewohnt ohne Pellegrini. Spagnoli saß allein in der *Trattoria da Alfredo* und vermisste ihren Chef. Draußen war es dunkel geworden, sie hatte längst Feierabend und das Gefühl, den ganzen Tag nichts Rechtes zustande gebracht zu haben. Ganz sicher nichts, was sie und Gruber hinsichtlich der Unfallursache weitergebracht hätte. Der Zustand der Beifahrerin hatte sich stabilisiert, immerhin. Mit etwas Glück würde sie bald vernehmungsfähig sein. Pellegrini hatte sie informiert, dass die Tochter des Ehepaars morgen im Laufe des Tages einträfe. Sie würden mit dieser Nicole Schmidt reden müssen. Spagnoli hatte nur noch keine Idee, welche Fragen sie ihr stellen oder was sie ihr sagen sollte, von den üblichen Beileidsbekundungen abgesehen.

»Einsam?« Carlotta kam an ihren Tisch und stellte Spagnoli ungefragt eine riesige Portion Polenta mit einem Tomaten-Kürbis-Ragout vor die Nase. Die Inhaberin der Trattoria hatte vor Kurzem erst entschieden, sich nicht mehr darum zu kümmern, was ihre Stammgäste essen wollten, sondern einfach zu servieren, was die Küche gerade hergab. Wer häufig genug kam, dessen Vorlieben und Abneigungen kannte sie, und sie war selbstbewusst genug, anzunehmen, nicht danebenzuliegen.

Spagnoli wurde ganz warm ums Herz, weil sie sich immer noch zu den Stammgästen zählen durfte, obwohl sie fast ein Jahr lang nicht mehr hier gewesen war. Sie lächelte stumm zu ihrem Gegenüber auf und griff nach der Gabel.

»Nun iss erst mal«, meinte Carlotta. »Und danach kommst du zu mir an die Bar und erzählst mir, was dir auf dem Herzen liegt. Oder auch nicht, ist nur ein Angebot. Aber falls dir einer sogar besagtes Herz gebrochen hat, überlegen wir uns, was wir mit ihm anstellen.« Carlotta kochte und servierte nicht nur, sondern war auch für das Seelenheil ihrer Stammgäste zuständig.

»Danke. Das mache ich.« Spagnoli fragte sich, ob es an Carlottas langjähriger Erfahrung als Wirtin lag, dass sie etwas von ihren Sorgen ahnte, oder ob ihr diese so deutlich ins Gesicht geschrieben standen. Es ging um einen Mann, der ihr nahestand, aber anders, als Carlotta vermutete.

»Aber Andrea ist es nicht? Oder Marco? Sonst hole ich die gusseiserne Bratpfanne raus, das verspreche ich dir.«

Spagnoli lachte auf. »Nein, die beiden sind mir nach wie vor lieb und teuer. Der eine kriecht im Piemont durch den Busch, und der andere hütet ein Baby.«

Für einen Moment hielt Carlotta verwirrt inne. »Baby, ja? Andrea ist geschieden, und seine Freundin sitzt hier vor mir und erzählt mir, dass zwischen ihm und ihr alles in Ordnung ist. Wenn es also deins wäre, wärst du nicht hier. Dann kann das ja nur unser Commissario sein. Davon wusste ich nichts. *Cara*, falls es eine Geschichte ist, die ich hören darf, hast du gleich mein Ohr.«

»Ich denke schon. Aber ich kenne lange nicht alle Einzelheiten, ich war länger nicht in Como und habe heute erst wieder angefangen zu arbeiten.« Spagnoli hob die Gabel und spießte ein Stück Kürbis auf.

»Ich sehe schon, das wird ein langes Gespräch.« Carlotta zwinkerte ihr zu. *»Buon appetito!«* Weg war sie.

Spagnoli hatte kaum einige Bissen geschafft und war stolz auf sich, dass sie für wenige Minuten nicht an ihren Bruder gedacht hatte, als sie einen Anruf bekam.

»Gianluca, wenn du das bist, blockiere ich deine Nummer für alle Zeiten, ich schwöre es dir!«, murmelte sie.

Überraschenderweise war es ihr Kollege Gruber. »Ciao, Claudia, störe ich?«

»Tonio, wird es nicht Zeit für den Feierabend?«

»Eigentlich schon. Aber ich habe gerade einen Anruf aus dem Hospital erhalten. Sie haben Dagmar Bruchsitter aus dem künstlichen Koma zurückgeholt, und sie soll ansprechbar sein. Ich dachte, ihre Aussage könnte vielleicht das Interessanteste an dieser ganzen Sache werden, und das wollte ich dir nicht vorenthalten.«

»Können wir das auf morgen früh verschieben? Oder eilt es?«

Gruber schwieg kurz. »Nein, ich denke nicht. Du hast recht. Dann morgen früh. Mach dir noch einen schönen Abend.«

»Tonio, warte.«

»Ja?«

»Wolltest du heute noch ins Krankenhaus, weil du nicht nach Hause möchtest?«

»Wie meinst du das?«

»Du hast um dieselbe Zeit Dienstschluss gehabt wie ich. Und so unterbesetzt, dass du eine Extraschicht schieben musst, um zu nachtschlafender Zeit die Zeugenaussage eines Unfallopfers aufzunehmen, sind wir nicht.«

Er lachte, es klang verlegen. »Vielleicht hast du mich ertappt.«

»Dann komm in die *Trattoria da Alfredo*. Kennst du die schon? In der Nähe der Piazza Alessandro Volta?«

»Haben die was Gutes zu essen?«

Spagnoli schielte auf ihre goldgelbe Polenta. »Selbstverständlich.«

»Okay, gib mir zwanzig Minuten.«

Sie beendete das Gespräch. Wenn Gruber noch in der Questura war, würde er sehr viel schneller hier sein. Schließlich war die Trattoria nicht ohne Grund seit Jahren ihr und Pellegrinis Stammlokal fürs Mittagessen.

Dienstag, 06. Oktober

1

Spagnoli war immer wieder amüsiert, wie verblüfft die meisten Menschen waren, wenn Commissario Gruber ihnen in fließendem Italienisch antwortete, wenn auch mit der in Südtirol üblichen, durch das Deutsche geprägten Aussprache. Nicht wenige glaubten, aufgrund seines roten Haars und kantigen Körperbaus, einen Engländer vor sich zu haben.

Dagmar Bruchsitter ging es jedenfalls auch so. Mit schwerem Akzent erklärte sie, weder gut Italienisch noch Englisch sprechen zu können.

»*Fa niente*, macht nichts«, erklärte Gruber mit einem freundlichen Lächeln auf Deutsch und Italienisch. Er warf Spagnoli einen entschuldigenden Blick zu und fragte sie, ob es in Ordnung wäre, wenn sie die Befragung auf Deutsch durchführten.

Sie sparte sich eine Antwort. Was blieb ihr denn anderes übrig, als zuzustimmen, wenn sie nicht ewig auf die Übersetzerin warten wollten, die für solche Fälle angeblich irgendwo im Krankenhaus herumschwirrte? Gruber jedenfalls holte die Erlaubnis ein, das Gespräch aufzuzeichnen, und begann mit seinen Fragen. Spagnoli blieb in respektvoller Entfernung stehen und langweilte sich. Sie ließ den Blick durch das Zimmer schweifen. Die Patientin hatte am Morgen bereits die Intensivstation verlassen und war in ein normales Zimmer verlegt worden. Ums Bett herum standen einige medizinische Geräte, die leise vor sich hin summten, und darin die kleine Frau, die beinahe in den

Kissen versank. Die Deutsche erinnerte sie unangenehm an ihre Mutter in den letzten Tagen ihres Lebens. Lungenkrebs hatte die Diagnose geheißen, und Laura Spagnoli hatte sich gewünscht, mit ihren beiden Kindern auf Europareise zu gehen. Weit waren sie nicht gekommen. Zuletzt hatten sie alle gemeinsam knapp drei Wochen in einem Hospiz in der Nähe von Stuttgart verbracht, in einer Kleinstadt, deren Namen sie schon wieder vergessen hatte. Es war unerträglich heiß gewesen, und sie hatte sich weit fort gewünscht. Mit ihrer Mutter hatte sie ihren Frieden machen können. Doch Gianluca klammerte sich mit jedem Tag, den Laura Spagnoli weniger wurde, mehr an seine kleine Schwester.

Dagmar Bruchsitter hatte einen schweren Unfall überlebt. Mehrere Knochenbrüche, eine Lungenquetschung, dazu zahllose kleine Schürfwunden und Schnitte, doch die würden heilen. Ihren Verlust dagegen konnte niemand wiedergutmachen. Der zuständige Oberarzt hatte ihr die Nachricht vom Tod ihres Mannes am Morgen mitgeteilt. Angesichts dessen wirkte sie erstaunlich gefasst. Sie sprach ruhig und leise, klang jedoch nicht nach trauernder Witwe. Vielleicht hatte sie die Tragweite der Ereignisse noch gar nicht realisiert. Die sedierenden Medikamente mochten ihren Teil dazu beitragen.

»Tonio? Ich warte draußen«, sagte sie irgendwann, als sie es nicht mehr aushielt.

»Ich komme.« Gruber nickte Dagmar Bruchsitter zu, die eine Hand ausstreckte. Er ergriff sie und schüttelte sie sanft.

Spagnoli nickte höflich und wollte nur noch weg. Natürlich beherrschte sie sich, bis Gruber so weit war. Schweigend verließen sie das Zimmer.

»Und? Was sagt sie?«, fragte sie neugierig, kaum dass ihr Kollege die Tür geschlossen hatte.

»Nicht viel. Sie kann sich recht gut an die Auffahrt nach

Brunate erinnern. Es hätte keine Anzeichen dafür gegeben, dass etwas passieren könnte. Ihr Mann wäre sicher und souverän gefahren, behauptet sie. Einen Motorradfahrer hat sie nicht bemerkt. Sie weiß nur noch, dass ihr Mann kurz erstaunt aufgeschrien hat, doch bevor sie fragen konnte, was los war, ging ein Ruck durch das Auto und dann hat sich alles gedreht. Danach weiß sie nichts mehr.« Er überlegte kurz und zuckte dann mit den Schultern.

Spagnoli nickte nachdenklich. »Es war ein Unfall. Ohne Zweifel einer mit tragischem Ausgang, aber wenn du mich fragst, werden wir nicht mehr herausfinden, als wir jetzt schon wissen.«

»Glaube ich auch nicht.«

Sie hatten den Aufzug erreicht.

»Wollen wir noch bei El Gato vorbeischauen?«, schlug Gruber vor. »Vielleicht hat er schon erste Ergebnisse der Autopsie.«

»Na klar.« Wenn auch die Untersuchung des Rechtsmediziners nichts ergab, konnten sie die Akte bald schließen.

Und danach sah es eine gute halbe Stunde später aus, nachdem Dottore El Gato sie in ein kleines Büro geführt und Bericht erstattet hatte.

»Keine Hinweise auf toxische Substanzen, keine Anzeichen von einem Schlaganfall, Herzstillstand, Infarkt oder was auch immer.« Der Arzt nahm die Brille ab und wischte sich mit einer Hand über die Glatze. »Nach meinem Ermessen ein gesunder Mann, körperlich in altersgemäßem Zustand, ein bisschen Übergewicht, Arterienverkalkung, leichter Muskelabbau. Aber nichts, was ein plötzliches Lenkmanöver oder den Ausfall von Reaktionsvermögen erklären könnte. Es fehlen noch ein paar Daten aus dem Labor, aber soweit ich das sagen kann, war der Fahrer nicht die Ursache.«

»Er könnte sich erschreckt haben, vielleicht, weil ein Tier, eine Katze über die Straße gelaufen ist oder so was?«, fragte Gruber.

»Oder ihm unerwartet ein Motorrad entgegengekommen ist, das er erst im letzten Augenblick bemerkt hat«, ergänzte Spagnoli.

»Sicher, beides ist möglich.« El Gato verstaute die Brille in der Brusttasche seines Kittels. »Aber das werde ich nicht herausfinden. Wenn wir Glück haben, wird das Labor ein paar abweichende Biomarker feststellen. Ein Beweis dafür, dass sich der Fahrer erschreckt hat, ist das noch nicht. Mit Ihrer Erlaubnis würde ich den Leichnam für die Überführung nach Deutschland freigeben.«

Gruber schaute fragend zu Spagnoli, dann nickten beide. El Gato war erfahren und arbeitete gründlich, es gab keinen Anlass, an den Ergebnissen seiner Arbeit zu zweifeln.

Sie bedankten sich und verließen das Gebäude.

Gruber steckte die Hände in die Hosentaschen und reckte die Schultern. »Dann war es das jetzt, oder was meinst du?«

»Ich könnte noch eine letzte Quelle anzapfen, was dieses Motorrad anbelangt. Ich bringe meine Maschine immer in die Werkstatt von Giovanni Cacciatore, wie vermutlich halb Como. Wenn der Motorradfahrer hier aus der Gegend stammt, könnten wir ihn auf diesem Wege finden.«

»Was denkst du, wie groß ist die Chance?«

»Mikroskopisch klein.« Spagnoli machte eine wegwerfende Handbewegung. »Es war Samstag. Vermutlich war das jemand aus Mailand, der eine kleine Tour um den See gemacht hat. Selbst wenn er sich melden *wollte* – erfährt er vielleicht niemals davon, dass wir ihn suchen.«

»Rede mit den Leuten aus der Werkstatt, schaden kann es nicht.« Gruber atmete tief durch. »Dann haben wir alles getan und können den Fall zu den Akten legen.« Er schaute sie mit offenem Blick an. »Danke übrigens, dass du so schnell zurückgekommen bist, und für die Einladung gestern Abend.«

»Gern.« Spagnoli lächelte zu ihm auf. Sie hatten am Vorabend gemeinsam gegessen, besser gesagt, sie hatte ihm dabei zugesehen, wie er Carlottas Polenta verschlang. Gesprochen hatten sie nicht viel. Aber es war anders als früher mit Pellegrini, der sich einen Panzer zugelegt und kein Wort über sein Privatleben verloren hatte. Gruber wirkte eher, als wollte er nichts lieber, als über das reden, was ihn beschäftigte, fände jedoch nicht die richtigen Worte. Spagnoli erging es nicht viel besser. Bei ihrer ersten Begegnung hatte sie ein wenig von ihren Sorgen um ihre Mutter durchblicken lassen, doch das eigentliche Problem, was sie mit ihrem klammernden, mit seinem Leben hadernden Bruder anstellen sollte, darüber konnte sie nicht recht sprechen.

»Macht Spaß, mit dir zusammenzuarbeiten«, fügte sie hinzu.

Er legte eine Hand in den Nacken. »Ich fühle mich immer noch total unbeholfen. Im Grunde mache ich hier die gleiche Arbeit wie in den letzten Jahren, aber die Leute sind schon anders. Ich fühle mich manchmal fremd.«

»Das ist dir nicht anzumerken, falls dich das beruhigt.«

»Umso besser.« Er lachte laut auf. »Letzte Woche musste ich eine alte Frau vernehmen. Die hat Lombardisch geredet, und ich glaube, das war volle Absicht. Sie hat mich auflaufen lassen.«

»Das hätte sie bei Marco auch geschafft, der versteht auch kein Lombardisch«, meinte Spagnoli.

»Wirklich nicht?«

»Nur ein paar Phrasen, aber ein ganzes Gespräch könnte er nicht führen, nein. Dafür ist mein Englisch immer noch mies.« Von ihrem Deutsch ganz zu schweigen. Sie hatte vorhin im Krankenhauszimmer kaum ein Wort verstanden.

Er grinste schief. »Das beruhigt mich. Gut, wollen wir Marco Bescheid geben? Immerhin kannte er das Ehepaar, es wird ihn interessieren.«

Spagnoli zog den Reißverschluss ihrer Jacke zu und schlug den Kragen hoch. »Ich gebe ihm Bescheid. Aber er wirkte so übermüdet, er ist bestimmt nicht traurig, wenn es bei der Sache nichts weiter zu tun gibt.«

2

Pellegrini träumte. Die Gemeinde von Brunate hatte sich zu einem merkwürdigen Taufritual eingefunden und war auf dem Platz vor der Kirche di Sant'Andrea versammelt. Marta Pellegrini und Don Amissah warfen Emma einander zu wie einen Ball, wobei der Pfarrer das Kind jedes Mal um ein Haar fallen ließ. Begleitend wurde unrhythmisch und schnell getrommelt. Dann schleuderte Don Amissah das Baby in Pellegrinis Richtung. Der versuchte, ihm entgegenzulaufen, konnte sich jedoch nicht von der Stelle rühren.

Er fuhr aus dem Schlaf und fand sich auf der Couch in seinem Wohnzimmer wieder. Es war früher Abend, schon dunkel, die Traumbilder verblassten. Das Trommeln blieb. Dazu hörte er Emma im Schlafzimmer leise greinen.

Verschlafen stand Pellegrini auf und öffnete die Tür.

»Endlich! Sag mal, hörst du schlecht?« Marta Pellegrini wartete keine Antwort ab, sondern stürmte sofort in den Flur. »Was ist mit Emma, warum weint sie?«

»Was weiß denn ich? Vielleicht hast du sie mit diesem Lärm geweckt.« Er gähnte verstohlen und musterte die blonde Frau um die vierzig, die im schwach beleuchteten Flur vor der Tür stand und verlegen mit dem Riemen ihrer Handtasche spielte. Eine Handtasche von Louis Vuitton, bemerkte er, farblich abgestimmt auf das dunkelrote Kostüm und die sandfarbenen Schuhe, die die Unbekannte ebenfalls nicht in einem Discounter gekauft hatte, da war er sicher. Er überlegte, ob sie ihm bekannt sein müsste, konnte ihr Gesicht jedoch nicht einordnen. Die Augen mit den Schlupflidern waren stark geschminkt, und auch ihre Lippen wirkten unnatürlich voll.

»*Buonasera*, Marco.« Die Frau tat, als müssten sie einander kennen. Darüber hinaus schien sie ebenfalls nicht recht zu wissen, was sie sagen sollte.

»Nicky, jetzt komm schon rein«, rief Pellegrinis Mutter.

Ihm blieb nichts anderes übrig, als mit einer einladenden Handbewegung beiseitezutreten. Zugleich schaltete er das Licht im Flur ein.

Inzwischen dämmerte ihm, wen er da vor sich hatte. »Nicole Bruchsitter, wenn mich nicht alles täuscht? Hereinspaziert.«

Sie lächelte entschuldigend. »Ich wollte dich nicht überfallen«, sagte sie auf Deutsch. »Deine Mutter hat mich …«

»Schon gut. Geh ins Wohnzimmer. Möchtest du was trinken?« Er unterdrückte ein weiteres Gähnen, bevor ihm auch endlich wieder einfiel, warum sie hier war. »Mein Beileid wegen deines Vaters.«

»Danke.«

Er konnte ihre Miene nicht sehen, weil sie vorausging.

Marta Pellegrini kam aus dem Schlafzimmer, die schreiende Emma auf dem Arm. »Sie hat Hunger. Ich mache ein Fläschchen.«

Er wies wortlos auf die Pantryküche. In seinem früheren Apartment, seinem früheren Leben, war der Küchenbereich immer klinisch sauber gewesen, was natürlich auch der Tatsache geschuldet gewesen war, dass er kaum benutzt worden war. Jetzt stapelten sich auf der Anrichte Milchpulverkartons, eine Tüte mit Ciabatta, benutzte Gläser, Babyflaschen.

Seine Mutter schnalzte empört mit der Zunge. »Hast du keine saubere Flasche mehr?«

Pellegrini spürte Wut in sich hochkochen. Wortlos trat er an den Hängeschrank, nahm das gewünschte Fläschchen heraus und drückte es ihr in die Hand.

»Marco«, zischte Marta Pellegrini leise. »Jetzt mach das Fläschchen, das geht viel schneller.« Sie wiegte Emma energisch, ein stummer Vorwurf im Blick.

Pellegrini erwiderte nichts mehr. Stattdessen entriss er ihr die Flasche, füllte sie mit Pulver und Wasser und schaltete den Milch-Zubereiter ein. Dabei wusste er ganz genau, dass seine Mutter das auch ohne seine Hilfe problemlos geschafft hätte. Sie wirkte geradezu feindselig. Was war da los? Und wozu die Eile? So kannte er sie gar nicht. Emma schien zu spüren, dass etwas nicht stimmte, und brüllte umso lauter. Nicole saß auf der Kante des Sofas und beobachtete alles scheinbar unbeteiligt.

»*Madonna mia*, jetzt hast du sie zum Weinen gebracht«, murmelte Marta Pellegrini gerade so laut, dass er es unmöglich überhören konnte.

»Ich habe … was?«

Er bekam keine Antwort, sondern nur einen kurzen Seitenblick, der alles sagte. Pellegrini würde längst nicht mehr auf dieser Erde wandeln, wenn Blicke töten könnten. Aber er hätte niemals gedacht, dass seine Mutter noch zu einer Steigerung fähig war. Vermutlich hielt nur die Anwesenheit der Fremden sie davon ab, wie eine Naturgewalt über ihren Sohn hereinzubrechen.

»Das reicht jetzt«, flüsterte er drohend. »Wenn du mir nicht zutraust, das Baby angemessen zu versorgen, wird schon etwas dran sein. Es wäre sicher besser für alle, wenn ich morgen in die Klinik fahre und Emma abgebe. Dann muss Franca sie nehmen oder sie überlassen sie einer Pflegefamilie. Was auch immer das übliche Verfahren ist.« Er hatte sich seit Wochen zusammengerissen, all die Bevormundung und Besserwisserei über sich ergehen lassen. Aber diese falsche und noch dazu völlig überflüssige Schuldzuweisung brachte das Fass zum Überlaufen.

Verächtlich kniff Marta Pellegrini die Lippen zusammen. »Du willst dich also wieder einmal vor der Verantwortung drücken? Packst du morgen deinen Rucksack und haust ab?«

Er schwieg, weil er sich nicht länger rechtfertigen wollte. Dazu fehlte ihm die Kraft. Abhauen, das würde er ganz bestimmt niemals mehr tun. Aber genauso wenig würde er jetzt diese Auseinandersetzung mit seiner Mutter führen und ihr erklären, dass sie zu weit gegangen war.

Sie wies mit dem Kinn Richtung Couch und wechselte abrupt das Thema. »Dein Kollege war vorhin bei ihr. Sie haben die Ermittlungen eingestellt, weil es angeblich ein Unfall war. Kümmere dich darum. Ich übernehme Emma.«

Der Milch-Zubereiter piepte. Sie schnappte sich die Flasche und verzog sich mit dem Kind ins Schlafzimmer. Was war da gerade passiert? Fassungslos blickte Pellegrini ihr nach. Waren Emma und seine mangelnden Kompetenzen als Vater womöglich gar nicht der Grund für ihre unverhältnismäßige Angriffslust? Was wollte sie von ihm? Sicher, die Bruchsitters waren geschätzte und vertraute Stammgäste, aber das allein konnte es doch nicht sein? Zwischen seiner Mutter und Nicole schien seit deren Ankunft am späten Vormittag bereits etwas vorgefallen zu sein. Aber was, darauf konnte er sich keinen Reim machen. Marta Pellegrini ärgerte sich vermutlich vor allem über sich selbst. Verwirrt rieb er sich mit beiden Händen übers Gesicht. Offenbar trübte die Müdigkeit seine Fähigkeit, Schlussfolgerungen zu ziehen.

Er riss sich zusammen, füllte zwei Gläser mit Leitungswasser und ging zu Nicole hinüber. Die setzte sich etwas aufrechter hin und lächelte unbeholfen zu ihm auf. Er blieb stehen, lehnte sich gegen das Sideboard zu ihrer Linken und prostete ihr zu. Sie wirkte arglos, dennoch fragte Pellegrini sich kurz, wie viel Italienisch sie verstand und was sie von der Auseinandersetzung mitbekommen hatte. Dass seine Mutter keine Rücksicht darauf genommen hatte, welche Privatangelegenheiten eine Wildfremde mitbekam, war das Einzige, das an ihrem Verhalten nicht ungewöhnlich war.

»Danke, dass du dir die Zeit nimmst«, sagte Nicole, nachdem sie einen Schluck getrunken hatte. »Deine Mutter hat mir erzählt, was mit deiner Freundin … dass die Mutter das Kind nicht selbst versorgen kann.«

Im Stillen hoffte Pellegrini für seine Mutter, dass sie kein Wort mehr als nötig über Franca erzählt hatte. Das ging diese Frau überhaupt gar nichts an.

»Ich heiße übrigens nicht mehr Bruchsitter, sondern Schmidt. Ich bin seit zwei Jahren geschieden. Wir sind aber im Guten auseinandergegangen.« Sie schlug die Augen nieder und biss sich auf die Unterlippe.

Er nickte, weiterhin um eine höfliche Miene bemüht. Er wollte nicht einmal wissen, warum sie ihm das erzählte. Befänden sie beide sich gerade bei Sonnenuntergang an der Poolbar, wäre er davon überzeigt, dass sie versuchte, ihn anzuflirten. Er konzentrierte sich auf ihre folgenden Worte.

»Ich bin hier, weil ich mich um die Überführung kümmern muss. Und deine Mutter meinte, du könntest mir helfen.«

»Das tut mir leid, aber das kann ich ganz sicher nicht. Ich habe noch nie mit einer Überführung zu tun gehabt, das ist kein Teil meiner Arbeit.«

»Nein, das meinte ich nicht.« Zum ersten Mal wirkte ihr Lächeln aufrichtiger, und Pellegrini glaubte für einen

Augenblick, die Fünfzehnjährige wiederzuerkennen, in die er sich damals so schwer verliebt hatte. Er überwand sich und erwiderte das Lächeln.

»Deine Mutter glaubt nicht, dass es ein Unfall war«, sprach sie weiter. »Und offen gestanden habe ich auch meine Zweifel.«

»Wieso das?« Die Frage war ihm herausgerutscht, bevor er sich besinnen konnte. Es interessierte ihn immer noch nicht, welchen Dämonen seine Mutter nachjagte, und er wollte auch nichts über Nicoles familiäre Verhältnisse wissen, aber er war zu lange Ermittler, um sich diese berufsbedingte Neugier zu verkneifen.

Nicole lehnte sich ein wenig vor und legte die Handflächen aneinander wie zum Gebet. »Es ist so. Mein Vater hatte vor seiner Abreise einen ziemlich heftigen Streit mit einem unserer Geschäftsführer, Sven Endenich. Es ging um eine größere Investition, die Sven noch vor Ende des Jahres anstoßen sollte. Zum 1. Januar geht das Unternehmen zu gleichen Teilen an mich und meine Schwester, Papa will sich endgültig zurückziehen.« Sie stockte. »Hätte sich zurückziehen wollen, meine ich.«

Wider Willen wurde Pellegrini hellhörig. »Was war das noch mal für eine Firma? Ich erinnere mich nur noch, dass es um Autoteile ging.«

»Wir sind First-Tier-Lieferant von Motorsteuerungen für Ford.« Pellegrini musste eine ziemlich verständnislose Miene gezogen haben, denn Nicole lächelte entschuldigend. »Das bedeutet, dass wir Erstausstatter sind, wir liefern unsere Teile direkt zum Hersteller an die Fertigung. Mein Vater ist früher in der Produktentwicklung bei Ford gewesen. Anfang der Neunziger hat er sich selbstständig gemacht und sein Unternehmen aufgebaut. Wir haben vierundzwanzig Beschäftigte in Deutschland.« Ein weiteres entschuldigendes Lächeln. »In den Bereichen Marketing, Vertrieb und Entwicklung. Fertigen lassen wir in Bulgarien.«

»Plus die Geschäftsführung.«

»Ja, genau. Mein Vater, meine Schwester und ich, Sven Endenich und Michael Schmidt. Das ist mein Ex-Mann.«

»Dann ist dieser Sven Endenich als Einziger nicht Teil der Familie, habe ich das richtig verstanden? Und mit dem hatte dein Vater Streit?«

»So ist es.«

»Wann und wie ist er denn ins Unternehmen eingestiegen?«

Nicole wirkte irritiert und dachte einen Moment nach. »Er hat sich damals beworben, wenn ich mich richtig erinnere. Ich weiß es gar nicht so genau. Michael wurde über einen Headhunter vermittelt – was ziemlich skurril war, denn er und Papa kannten sich schon aus der gemeinsamen Zeit bei Ford. Wir sind erst danach ein Paar geworden.«

Pellegrini winkte ungeduldig ab. »Zurück zu Sven Endenich. Um was ging es bei diesem Streit konkret?«

»Wie gesagt wollte mein Vater noch eine Investition von insgesamt zwei Millionen Euro für die Modernisierung der Fertigung anschieben.« Sie hob die Hände. »Das ist gar keine so große Summe, und das wäre auch erst der Anfang gewesen. Die gesamte Geschäftsführung, also wir fünf, hatten das schon lange entschieden. Aber dann hat Sven plötzlich seine Meinung geändert und fand, dass wir noch warten sollten, bis die bulgarische Regierung irgendwelche Entscheidungen fällt und höhere Subventionen ausschüttet. Mein Vater kennt den Markt in Bulgarien aber ziemlich gut und war davon überzeugt, dass das noch Jahre dauern könne. Er bestand vielmehr darauf, das Geld müsse wegen steuerlicher Abschreibungen noch in diesem

Jahr fließen. Unsere Steuerberaterin war übrigens derselben Meinung.«

Jetzt hatte Nicole endgültig Pellegrinis Interesse geweckt. Ein lukratives Unternehmen, dessen Nachfolge erst kürzlich geregelt worden war. Zwei Schwestern, zwei Geschäftsführer, von denen einer mit dem Inhaber in Streit geraten war. Diese Konstellation klang durchaus, als könnte sich darin ein mögliches Motiv für einen Mordversuch verbergen.

»Aber was hätte Endenich vom Tod deines Vaters? Kann er diese Investition damit verhindern? Und inwiefern profitiert er dann davon? Diese zwei Millionen Euro werden dann wohl kaum an die Geschäftsführung ausgezahlt.«

»Natürlich nicht! Das Geld bleibt im Unternehmen«, erklärte Nicole indigniert.

»Schon gut. Das hatte ich auch nicht ernsthaft erwartet.« Pellegrini trank sein Glas aus, stellte es auf das Sideboard und verschränkte die Arme. So ganz wurde er aus dieser Geschichte nicht schlau.

Von seiner Mutter und Emma war nichts zu hören.

Nicole atmete einmal tief durch. »Also, in dem Streit ging es genau darum: dass die Unterlagen längst unterschriftsreif hätten sein sollen. Das waren sie nicht, und das hat meinen Vater aufgebracht. Er wollte vor der Reise an den Comer See alles erledigt haben und sich den Rest des Jahres um nichts mehr kümmern. Und jetzt?« Sie unterbrach sich, dachte kurz nach. »Offen gestanden weiß ich gar nicht, wie das Ganze jetzt abläuft. Natürlich ist die Geschäftsführung auch ohne meinen Vater handlungsfähig. Aber es wird sich jetzt alles verzögern, und ich bin mir nicht sicher, ob wir die Verträge noch bis Ende des Jahres auf den Weg bekommen.«

Pellegrini strich sich übers Kinn und fragte sich, wann er sich eigentlich das letzte Mal rasiert hatte. Die Tage waren anstrengend, die Nächte kurz, und alles floss irgendwie ineinander. Er zwang sich, sich auf Nicoles Worte zu fokussieren. »Damit ich das richtig verstehe, Nicole …«

»Sag doch Nicky, bitte. Wir kennen uns schon so lange.«

»Damit ich das richtig verstehe: Dein Vater und ein Mitglied der Geschäftsführung eures Unternehmens waren verschiedener Auffassung, was eine Investition anbelangte. Dein Vater war dafür, dieser Jens Endenich dagegen.«

»Sven Endenich.« Nicole nickte energisch. »Er war zunächst dafür und hat seine Meinung im Laufe der letzten Wochen geändert. Er war auch nicht dagegen, er meinte nur, wir sollten warten.«

»Dann so. Die Papiere dafür, dass das Geld fließt, hätten spätestens vor ein paar Tagen fertig sein sollen, waren es aber nicht. Darüber sind die beiden in Streit geraten.«

»Ja, genau.«

»Und alles, was sich jetzt ändert, ist der zeitliche Ablauf? Mir ist immer noch nicht klar, welchen Vorteil dein Kollege dadurch hat.«

Nicole schwieg und griff nach ihrem Wasserglas, ohne daraus zu trinken. Wäre sie eine Verdächtige und dies ein Verhör, hätte Pellegrini die Geste so interpretiert, dass sie Zeit schinden wollte.

»Ich kann es dir auch nicht genau sagen«, meinte sie endlich. »Das ist mehr nur ein Gefühl … Sven kann sehr aufbrausend sein und dazu nachtragend. Vielleicht ist zwischen ihm und meinem Vater etwas vorgefallen, von dem wir nichts wissen. Sicherlich ändern sich jetzt einige Dinge. Wir, also die gesamte Geschäftsführung, müssen uns jedenfalls im nächsten Jahr wieder zusammensetzen und alles neu beschließen.« Sie lächelte gequält. »Stundenlange knochentrockene Sitzungen, ein Haufen Leute, die sich gern reden hören. Es ist alles eine schreckliche Zeitverschwendung, davon kannst du dir keine Vorstellung machen. Ich habe jedenfalls gar nichts davon.«

Pellegrini fand Nicoles Worte ziemlich unangemessen. Ihr Vater war tödlich verunglückt, und sie war genervt, weil lange Vorstandsitzungen auf sie zukamen? Dazu verstand er ihre Beweggründe nicht. Wollte sie ihn ernsthaft davon überzeugen, nicht selbst verdächtig zu sein? Für ihn gab es keine Verdächtigen. Bis gerade hatte er keinen weiteren Gedanken an den Unfall der Bruchsitters verschwendet und schon gar nicht daran gezweifelt, dass es genau das war: ein tragischer Unfall. Seit Spagnoli ihn am Nachmittag über das Ende der polizeilichen Untersuchungen informiert hatte, war die Sache für ihn erledigt gewesen.

»Was erwartest du jetzt von mir?«, fragte Pellegrini daher. Aus dem Augenwinkel bemerkte er seine Mutter, die auf Zehenspitzen aus dem Schlafzimmer in den Flur trat.

»Du sollst dich der Sache annehmen und dafür sorgen, dass der Mord vernünftig aufgeklärt wird«, antwortete sie ihm anstelle Nicoles auf Deutsch.

»Mord«, wiederholte Pellegrini tonlos.

»Ja, was denn sonst? Wäre es ein Unfall, würde ich dich nicht fragen«, schnappte Marta Pellegrini ungnädig.

»Mamma, ich bin nicht einmal im Dienst, schon vergessen? Ich werde mich der Sache sicherlich nicht annehmen.«

»Dann eben deine Kollegin, Andreas junge Freundin.«

Er verbiss sich eine Bemerkung. Ispettrice Claudia Spagnoli war ihm eine langjährige und wertvolle Mitarbeiterin. Dass sie auf den Status als Lorenzos – noch dazu skandalös viel jüngere – Freundin reduziert wurde, stieß ihm bitter auf. Er hätte darauf gewettet, dass Marta Pellegrini ihre Worte mit voller Absicht gewählt hatte, um eine Reaktion zu provozieren.

»Nein, Mamma, ich werde Claudia nicht auffordern, der

Sache noch einmal nachzugehen, um dir zu beweisen, dass wir alle unsere Arbeit gut genug machen. Und auch nicht den neuen Kollegen. Basta!«

»Eine Ermittlung wird doch wieder aufgenommen, wenn sich neue Erkenntnisse ergeben?« Sie ließ einfach nicht locker.

»Es gibt keine neuen Erkenntnisse.« Nur der Gedanke an Emma hielt ihn davon ab, die Stimme zu erheben.

Nicole Schmidt hatte immerhin den Anstand, verlegen zu Boden zu blicken. Pellegrini fragte sich, ob sie wirklich glaubte, dass der Tod ihres Vaters kein Unfall gewesen sein konnte, oder ob sie im Schockzustand einfach Marta Pellegrinis wilden Theorien gefolgt war.

Er wandte sich ihr zu. »Dieser Streit zwischen deinem Vater und dessen Mitarbeiter gibt nichts her«, erklärte er freundlicher. »Zumindest nicht genug, dass ich ein Mordmotiv bei Endenich erkennen könnte.«

Damit war die Sache für ihn beendet. Er streckte Nicole eine Hand hin. Sie lächelte ihn dankbar an.

»Ich wünsche dir und deiner Familie, vor allem deiner Mutter, alles Gute.« Sanft schob er sie in Richtung Flur, wo Marta Pellegrini ihm wütend entgegenfunkelte.

»*Arrivederci*, Marco«, sagte Nicole. »Es hat mich trotz der Umstände gefreut, dich wiederzusehen.« Sie überrumpelte Pellegrini, indem sie ihm rasch zwei Küsse auf die Wangen gab, bevor sie sich zum Gehen wandte.

»Wir sprechen uns noch«, zischte seine Mutter ihm beim Hinausgehen zu, zur Sicherheit auf Sizilianisch, damit Nicole nichts verstand. Die war bereits in einem Tempo die Treppe hinabgelaufen, als wäre sie froh, wegzukommen.

»Sicherlich.« Er schloss die Tür.

Wohltuende Stille empfing ihn. Einen Moment lang hatte er Frieden.

Donnerstag, 08. Oktober

I

Sehr zu Pellegrinis Erleichterung blieben in den beiden folgenden Tagen weitere Begegnungen mit Nicole Schmidt zunächst aus. Er befürchtete, dass sie ein zweites Mal versuchen würde, ihn davon zu überzeugen, dass der Unfall keiner gewesen war. Dagegen war Marta Pellegrinis vorwurfsvolle Erwartung beinahe mit den Händen greifbar, wenn sie einander über den Weg liefen. Er wusste natürlich nicht nur aus persönlicher, sondern auch aus jahrelanger beruflicher Erfahrung, wie schwierig es war, sich mit den Tatsachen abzufinden, wenn ein Mensch so unerwartet aus dem Leben gerissen wurde. Aber sofern die Tochter des verunglückten Paares Hilfe benötigte, würde sie diese eher bei einer Anlaufstelle mit psychologisch oder therapeutisch geschultem Personal finden als bei einem Commissario, der immer noch damit beschäftigt war, die Schlafgewohnheiten von Neugeborenen zu ergründen.

Der Donnerstag war ein unerwartet warmer Herbsttag mit strahlendem Sonnenschein statt dem zu dieser Jahreszeit üblicheren feuchten Dunst über dem See. Pellegrini fuhr mit Emma und seiner Schwester Alessandra zur Villa San Giovanni, einer Privatklinik für Psychosomatik, in der Franca untergekommen war. Das Gebäude aus der Mitte des neunzehnten Jahrhunderts, dem noch das Flair der Habsburger Ära in der Lombardei anhaftete, lag wunderschön unterhalb des Castello Baradello inmitten eines weitläufigen Parks mit altem Baumbestand.

Pellegrini hatte Franca während seiner Ausbildung in

der Schweiz kennengelernt und damals seiner Schwester vorgestellt. Die beiden wurden von ihrer ersten Begegnung an gute Freundinnen und waren es über all die Jahre geblieben, obwohl nichts so gekommen war, wie sie alle drei sich das als junge Menschen vorgestellt hatten. Doch während der Ermittlungen um Lucas Tod hatte Pellegrini erst erfahren, wie vertraut das Verhältnis der beiden war. Jetzt war er dankbar dafür und zwang sich, es als Fortschritt zu sehen, dass Franca immerhin seine Schwester an sich heranließ. Während Alessandra bei ihr war, schob er gelangweilt und frustriert den Kinderwagen durch den Park. Die Bewegung beruhigte Emma normalerweise, doch diesmal hörte sie nicht auf zu jammern. Vielleicht war es Pellegrinis schlechte Stimmung, die sich auf sie übertrug.

Er passierte eine Bank, auf der zwei alte weißhaarige Damen saßen, beide ganz in Witwenschwarz gekleidet, die Gesichter der Sonne zugewandt und in eine leise Unterhaltung vertieft.

»Hör mal, Agata, da weint aber jemand. Junger Mann, was hat das Kleine denn?«

Pellegrini war stehen geblieben und wappnete sich mit einem Lächeln gegen die unvermeidlich folgenden Plaudereien. Kindererziehung, hatte Alessandra ihm erst vor Kurzem erklärt, sei eine öffentliche Angelegenheit, geradezu eine gesamtgesellschaftliche Aufgabe.

Die angesprochene Agata erhob sich mithilfe eines Krückstocks und humpelte auf Pellegrini zu. Bevor er sie davon abhalten konnte, hatte sie sich über den Kinderwagen gebeugt und streichelte Emmas Wange, die daraufhin noch lauter schrie.

Pellegrini konnte es nicht leiden, wenn Fremde ohne Grund sein Kind anfassten, auch wenn es gepflegt wirkende alte Witwen waren. »Würden Sie das bitte unterlassen. Sie hören ja, das Baby mag es nicht.«

Die Frau richtete sich auf und blickte ihn erbost aus wässrig blauen Augen an. »Junger Mann, ich habe vier Kinder großgezogen, sechs Enkel und schon einen Urenkel. Ich werde doch wohl wissen, was ein Baby mag und was nicht! Es hat bestimmt Hunger!«

»Ach, wie, ich muss es füttern? So was, das wusste ich gar nicht.« Pellegrini wollte den Kinderwagen weiterschieben.

»Was ist denn das für ein Benehmen? Wo ist überhaupt die Mutter? Sie kümmern sich gar nicht ordentlich, Sie sollten …«

Den Rest der Tirade verstand er nicht mehr. Emma hatte sich entschieden, lauthals loszuplärren. Pellegrini musste dem Drang widerstehen, die Stelle, wo die Frau das Baby berührt hatte, mit einem Tuch sauber zu wischen. Zum Glück erblickte er in dem Moment Alessandra auf der Freitreppe vor der Villa, wo sie gerade ihre Jacke schloss. Eilig lief er auf sie zu.

»Komm, lass uns nach Hause fahren, Lexi. Bevor diese beiden Parzen mich noch einholen«, rief er, kaum dass er in Hörweite war.

Seine Schwester sprang leichtfüßig die letzten Stufen herab. »Was ist denn in dich gefahren? Warum schreit Emma so? Hunger kann es kaum sein, du hast sie vorhin noch erst gefüttert.«

Pellegrini spürte die Vibration seines *telefonino* und zog es aus der Manteltasche. »Das ist Claudia, da muss ich ran«, sagte er aus reiner Gewohnheit.

Erst als er seine Schwester laut auflachen hörte, wurde ihm wieder bewusst, dass er nicht im Dienst war. Zum Glück ließ sie ihn dennoch gewähren und übernahm den

Kinderwagen, während er sich ein paar Schritte von Emmas Geschrei entfernte.

»Marco, störe ich gerade?«

»Nein, ganz im Gegenteil.« Aus den Augenwinkeln sah er die beiden schwarzen Witwen auf Alessandra zukommen, die Emma aus dem Kinderwagen gehoben hatte und zu beruhigen versuchte.

Manchmal wurde ihm das alles doch zu viel. Er verstand nicht, wie Mütter das aushielten. Vielleicht fehlte ihm da die passende Hormonausschüttung? Oder war Franca einfach eine der wenigen, die sich ehrlich eingestand, überfordert zu sein?

»Ich habe ein paar Neuigkeiten, die dich interessieren könnten. Erinnerst du dich an den Fall mit dem toten Studenten und der Ducati, die er sich eigentlich gar nicht leisten konnte?«

»Nur noch vage, das war vor der Pandemie.«

Spagnoli ging nicht auf seine Worte ein. »Tonio und ich waren zusammen bei Nino Cacciatore in der Werkstatt.«

»An den erinnere ich mich, ein feiner Kerl.«

Die beiden alten Frauen hatten Alessandra inzwischen erreicht und sie in ein Gespräch verwickelt. Vermutlich beschwerten sie sich über diesen unhöflichen Kerl und schlechten Vater, der es sie nicht besser wissen lassen wollte.

»Das stimmt. Ich habe mit ihm gesprochen und ihn gebeten, sich wegen des Motorradfahrers umzuhören. Und jetzt halt dich fest: Nicht nur konnte er den Typen tatsächlich ausfindig machen, der hatte sogar eine GoPro auf dem Helm. Er ist ein paar Sekunden vor dem Unfall an dem Mercedes vorbeigekommen und hat gefilmt. Tonio nimmt gerade seine offizielle Aussage auf.«

»Und, war es wirklich ein Mann? Höchstens Anfang dreißig?«

»Woher weißt du das?«

»Nur eine gut begründete Vermutung.«

Spagnoli lachte. »Ich fürchte, optisch entsprechen er und seine Maschine deinen Vorurteilen. Allerdings bin ich geneigt, ihm zu glauben, dass er verantwortungsvoll fährt und andere nicht gefährdet. Dass er etwas mit dem Unfall zu tun hat, schließen wir jedenfalls aus. Und zwar ohne jeden Zweifel.«

»Das schließt ihr aus dem Video?«

»So ist es.« Sie schwieg.

»Aber da ist noch etwas, oder nicht?« Pellegrini konnte seiner Schwester ansehen, dass sie allmählich die Geduld verlor. Sie hatte Emma wieder in den Kinderwagen gebettet und wiegte sie damit, während sie versuchte, Schritt um Schritt den beiden alten Damen zu entkommen, die ihr beharrlich folgten und pausenlos auf sie einredeten. Er winkte ihr zu, ihm zum Auto zu folgen.

»Ja, sogar zwei Dinge. In dem Video ist zu sehen, dass der Unfallwagen sich total schwerfällig in die Kurve legt. Der Motorradfahrer kommt von oben und wendet den Kopf nach rechts, bevor er in die Serpentine einbiegt. Das Auto befindet sich unter ihm und hätte, zumindest Tonios und meiner Meinung nach, bereits viel mehr nach links lenken müssen. Stattdessen bewegt es sich eher geradeaus. Der Fahrer schlägt sehr spät ein, wenn überhaupt. Der Motorradfahrer fährt dann innen durch die 180-Grad-Kurve und passiert den Mercedes. Er fährt weiter und dreht sich auch nicht mehr um. Warum auch? Sein Verhalten ist plausibel und nachvollziehbar.«

»Und der Mercedes fährt einfach geradeaus, durchbricht die Leitplanke und schießt über die Böschung hinaus?«

»Laut der Spurensicherung, genau. Und auch dieser Videomitschnitt deutet auf nichts anderes hin.«

»Also ein Fahrfehler, eine verzögerte Reaktion. Vielleicht hat Hans-Peter die schöne Aussicht auf Como genossen und nicht aufgepasst.«

»So scheint es. Tonio ist der gleichen Meinung.«

»Das wird weder meiner Mutter noch der Tochter der Bruchsitters gefallen. Die wollen beide an einen Mord glauben.«

»Diese Nicole Schmidt ist ein wenig seltsam, findest du nicht? Sie wirkt so kühl und abgeklärt. Weder der Tod ihres Vaters noch die Verletzungen ihrer Mutter scheinen sie besonders tief zu berühren.«

»Könnte natürlich auch ein Pokerface sein, solche Leute gibt es.«

»Mein kluger Chef hat mich gelehrt, keine voreiligen Schlüsse zu ziehen.«

Pellegrini lächelte gerührt. »Danke schön, dann habe ich dir wenigstens etwas beigebracht.«

Sie lachte.

»Hat sie euch von diesem Streit mit einem der Geschäftsführer erzählt?«, fragte er weiter.

»Ja, hat sie. Aber sofern es sich da um ein Motiv handelt, fehlt mir die Phantasie, es zu verstehen.«

»Mir auch.« Er blickte sich um. Alessandra hatte ein schnelleres Tempo angeschlagen und bedeutete ihm mit einem Winken, er solle weitergehen.

»Kennst du sie näher?«

»Sie war als Kind und Jugendliche mit ihren Eltern und ihrer Schwester zu Gast im Albergo. Danach haben wir uns aus den Augen verloren. Zu behaupten, sie zu kennen, wäre daher reichlich übertrieben.«

Spagnoli lachte abermals auf. »Ich dachte nur, sie könnte dein Typ sein. Sie erinnert mich an diese Staatsanwältin, mit der du mal was hattest.«

Pellegrini zog es vor, nicht zu antworten, weil beides stimmte. Aber das war Vergangenheit. Und die Sache mit Piera Cosio war sogar kaum mehr als ein One-Night-Stand gewesen.

»Was ist die zweite Sache?«, fragte er rasch. Er stand jetzt vor Alessandras altem Fiat Brava und steckte den Schlüssel ins Schloss.

»Die Versicherung aus Deutschland hat sich bei der Spurensicherung gemeldet. Sonia hat es mir erzählt.«

»Sonia Borghese? Aldo Zanottis Mitarbeiterin?« Hartnäckigen Gerüchten zufolge diejenige im Team, die wirklich arbeitete, während ihr Chef sich nicht gerade vor Eifer überschlug, die Zeit bis zur Pensionierung sinnvoll zu nutzen.

»Genau die. Die Versicherung wollte ein paar zusätzliche Angaben, Bremsweg, den Zustand der Straße, was weiß ich. Tonio meinte, dass wir denen das Video von dem Motorradfahrer ebenfalls zur Verfügung stellen sollten. Er wollte im Gegenzug deren Untersuchungsbericht anfordern.«

»Dafür, dass ihr die Ermittlung bereits abgeschlossen habt, hängt ihr euch aber noch ganz schön rein.«

»Ja, das stimmt.« Spagnoli schnaubte belustigt. »Ich gestehe, dass es an mir liegen könnte. Ich bin einfach froh, dass ich wieder arbeiten kann und Ergebnisse sehe. Tonio wirkte vorhin auch schon ein wenig genervt. Aber lockerlassen will er jetzt auch nicht, bevor er diesen Bericht gelesen hat.«

»Ihr beiden macht das gut, scheint mir. Ich werde mir jedenfalls im Gegensatz zu dir noch Zeit lassen.«

Sie beendeten das Gespräch. Und während Pellegrini seiner Schwester half, das Baby samt Kinderwagen, Windeltasche und dem restlichen Plunder zu verstauen, fragte er sich, ob er die Wahrheit gesagt hatte. Ganz tief im Inneren gestand er sich ein, dass ihm die Monotonie seines derzeitigen Lebens bereits zu schaffen machte. Vielleicht hätte es einen Unterschied gemacht, wenn er seine Vaterschaft besser hätte planen können. Und ganz sicher wäre es etwas anderes gewesen, Emma mit Franca gemeinsam zu versorgen.

»Eins sage ich dir, Lexi«, meinte er, nachdem sie den Wagen aus der Parklücke hinausgelenkt hatte. »Meine Hochachtung vor Müttern, vor allem alleinerziehenden, ist beträchtlich gewachsen.«

»Was denn, nur wegen dieser beiden Hexen?« Sie lachte laut auf. »Wie hast du sie genannt, Parzen?«

»Parzen, Moiren, Hexen, ist doch alles dasselbe.«

»Denen ist einfach langweilig, und dann mischen sie sich in das Leben anderer Leute ein. Mit dem Baby hat das nur bedingt etwas zu tun. Aber ich weiß, was du meinst. Sobald du dich mit einem Kind in die Öffentlichkeit wagst, stehst du unter Beobachtung.« Nachdenklich schaute sie auf die vorbeiziehenden Schaufenster der Geschäfte und Bars. »Gewöhn dich besser dran. Und hab Geduld. Franca geht es noch nicht besser. Ich habe mit einer Ärztin gesprochen. Sie probieren es seit vorgestern mit einem neuen Medikament. Es dauert jedes Mal bis zu zwei Wochen, bis sie feststellen können, ob es anschlägt. Depressionen sind eine teuflische Sache.« Sie sagte das leichthin und sah ihn dabei nicht an, als müsste sie sich besonders auf den Verkehr konzentrieren.

Plötzlich fiel es ihm schwer, zu antworten und gleichzeitig zu atmen. Aber vielleicht war das auch gar nicht nötig. Und so legte er nur die Hand auf die seiner Schwester, die auf dem Schaltknüppel lag.

Sie warf ihm ganz kurz einen verwunderten Seitenblick zu. Dann lächelte sie. »*Andrà tutto bene*, großer Bruder. Wird schon.«

2

Den Rest des Tages schaffte Pellegrini es, seiner Mutter aus dem Weg zu gehen. Er verspürte nicht das Bedürfnis, mit ihr zu sprechen, weder über Franca noch über den Unfall. Dann bot Alessandra ihm unerwartet an, Emma für ein paar Stunden zu hüten, da sie ohnehin mit Paolino, Pellegrinis Neffe, allein zu Hause war. Sein Schwager Domenico musste zu einer Versammlung des Tourismusverbandes.

Er nutzte die Gelegenheit, um mit der Standseilbahn hinunter nach Como zu fahren und durch die Altstadt zu bummeln. Der See führte Hochwasser, und die Straße an der Piazza Cavour war gesperrt, sodass keine Autos den Frieden störten. Inmitten des nachtschwarzen Wassers schimmerte die Skulptur *electric light* zu Ehren Alessandro Voltas, des berühmtesten Sohnes der Stadt, wie eine Fackel, die verlorenen Seelen den Weg durch die Dunkelheit wies.

Pellegrini blieb an der Wasserkante stehen. Träge Wellen schwappten über die Fahrbahn. In einiger Entfernung schaute ein Grüppchen Menschen über den See zum Horizont zwischen den Hügeln, genau wie er. Zwei kleine Kinder liefen um die Beine der Erwachsenen und warfen Stöcke ins Wasser oder ließen Blätter schwimmen.

Normalerweise konnte Pellegrini gut allein sein. Er wusste, dass seine Familie, trotz der gegenwärtigen Differenzen mit seiner Mutter, für ihn da war. Er hatte Freunde, auf die er sich felsenfest verlassen konnte. Dennoch fühlte er sich ruhelos, die Struktur, die ihm seine Arbeit normalerweise gab, fehlte ihm. Er spielte mit dem *telefonino* in seiner Manteltasche und fragte sich, ob er Spagnoli anrufen konnte, um zu erfahren, was der Untersuchungsbericht der Versicherung ergeben hatte.

Nach einer ganzen Weile wandte er sich vom Wasser ab und schlenderte zurück in die Altstadt. Er wollte der *Trattoria da Alfredo* einen Besuch abstatten. Es war spät geworden. Wenn er Pech hatte, war die Küche schon geschlossen. Aber Carlotta hatte bestimmt noch ein paar Kleinigkeiten für ihn.

Er betrat die einfach eingerichtete Gaststube, in der fast alle blanken Holztische belegt waren, überwiegend von alten Männern, die wussten, wie sie mit einem Glas Weißwein und ihren Meinungen die Welt retten konnten. Aber auch ein paar Geschäftsleute, Männer in feinen Anzügen und Frauen in eleganten Kostümen, waren darunter.

»*Salve*, Marco!«, begrüßte Carlotta ihn noch am Eingang. »Mach die Tür zu, es ist kalt draußen. Deine Kollegin und der Neue sitzen da drüben.«

Sie wies auf einen Ecktisch linkerhand der Theke, wo Spagnoli und Gruber saßen, mehrere Schälchen mit Oliven und Silberzwiebeln, Salamischeiben, Schinken- und Käsestücken, dazu ein Korb mit Focaccia zwischen sich.

Pellegrini zögerte. Er hatte Spagnoli nach Dienstende nicht stören wollen und sie nicht angerufen. Aber war sie denn im Feierabend, oder hielten die beiden eine späte Besprechung ab? Bevor er seine Überlegung zu Ende geführt hatte, entdeckte Gruber ihn und winkte.

Auch Spagnoli wandte sich um und grinste ihm breit entgegen, als sie erkannte, wen ihr Kollege begrüßt hatte. »*Buonasera*, das ist ja mal ein unerwarteter Besuch.«

»Setz dich.« Gruber klopfte auf den freien Stuhl neben sich. »Wir haben eben noch von dir gesprochen, besser gesagt von den Gästen des Albergo, die nicht angekommen sind.«

»Gibt es etwas Neues?« Pellegrini zog den Mantel aus und kam Grubers Aufforderung gerne nach.

»Gibt es.« Spagnoli schob ihm die Focaccia zu.

»Formal müssen wir den offiziellen Auftrag noch abwarten, aber so wie es aussieht, werden wir die Ermittlungen zum Unfall des Ehepaars Bruchsitter wieder aufnehmen«, erklärte Gruber.

»Doch Fremdverschulden?«

Spagnoli rieb sich die Schläfen. »Wir haben heute Nachmittag den Bericht von der deutschen Versicherung per Mail bekommen, und Gruber hat ihn sich sofort durchgelesen. Er hat mir die wichtigen Stellen mit DeepL übersetzen lassen. Aber er geht ab morgen natürlich noch ins Übersetzungsbüro für eine beglaubigte Version.«

»Was ist denn DeepL?«

»Ein ziemlich gutes Übersetzungstool«, erklärte Gruber. »Es macht so gut wie keine Fehler mehr, ich bin immer wieder beeindruckt.«

»Und was steht jetzt drin?«

»Dass einige elektronische Elemente ausgefallen sind, was niemals hätte passieren dürfen. Frag mich jetzt nicht nach den Details, ich bin keine Technikerin. Schon gar keine Elektronikerin. Ich kann ein paar Teile an meinem Motorrad reparieren und das Öl wechseln, dann hört es auch schon auf.«

»Damit hast du mir schon einiges voraus, Claudia. Sobald du über etwas fachsimpelst, das komplexer ist als ein Fahrrad, würde ich deine Ausführungen gar nicht erst verstehen.« Pellegrini lächelte. Schon jetzt bemerkte er, wie gut ihm der Austausch mit den beiden tat.

Carlotta kam an den Tisch und musterte ihren neuen

Gast argwöhnisch. Dann zeigte sie auf Pellegrinis Schläfe. »Marco, sind das etwa neue graue Haare? Bringen dich all deine Frauen um den Verstand?«

»Carlotta, du ahnst gar nicht, wie gut du die Wahrheit erfasst hast.«

Die Wirtin lachte geschmeichelt. »Ist meistens nicht so schwer. Was trinkst du? Crodino?«

»Gern. Dazu Wasser mit Kohlensäure.«

»Kommt sofort. Reicht euch das Essen, oder soll ich noch mehr bringen?«

Die drei beteuerten, dass genug für alle da war.

Spagnoli nahm den Faden wieder auf. »Was ich verstanden habe, ist, dass unter anderem Servolenkung und ABS ausgefallen sind. Wir haben uns daraufhin noch mal das Video von dem Motorradfahrer angesehen. Wir finden beide, dass es gut zu einem Versagen der Lenkunterstützung zu passen scheint. Könnte sein, dass der Fahrer versucht hat zu lenken, der Wagen aber viel zu träge reagiert hat.«

»Diese G-Klasse hat ein Leergewicht von zweieinhalb Tonnen«, ergänzte Gruber. »Einen Kleinwagen lenkst du sicherlich noch, wenn die Servolenkung ausfällt, aber bei so einem Kaliber ist das nicht ganz so leicht. Vor allem nicht, während du langsam fährst und wenn es plötzlich passiert. Und das Opfer hat sicher nicht damit gerechnet.«

»Aber was bedeutet das denn? Dass jemand die Elektronik manipuliert hat?«

»Sieht so aus«, meinte Spagnoli.

»Zumindest ist die Versicherung davon überzeugt«, sagte Gruber. »Das würde nämlich bedeuten, dass sie nicht zahlen müssen.«

»Und warum hat unsere Spurensicherung das nicht herausgefunden?«

»Genau darüber diskutieren wir gerade.« Spagnoli angelte

nach einem weiteren Stück Brot. »Das würden wir auch gern wissen, deshalb haben wir morgen einen Termin mit Aldo Zanotti. Danach wird sich zeigen, ob der Verdacht der Versicherung ausreicht, um die Ermittlungen wieder aufzunehmen. Tonio und ich erwarten allerdings nur eine Menge Ausreden von wegen, er sei ja auch nicht unfehlbar und habe keine Leute, die sich mit diesen hochmodernen Elektroautos auskennen würden.«

»Eine ziemlich fadenscheinige Begründung, findet ihr nicht? Autos, die komplett elektronisch angetrieben werden, sind vielleicht eine ›relativ neue Sache‹.« Er malte Anführungszeichen in die Luft. »Aber manipulierbare Elektronik gibt es schon ein paar Tage länger. Hans-Peter Bruchsitters Firma hat Motorsteuerungen hergestellt, und das seit den Neunzigern. Und er hat die Dinger sicher nicht erst zu diesem Zeitpunkt erfunden.«

»Das hat uns die Tochter schon ausgesagt.« Gruber schien noch etwas hinzufügen zu wollen, schwieg jedoch, bis Spagnoli ihn auffordernd anblickte. »Wir gehen eigentlich jetzt schon davon aus, dass wir weiter ermitteln sollen. Deshalb haben wir vorhin darüber nachgedacht, wie wir mehr über die Verflechtungen innerhalb der Firma und über die Familienverhältnisse herausfinden können, ohne eine große Dienstreise nach Köln anzutreten. Wobei ich dem eigentlich gar nicht abgeneigt wäre.«

Pellegrini lachte. »Falls ihr mit dem Gedanken spielt, mich auf investigativen Verwandtenbesuch zu schicken, dann vergesst das ganz schnell. Ich bin hier unabkömmlich.«

»Schon gut, das wissen wir.« Tonio lächelte und prostete ihm mit seinem Bier zu. »Aber jetzt ganz im Ernst«, meinte er, nachdem er das Glas wieder abgesetzt hatte. »Würdest du mich zu einer weiteren Befragung von Dagmar Bruchsitter begleiten? Die Dame kennt dich und hat Vertrauen zu dir. Wir würden sie gern zu ihrer Sicht befragen, was die Nachfolgeregelungen des Unternehmens anbelangt.«

»Dass diese Geschichte über den Streit mit dem Geschäftsführer nichts hergibt, muss ja nicht heißen, dass da nicht doch die ein oder andere Unstimmigkeit herrscht oder Neid im Spiel ist«, ergänzte Spagnoli. »Und ich bin da raus. Mit meinen drei Deutschvokabeln kommen wir nicht weiter.«

»Ich müsste mit meiner Schwester sprechen. Wenn sie Emma übernimmt, komme ich sogar mit zu Zanotti. Könnte eine der letzten Gelegenheiten sein, ihm vor seinem Ruhestand noch einmal in Aktion zu begegnen. Oder besser gesagt: in Nicht-Aktion. Natürlich nur, wenn ihr einverstanden seid.«

»Klar, warum nicht?« Spagnoli reckte einen Daumen in die Höhe.

Gruber nickte enthusiastisch. »Doch, gern sogar. Wir sind um zehn Uhr mit Zanotti im Labor verabredet. Dann fahren wir beide im Anschluss ins Hospital und sind danach hoffentlich ein bisschen schlauer.«

»Ich werde da sein.« Und Pellegrini freute sich darauf.

3

Gegen elf Uhr eilte Pellegrini endlich zurück zum Gartenhaus. Es wurde höchste Zeit, dass er Alessandra von ihren Babysitterpflichten erlöste. Vor der Haustür bemerkte er eine Gestalt, die nervös rauchend auf und ab ging. Er blieb stehen und versuchte auszumachen, wer es war. Die Silhouette erschien ihm nicht vertraut, außerdem rauchte im Albergo nur Sergio, der Pizzabäcker. Der war es ganz sicher nicht. Wie viele Gäste beherbergte seine Familie eigentlich im Moment? Er hatte nicht die geringste Ahnung. In die Angelegenheiten im Hotel mischte er sich nicht ein.

Er räusperte sich vernehmlich, während er auf die dunkel gekleidete Person zuging, die dennoch zusammenzuckte, als er sie mit einem *»Buonasera«* ansprach.

»Marco, hast du mich erschreckt!« Ein viel zu helles Auflachen folgte.

»Nicole, hast du auf mich gewartet?«

»Mir wäre es wirklich lieber, du würdest mich Nicky nennen.« Sie verzog die Lippen zu einem Schmollmund. Dabei trat sie noch einen Schritt auf ihn zu, sodass er den Zigarettenrauch riechen konnte. Nur mit Mühe unterdrückte er den Impuls, eine Grimasse zu ziehen. Der Gestank weckte unangenehme Erinnerungen an die Zeit, in der er noch selbst geraucht hatte.

»Was kann ich für dich tun?«, zwang er sich zu sagen.

»Ich wollte noch einmal mit dir reden. Es geht um diese Sache mit Papa und der Firma. Ich habe noch mal über alles nachgedacht, und da ist mir selbst aufgegangen, dass ich

Quatsch erzählt habe. Ich war ohnehin schon verwirrt, und dann hat deine Mutter so auf mich eingeredet, dass ich einiges durcheinandergeworfen habe.«

Pellegrini legte ihr eine Hand auf den Oberarm und schob sie sanft zur Seite, damit er die Tür aufschließen konnte. »Komm rein«, sagte er. Nicole Schmidt mit in die Wohnung zu nehmen, war das Letzte, was er wollte, aber er war müde, und Alessandra und Paolino wollten sicherlich auch nach Hause.

»Gern.« Sie folgte ihm die Treppe hinauf und plapperte derweil weiter. »Jedenfalls glaube ich im Grunde gar nicht, dass es *kein* Unfall war. Vielmehr ist deine Mutter dieser Auffassung.«

»Das weiß ich.«

»Nichts für ungut, sie meint es ja nicht böse. Sie war sehr überzeugend. Jedenfalls hat das alles mich sehr verunsichert, und da war dieser Streit das Erste, was mir in den Sinn gekommen ist. Aber du hast ja selbst schon erkannt, dass das alles Blödsinn ist.«

Sie erreichten die Wohnungstür. Wieder blieb Nicole viel zu dicht hinter ihm stehen und hauchte ihm beim Sprechen unangenehm in den Nacken. Pellegrini bekam eine Gänsehaut.

»Aber das ist ja jetzt auch egal«, schnatterte Nicole weiter und hätte ihm sogar vertraulich die Hand auf den Unterarm gelegt, wäre Pellegrini nicht ausgewichen. »Ich kümmere mich darum, dass Mamma so bald wie möglich ins Krankenhaus nach Köln …«

Gerade als er den Schlüssel ins Schloss stecken wollte, wurde die Tür aufgerissen.

»Seid doch leise!«, zischte Alessandra. »Emma schläft gerade.« Dann erst erkannte sie Pellegrinis Begleitung. »Nicole, du bist es.«

Die Angesprochene trat einen Schritt zurück. »Ich wollte nur was klarstellen. Bin schon wieder weg.« Sie machte auf dem Absatz kehrt und lief die Treppe hinab.

Pellegrini schickte ihr eine lautlose Verwünschung hinterher.

»Was war das denn? War es das, wonach es aussah?«, fragte Alessandra leise.

Mit einer Geste bat er sie, ihn hineinzulassen. »Es kam mir auch nach dem vor, wonach es aussah. Aber das beruht nicht auf Gegenseitigkeit. Was glaubt die eigentlich?«, raunte er zurück.

Alessandra schloss die Tür. Erst jetzt war Pellegrini sicher, dass Nicole ihm nicht mehr nachstellen konnte. Er stieß den Atem aus, den er unwillkürlich angehalten hatte.

Seine Schwester kicherte. »Sei froh, du hast auch als Vater noch immer Chancen bei der Damenwelt.«

»Wie geht es Emma?«

»Gut, sie schläft seit einiger Zeit. Domenico hat Paolo vor einer Stunde abgeholt.«

»Tut mir leid, dass es so spät geworden ist. Ich habe unerwartet Claudia und Tonio getroffen, und wir …«

»Marco, erspar uns das. Ich war auch mal Mamma eines kleinen Schreihalses. Dagegen ist Emma ein Wunder an Pflegeleichtigkeit. Du ahnst gar nicht, was du für ein Glück hast.«

»Doch, Lexi, mir wird das im Moment jede Nacht bewusst, in der sie ein wenig länger am Stück schläft.«

Alessandra zog ihre Jacke an. »Ich wollte jede Minute für Paolini da sein, und gleichzeitig war ich für jede Stunde dankbar, die Domenico übernommen hat. Du kannst daher immer auf mich zählen.«

»Wirklich?«

»Wirklich.« Sie hielt inne, die Klinke schon in der Hand.

»*Momento.* Jetzt habe ich erst kapiert, was du vorhin gesagt hast. Du hast Claudia und Tonio getroffen. Du lässt dich doch nicht etwa in die Ermittlungen reinziehen?«

»Ich will nur ein wenig unterstützen. Claudia und Tonio haben mich gebeten, sie zu einem Gespräch mit Dagmar Bruchsitter zu begleiten.« Heimlich sandte er ein Stoßgebet gen Himmel, dass er im Krankenhaus nicht schon wieder über Nicole stolperte.

»*Va bene.*« Alessandra öffnete die Tür. »Wann?«

»Wenn ich dir Emma um neun Uhr bringen könnte?«

»Das kriegen wir hin.« Sie küsste ihn auf die Wange. »Schlaft gut, du und Emma.«

Die Tür schloss sich hinter ihr.

Pellegrini stand noch eine Weile im Flur und überlegte, wie er sich bei seiner Schwester bedanken konnte. Sie las für ihr Leben gern, da war ein Gutschein für die Buchhandlung an der Piazza San Fedele fällig. In dreistelliger Höhe, und zwar nicht nur wegen der Inflation.

Freitag, 09. Oktober

1

Es ist jetzt Viertel nach Zehn. Wir können nicht mehr länger warten.« In Grubers Stimme schwang deutliche Ungeduld mit.

Spagnoli stand mit ihm vor dem schmucklosen Fünfziger-Jahre-Bau, in dem die Spurensicherung einige Räume für ihre Labore angemietet hatte und in dessen Keller sich die Asservatenkammer befand.

Mit einem Nicken steckte sie das Smartphone ein. »Hoffentlich ist nichts passiert. Er ist so gut wie nie unpünktlich. Ich habe das bisher nur ein einziges Mal erlebt, und das war im Mai auf der Tagung in Bergamo.«

»Marco kann gut auf sich aufpassen.« Gruber ging die Stufen zur Glastür hinauf, riss sie auf und machte eine einladende Armbewegung.

Spagnoli trat an ihm vorbei ins Innere. Sie durchquerten ein Foyer mit Linoleumboden und weißen Wänden, an denen verblichene moderne Kunstdrucke hingen. In ein paar Kübeln welkten die Klassiker der Bürobegrünung, Ficus Benjamini und Yucca, vor sich hin.

Kurz darauf klopften sie im zweiten Stock an die Bürotür von Dottore Aldo Zanotti und traten nach einer Aufforderung ein.

Sonia Borghese stand vor einem mit Papier und Plastikbeuteln übersäten Schreibtisch und blätterte in einer Handakte.

»*Salve*, Sonia, wie schön, dich zu sehen«, rief Spagnoli. »Ihr beiden kennt euch noch nicht: Tonio, das ist Sonia

Borghese, die stellvertretende Leiterin unserer Laborratten. Sonia, das ist Commissario Antonio Gruber, ursprünglich aus Brixen und seit ein paar Wochen der lang erwartete Nachfolger von Fabio Cunego.«

Die Angesprochene nahm die Lesebrille ab und streckte die Hand aus. »Und im Moment, so wie es aussieht, auch die Vertretung von Papà Marco. Willkommen bei uns. Sie haben sich eine gute Kollegin ausgesucht. Nein, zwei, auf Marco Pellegrini lasse ich auch nichts kommen.«

Erfreut schüttelte Gruber ihr die Hand.

Borghese ließ die Akte auf den Schreibtisch fallen und deutete auf eine Sitzecke mit drei Plastikstühlen um einen winzigen wackeligen Tisch herum. »Setzt euch. Wollt ihr was trinken? Unser *caffè* ist besser, als unsere Büros samt Einrichtung vermuten lassen.«

»Ich nehme gern einen Cappuccino«, sagte Tonio.

Spagnoli entschied sich für einen *caffè*. Sie setzten sich und warteten, bis Borghese mit den gewünschten Getränken sowie Gläsern und einer Flasche Wasser zurückkam.

»Ich muss leider die schlechte Nachricht überbringen, dass ihr mit mir vorliebnehmen müsst«, erklärte sie. »Und ich war bei der Untersuchung des Wagens nicht dabei. Ich habe zwar mit dem Mechaniker gesprochen, der dem Chef zur Hand gegangen ist, aber das ist und bleibt Hörensagen.«

»Was ist denn mit Zanotti?«

Borghese schaute Spagnoli geradeheraus ins Gesicht, zog es jedoch vor, zu schweigen.

»Er drückt sich, weil er weiß, dass wir gekommen sind, um unangenehme Fragen zu stellen«, sprach Gruber laut aus, was alle wussten. Die offizielle Übersetzung des Untersuchungsberichtes aus Deutschland lag zwar noch nicht vor, aber Gerüchte über den Inhalt hatten längst die Runde gemacht.

»Das habe nicht ich gesagt, sondern Sie, Commissario Gruber.«

»Machen wir es bitte nicht so kompliziert. Nennen Sie mich gern Tonio.«

»*Piacere*, Tonio. Sonia.« Sie prostete ihm mit der Espressotasse zu und richtete sich auf. »Ich erzähle euch jetzt, was der Mechaniker mir berichtet hat: dass das Auto nämlich gar nicht großartig untersucht worden ist. Zanotti hat sich um die bei Unfällen üblichen Dinge gekümmert, welche Lackschäden es gab, ob die Airbags ausgelöst wurden, die Gurte noch in den Halterungen steckten, solche Dinge.« Sie zögerte kurz. »Alles, was durch eine Inaugenscheinnahme festgestellt werden kann.«

»Wie bitte? Das könnten wir auch selbst, was brauchen wir dafür Fachleute?«, meinte Spagnoli erbost. »Da tun sich ja Abgründe auf.«

»Ganz so extrem würde ich es jetzt nicht ausdrücken.« Borghese zog die Schultern hoch. »Der Mechaniker ist ja auch noch da. Der durchleuchtet schon die Eingeweide und führt Computerdiagnosen durch, prüft einiges an Elektronik. Aber, das betonte er sehr deutlich, er wäre Praktiker mit etwas Zusatzwissen, das er sich im Laufe der Jahre angeeignet hat. Darüber hinaus sagte er, dass in diesem Mercedes mehr elektronische Komponenten verbaut gewesen wären, als er je gesehen hätte. Wir haben zwei weitere Mitarbeiter, die sich besser mit Kabeln und Elektroden auskennen, aber die haben das Auto nicht untersucht.« Sie stockte kurz. »Um es kurz zu machen: Schlussendlich war der Mechaniker sogar der Meinung, wir hätten jemand Externes mit dem entsprechenden Fachwissen hinzuziehen sollen.«

»Ist das üblich?«

»Es kommt vor, wenn etwas Ungewöhnliches anfällt, ein

sehr seltener Fahrzeugtyp zum Beispiel. Ich hatte mal einen Oldtimer, an dem Teile verbaut waren, die nicht in dieses Auto gehörten, aber ohne den entsprechenden Experten hätten wir das nie herausgefunden. Es hat mich damals sogar einige Mühe gekostet, diesen Mann überhaupt ausfindig zu machen.« Sie machte erneut eine Pause. »Zanotti fand diese Menge an Elektronik nicht weiter ungewöhnlich, sondern ... wie formulierte der Mechaniker das? Zeitgemäß, genau. Er selbst war anderer Ansicht. Aber er entscheidet das nun einmal nicht. Und so hat er getan, was er mit seinen Diagnosesystemen tun konnte.«

»Dann heißt das, das Auto ist nur oberflächlich untersucht worden, und Zanotti kann den Inhalt des Untersuchungsberichtes aus Deutschland weder dementieren noch bestätigen?«, fragte Gruber ungläubig.

»Sieht so aus.«

Spagnoli knurrte wütend. »Großartig.«

»Es tut mir leid, aber es wird sogar noch besser. Vielleicht habt ihr mitbekommen, dass die Versicherung ziemlich aufs Tempo gedrückt hat. Wäre es nach denen gegangen, hätten sie den Mercedes gleich vom Unfallort abgeholt. Das hat Zanotti natürlich in die Hände gespielt. Daraufhin hat er nämlich die frühzeitige Abholung veranlasst. Er war froh, dass er die Kiste auf diesem Wege so schnell wie möglich wieder aus der Werkstatt hatte.«

Gruber verschränkte die Arme und lehnte sich so weit zurück, dass der Stuhl knarzte. »Schon interessant, dass die Wünsche einer Versicherung über den Ermittlungen der Polizei stehen. Ich habe noch nie erlebt, dass ein Auto freigegeben wurde, bevor nicht alle relevanten Untersuchungen abgeschlossen waren und der oder die Verantwortliche der Spurensicherung es abgenickt hatte.«

»Aber Zanotti war verantwortlich, und er hat es abgenickt, das hast du doch gerade gehört«, entgegnete Spagnoli gereizt. »Ich frage mich eher, was er sich dabei gedacht hat. Er hat uns damit jede Möglichkeit genommen, sorgfältig zu ermitteln.«

Borghese bemühte sich um eine neutrale Miene.

Spagnoli wandte sich ihr zu. »Sonia, ganz ehrlich. Mir reicht es allmählich mit den Allüren deines Chefs. Das ist ja nicht das erste Mal.«

»Musst du mir nicht erzählen. Ich hole immer mehr Kastanien für ihn aus dem Feuer.« Ihr Unterton verriet, dass sie es selbst gründlich leid war.

»Wenn ich, oder besser gesagt: Tonio und ich«, sie wandte sich dem Kollegen zu, der sofort nickte, »eine offizielle Beschwerde gegen Zanotti einlegen, schadet dir das?«

Borghese dachte einen Moment nach und schüttelte dann nachdrücklich den Kopf. »*Cara*, die Wahrheit ist: Ich habe es nur deshalb noch nicht selbst getan, weil ich die Unterstellung fürchte, ich wäre scharf auf seine Position. Ich will nicht diejenige sein, die an seinem Stuhl sägt. Aber ich werde auch niemanden daran hindern, es zu tun.«

»Und wenn das wegen irgendwelcher Seilschaften doch auf dich zurückfällt? Zanotti hat sich über Jahrzehnte ein großes Netzwerk aufgebaut. Wenn ich das richtig in Erinnerung habe, ist er nicht nur mit dem Questore, sondern auch mit ein paar Lokalpolitikern gut befreundet.«

Borghese schnaubte abfällig. »Das ist mir allmählich egal. Ich hatte bisher nicht vor, zu kündigen, aber wenn es darauf hinausläuft, bin ich ganz unbesorgt, dass ich eine neue Stelle finde. Ich bin mit meinen einundfünfzig zwar nicht mehr die Jüngste, aber bei dem aktuellen Mangel gerade in den naturwissenschaftlichen Bereichen komme ich schon unter. Eine Laborratte wie ich wird immer gesucht.«

Spagnoli erhob sich. »Dann werden wir uns überlegen,

wie wir da vorgehen. Danke, Sonia. Gibst du uns die Kontaktdaten von dem Mechaniker? Ich finde, wir sollten noch mal mit ihm sprechen, wenn der Chef sich schon verleumden lässt.«

»Kein Problem. Deine Nummer habe ich ja, ich schicke dir gleich eine Nachricht.«

Gruber stand nun ebenfalls auf und reichte Borghese die Hand. »Hat mich gefreut. Wenn es nach mir ginge, würde ich auch in Zukunft gern mit dir zusammenarbeiten.«

Spagnoli pflichtete ihm bei. Da Borghese ihr einen bedeutungsschweren Blick zuwarf, wartete sie, bis der Commissario den Raum verlassen hatte.

»Claudia, hast du endlich dazugelernt?«

»Wie meinst du das?«

»Ich meine das aufrichtig, so, wie ich es sage.« Borghese nickte, um ihre Worte zu bekräftigen. »Weil du etwas gegen Zanottis krumme Tour unternehmen willst. Ich würde mich mehr als freuen, wenn ihr ihm zeigt, dass so ein Verhalten Konsequenzen hat. Soweit ich mich nämlich erinnere, hast du deinen Kollegen Fabio Cunego mit seiner Verleumdungskampagne gegen dich ungestraft davonkommen lassen.«

»Das war etwas anderes. Du sagst doch selbst, dass du gegen deinen Chef nichts unternehmen willst. Das wäre bei mir ähnlich gewesen.«

Borghese hob die Augenbrauen. »Findest du?«

Spagnoli senkte die Stimme. »Marco hat mich bevorzugt, das wurde mit der Zeit immer deutlicher, und das hätte er nicht einmal leugnen können. Fabio hätte das gegen mich verwendet. Er hätte behauptet, ich wollte einen Konkurrenten ausschalten.«

»Marco Pellegrini arbeitet lieber mit dir, weil du *besser* bist. Weil du mehr Verstand hast als dein damaliger Kollege.

Und dazu darfst du stehen. Das tu ich auch. Ich habe Aldo Zanotti weit hinter mir gelassen. Der Unterschied ist, dass er nicht gegen mich arbeitet. Würde er das tun, säße ich längst beim Questore, darauf kannst du einen lassen.«

Spagnoli konnte diese Argumentation zwar nur bedingt nachvollziehen, nickte dennoch bedächtig. Sie wollte die Diskussion über Cunegos dreckige Kampagne von damals nicht weiter vertiefen. Das gehörte längst der Vergangenheit an, und sie schaute lieber nach vorne.

»Kommst du?« Gruber erschien wieder an der Tür, die er offen stehen gelassen hatte.

»Komm noch mal rein, und mach die Tür zu.«

»Was gibt's?« Gruber folgte der Aufforderung.

»Sonia, hör mir zu. Dein Wort hat Gewicht. Machen wir es gemeinsam, du und ich. Tonio, du machst nur mit, wenn du möchtest: Du bist neu, du solltest dir gründlich überlegen, ob du dir jetzt schon Feinde machen möchtest.«

»Ihr wollt Zanottis Schlamperei offiziell melden?«

»Genau das.«

»Keine Sorge, ich bin dabei. Du übersiehst, dass das mein erster größerer Fall hier in Como ist. Jetzt ist eine Woche um, und wir fangen gerade erst an, das Ganze als Tötungsdelikt zu behandeln. Vielleicht ahnt ihr, dass ich darüber nicht gerade glücklich bin.«

Borghese reckte herausfordernd das Kinn nach vorn. »Also gut. Du hast schon recht, es ist das Richtige. Aber denk du nur ruhig noch mal über Cunego nach. Dafür ist es nicht zu spät.«

Spagnoli nickte und gestand sich ein, dass sie gerührt war. Vor allem das Lob, sie sei besser als ihr ehemaliger Kollege, legte sich wie Balsam über ihr angekratztes Selbstbewusstsein. Sie war ehrgeizig, aber je weiter sie sich vorankämpfte, umso größer wurde die Furcht vor dem Scheitern.

Es klopfte an der Tür, und auf Borgheses Aufforderung hin trat Pellegrini ein, sichtlich verlegen und sogar noch außer Atem.

»Es tut mir leid, dass ich zu spät komme. In all den vergangenen Wochen hat meine Tochter nie Probleme gemacht, wenn ich sie zu meiner Schwester bringen wollte. Aber heute morgen lief nichts, wie es sollte, und ich … Was denn?« Pellegrini brach ab, weil Borghese schallend lachte.

»Wegen mir brauchst du kein weiteres Wort zu verlieren, ich habe selbst zwei Kinder großgezogen. Aber ich bin hier vermutlich die Einzige, die dich versteht. Oder, Tonio?«

Der hob abwehrend die Hände. »Nur von Berichten aus dem Bekanntenkreis.«

Pellegrini wischte sich verlegen die Locken aus der Stirn.

»Außerdem hast du keine Details über die Untersuchung des Unfallfahrzeugs verpasst«, fügte Spagnoli hinzu. »Und in den konspirativen Teil kann Tonio dich auf der Fahrt ins Krankenhaus einweihen.«

»In bocca al lupo!«, rief Borghese ihnen hinterher.

2

Erst im Auto und nachdem Tonio ihn über den Stand der Dinge informiert hatte, konnte Pellegrini sich wieder entspannen. Sein Zuspätkommen war ihm peinlich gewesen; immerhin hatte Sonia Borgheses Reaktion sie alle schnell davon abgelenkt.

»Zanotti ist schon seit Längerem in Verruf geraten, weil er nicht gründlich arbeitet«, ergänzte er die Schilderung seines Kollegen. »Für mich gab es bisher keinen Grund zur Beschwerde, aber ich weiß, welchen Anteil Sonia an der Arbeit des Teams hat. Ich dachte immer, dass Aldo einfach keine Lust mehr hat und sich den Ruhestand herbeisehnt. Jetzt frage ich mich schon, ob nicht mehr dahintersteckt.«

»Das wäre?« Gruber bog auf den Parkplatz des Ospedale Sant'Anna ein. Es war nicht viel los, sodass er ganz in der Nähe des Eingangs eine Parklücke fand. »Korruption?«

»Soll unter den besten Leuten vorkommen.«

Gruber brummte zustimmend.

Sie stiegen aus. Erst nachdem sie das Gebäude durch die große Drehtür betreten hatten, nahm Pellegrini das Gespräch wieder auf. »Für diesen konkreten Fall scheint mir das allerdings sehr weit hergeholt. Das würde ja bedeuten, dass die Manipulation, die dazu geführt hat, dass die Bruchsitters verunglückt sind, genau hier und genau zu dem Zeitpunkt ihre Wirkung entfalten musste, als Zanotti Dienst hatte.«

»Da hast du recht. Das wäre ein ziemlicher Aufwand.« Gruber zog eine Grimasse. »Ich muss mir das noch einmal gründlich durch den Kopf gehen lassen. Selbst wenn wir jetzt von Vorsatz ausgehen, erscheint es mir auch nicht logisch, dass jemand zusätzlich noch den Chef der Spurensicherung schmiert. Ich glaube, Zanotti hatte einfach keine Lust und sich nichts weiter dabei gedacht, welche Konsequenzen seine schlampige Arbeit haben kann.«

»Was schlimm genug ist«, sagte Pellegrini nachdrücklich. Er wollte sich gar nicht ausmalen, welche möglichen Spuren Zanotti bei seiner oberflächlichen Untersuchung des Wagens noch übersehen hatte.

»Du sagst es.«

Sie erreichten das Zimmer und traten ein, nachdem sie angeklopft hatten.

Pellegrini musste sich insgeheim eingestehen, dass er mit Dagmar Bruchsitter keinerlei Erinnerung verband. Wann waren sie einander das letzte Mal begegnet, vor fünfzehn, zwanzig Jahren? Dass er sich damals für Nicole interessiert hatte, war noch länger her. Nachdem sie dann zu alt geworden war, um mit ihren Eltern in den Urlaub zu fahren, waren die beiden für ihn erst recht zu zwei Gästen unter vielen geworden.

Die Frau im Krankenhausbett hob mit einem erstaunten Ausruf den Kopf. »Marco, wie schön, dich einmal wiederzusehen! Du meine Güte, wie doch die Zeit vergeht.« Nicoles Mutter bewertete den Grad ihrer Vertrautheit offenbar ganz anders. Fehlte nur noch die Bemerkung, wie groß er doch geworden sei. Aber ihre Reaktion wirkte aufgesetzt, ihre Stimme klang viel zu hoch und beinahe fröhlich.

Pellegrini schluckte einen sarkastischen Kommentar hinunter.

Dann bemerkte Dagmar Bruchsitter Gruber, der nach Pellegrini eingetreten war. »Sie schon wieder. Dann ist das doch ein offizieller Besuch?«

Diese Begrüßung fand er ziemlich schroff, verkniff sich jedoch auch eine Zurechtweisung. Sein Kollege ließ sich nichts anmerken. Sie hatten vereinbart, dass Pellegrini das Gespräch führen sollte.

»So ist es, Frau Bruchsitter.«

»Mensch, nun nenn mich doch Dagmar, das hast du früher schließlich auch getan.« Sie drückte auf einen Knopf, und das Kopfende des Bettes hob sich mit einem Surren an, sodass sie ein wenig aufrechter lag.

Pellegrini setzte sich auf einen Stuhl neben ihrem Bett und entschied, ihre Aufforderung zu ignorieren. Er fragte sich, ob das Verhalten der Mutter die Distanzlosigkeit der Tochter erklärte. Gruber war so klug, sich in größtmöglicher Entfernung an einen kleinen Tisch zu setzen und mit dem Blumenstrauß zu verschmelzen, der darauf stand. Pellegrini stellte zwei höfliche Fragen nach Dagmar Bruchsitters gesundheitlichem Befinden, die ausführlich beantwortet wurden.

Dann kam er zum Punkt ihres Besuchs. »Ich würde gern mehr über eure Familie erfahren und über die Firma, speziell über die Zukunft des Unternehmens. Nicole hat mir berichtet, dass zum Jahresende ein Wechsel ansteht«, erklärte er in bestimmtem Ton und ohne weitere Vorrede.

Dagmar Bruchsitter war deutlich anzusehen, dass sie sich ein anderes Gesprächsthema gewünscht hätte. Einen langen Moment schloss sie die Augen und atmete schwer, sodass Pellegrini schon fürchtete, sie würde gar nicht antworten.

»Was hat das mit Hans-Peters Tod zu tun?«, fragte sie dann nicht weniger geradeheraus.

»Ich bin hier, um genau das herauszufinden.«

»Mit der Firma habe ich nichts zu schaffen, Marco. Anders als deine Mutter in eurem Albergo habe ich mich nie in Hans-Peters Geschäfte eingemischt.«

Die Spitze gegen Marta Pellegrini irritierte ihn, aber er hatte keine Lust, diesbezüglich nachzufragen, falls es sich um ein Ablenkungsmanöver handelte. Sie führte allerdings dazu, dass ihm Dagmar Bruchsitter noch eine Spur unsympathischer wurde.

»Ab Januar hätte er sich zurückgezogen«, fuhr sie zum Glück schon fort. »Und unsere beiden Töchter sollten das Unternehmen weiterführen. Wobei sich Nicky um die betriebswirtschaftlichen Dinge kümmern wollte und Caro um die fachlichen. Sie hat erst in Jena Mechatronik studiert und dann an der RWTH in Aachen ihren Master gemacht.« Wenn sie länger sprach, machte Dagmar Bruchsitter immer wieder kleine Pausen, um tief durchzuatmen. Sie schien Schmerzen zu haben.

Pellegrini übte sich in Geduld und wartete ab, ob sie noch etwas hinzufügen wollte, bevor er die nächste Frage stellte. »Aber beide sollten den gleichen Anteil am Unternehmen bekommen?«

»Was willst du denn damit sagen?«

»Ich will es nur verstehen.«

»Also, ja. Die beiden werden gleichberechtigte Inhaberinnen, und die anderen beiden jetzigen Geschäftsführer behalten ihre Positionen. Der eine ist Nickys Ex-Mann. Ein Windhund, wenn du mich fragst, der war kein guter Ehemann, viel zu egoistisch. Sie hat das zum Glück rechtzeitig erkannt. Aber angeblich verstehen sie sich alle noch gut genug, um zusammenzuarbeiten. Dazu will ich nichts sagen.« Demonstrativ presste sie die Lippen zusammen.

»Schade.«

Sie warf ihm einen Seitenblick zu. »Du hast doch schon mit Nicky gesprochen, oder etwa nicht?«

»Ja. Sie hat etwas Ähnliches angedeutet.« Pellegrini überlegte, ob er noch dicker auftragen und so tun sollte, als wäre sein Interesse an Nicoles Beziehungsstatus eher privater Natur, aber das brachte er nicht über sich. Diese Vermischung von angeblichen persönlichen Verhältnissen und Beruflichem widerte ihn an.

Dagmar Bruchsitter schnalzte unzufrieden mit der Zunge. »Ich verstehe Nicky in Bezug auf Michael nicht. Sie wollte nach der Scheidung nicht einmal ihren alten Namen wieder annehmen. Dabei ist Schmidt in Köln kein Nachname, sondern eine Sammelbezeichnung. Ich finde das nicht gut. Na, muss sie wissen.« Die letzten Worte grollte sie leiser heraus.

Pellegrini verstand sie trotzdem. »Und der andere Geschäftsführer? Sven Endenich?«

»Der war immer der Querkopf. Hat meinen Mann viele Nerven gekostet. Aber aus irgendeinem Grund hat er an ihm festgehalten.« Sie schnaufte. »Hans-Peter hat wenig über das Geschäft gesprochen. Meine Begegnungen mit seinen Untergebenen beschränkten sich auf Firmenfeiern, gelegentliche Projektpräsentationen und unser Sommerfest.«

Hatte sie wirklich »Untergebene« gesagt? Das klang aber nicht gerade nach Beschäftigungsverhältnissen auf Augenhöhe.

»Du solltest Nicky nach all dem fragen. Sie wird sich freuen, dir alles im Detail zu erklären«, ergänzte sie noch. Genau das befürchtete Pellegrini auch.

Inzwischen keuchte Dagmar Bruchsitter. Sie schloss erschöpft die Augen. Er stellte noch ein paar weitere Fragen, versuchte, das Gespräch auf mögliche Konflikte im privaten Umfeld der Familie sowie innerhalb der Belegschaft oder Konkurrenz in der Branche zu lenken. Seinerseits ging er nicht auf das ein, was sie über ihn wissen wollte. Nach einer Weile entschied er, dass dieses Gespräch niemanden weiterbrachte. Sie wusste nichts oder gab überzeugend vor, keine Ahnung zu haben. Das einzig Auffällige war ihr Umgang mit dem Schmerz über den Tod ihres Mannes. Sie sprach nicht über ihn, als hätte sie ihn gerade erst verloren, ihre Stimme blieb völlig neutral, wenn sie ihn erwähnte. Vielleicht hatte sie seinen Tod aber auch einfach noch nicht realisiert. Trauer hatte viele Gesichter, und Pellegrini hatte oft genug erlebt, dass sich hinter einem scheinbar gelassenen Auftreten große Gefühle verbergen konnten, die manche Menschen mit eiserner Disziplin in Schach zu halten vermochten. Hatte er es nicht über Jahre hinweg ebenso gemacht?

Schließlich verabschiedete er sich und verließ mit Gruber das Zimmer. Erst, als sie wieder im Auto saßen, brachen sie ihr Schweigen.

»Was denkst du?«, fragte Pellegrini.

Gruber blies die Wangen auf und stieß die Luft aus. »Gute Frage. Eine schrecklich nette Familie, wenn du mich fragst. Lohnt sich ein Gespräch mit der Tochter? Ist sie bei euch im Albergo untergebracht?«

»Das weiß ich offen gestanden gar nicht. Ich nehme es an. Aber das finde ich ohne Weiteres heraus.«

»Gut. Hast du noch Zeit für ein Mittagessen?«

»Ich kann meine Schwester nicht länger mit Emma allein lassen. Aber wenn du möchtest, komm mit zu uns ins Restaurant. Unser Pizzabäcker Sergio ist nicht der schlechteste.«

Gruber stimmte erfreut zu. Unterwegs telefonierte Pellegrini mit seiner Mutter, die ihm bestätigte, dass Nicole Schmidt ein Zimmer im Albergo gemietet hatte. Sie bekäme den Gast aber kaum zu Gesicht. Die Deutsche komme nicht einmal zum Frühstück, was Marta Pellegrini als Affront betrachtete. Sie sprach es zwar nicht aus, aber Pellegrini kannte sie gut genug, um ihren Unterton zu deuten.

Auf der Auffahrt nach Brunate hielten sie noch einmal am Unfallort. Die Stelle, wo der Mercedes die Leitplanke durchbrochen hatte, war mit orangefarbenen Plastikbändern abgesperrt. Pellegrini trat bis ganz an den Rand und schaute hinunter. Die Böschung fiel hinterm Straßenrand steil ab. Der Mercedes hatte eine Schneise der Verwüstung hinterlassen, kleine Bäume und Sträucher mitgerissen. Tiefe Furchen waren in den Boden gefräst worden und klafften wie braune Schnittwunden inmitten des Grüns.

Pellegrini überlief ein eiskalter Schauer. Zu oft hatte er solche und ähnliche Orte schon in Augenschein nehmen müssen. Vermutlich würde er sich nie an den Anblick gewöhnen. Und falls doch, wäre das sicher ein guter Moment, den Dienst zu quittieren.

Gruber stellte sich schweigend neben ihn und starrte auf die geschändete Natur hinab.

»Wie habt ihr den Mercedes von da unten hochgeholt? Mit einem Kran?«, fragte Pellegrini.

»War nicht so einfach. Die Feuerwehr ist mit einem Spezialfahrzeug gekommen und hat ihn hochgezogen, nachdem die Insassen geborgen worden waren. Die Rettung und der Notarzt sind dort runter und konnten von da aus das Auto erreichen.« Er zeigte auf die Böschung und zeichnete mit dem Finger den Abstieg der Rettungskräfte nach.

Pellegrini erkannte an der Stelle nur undurchdringliches Gestrüpp und war mehr als froh, dass er am Unfalltag nicht dabei gewesen war.

Gruber wandte sich ab und ging zurück zum Wagen. »Komm. Du hast mir eine Pizza versprochen.«

3

Eine Stunde später saßen sie am Familientisch im Restaurant des Albergo. Seit der Eröffnung war dieser von Pflanzkübeln abgetrennte Bereich zu jeder Tageszeit für die Pellegrinis und die Angestellten reserviert, und wenn es sich einrichten ließ, versammelten sich alle Familienmitglieder dort jeden Montagabend zum Essen.

Marta Pellegrini bestand darauf, dass Pellegrini mit dem Kollegen dort Platz nahm, obwohl Gruber betont hatte, dass er aus dienstlichen Gründen mitgekommen sei. Er hoffte, Nicole Schmidt doch noch über den Weg zu laufen. Als Pellegrinis Mutter das nicht gelten ließ, reagierte er unerwartet geschmeichelt, genau wie später, als Sergio, der Pizzabäcker des Albergo, ihnen die Pizza persönlich servierte. Alessandra hatte Emma mitgebracht und sich zu ihnen gesetzt.

»Sie hat den ganzen Morgen geschlafen wie ein kleiner Engel«, erklärte sie Pellegrini mit einem schadenfrohen Grinsen. »Du weißt, was das bedeutet?«

»Natürlich. Dass sie gleich wach und ausgeruht ist, um mich den Rest des Tages zu terrorisieren.« Er seufzte.

Als ahnte seine Schwester etwas von seinen Gedanken, drückte sie kurz seine Hand und nickte ihm zu. »Es ist den Stress wert. Glaub mir.«

Gruber hatte sich freundlich zurückgehalten. Erst in diesem Moment wurde Pellegrini bewusst, dass er es verdammt gut beherrschte, sich unsichtbar zu machen und die Rolle des unbeteiligten Beobachters einzunehmen. Beachtlich, erst recht bei einem Mann mit seiner bulligen Statur.

»Ich muss nach dem Essen aber los«, erklärte er nach einem Blick auf sein Smartphone. »Claudia hat sich gleich für vier Uhr mit Zanottis Mechaniker verabredet. Ich möchte dabei sein.«

»Das solltest du schaffen.«

Alessandra blickte von einem zum anderen. »Wollt ihr über euren Fall sprechen? Soll ich gehen?«

»Nein, kein Problem. Bleib, Lexi«, sagte Pellegrini. »Im Gegenteil, vielleicht kannst du uns sogar helfen: Erinnerst du dich an die Familie Bruchsitter?«

»Logisch. Ich habe damals viel mit der jüngeren Tochter gespielt, Caro. Die war ja froh, außer ihrer älteren Schwester noch jemanden zu haben, mit dem sie Deutsch sprechen konnte.« Sie zwinkerte Pellegrini verschwörerisch zu. »Und später hat besagte Schwester sich sowieso mehr für den schwarzäugigen jungen Italiener interessiert, wenn ich mich recht erinnere.«

»Ist das wahr?« Gruber lachte auf. »Jetzt verstehe ich erst, auf was Frau Bruchsitter da vorhin angespielt hat.«

Pellegrini warf seiner Schwester einen bösen Blick zu, aber die ließ sich davon nicht beirren.

»Natürlich ist das wahr. Ist da nicht sogar was gelaufen? Ich meine, mich dunkel zu erinnern, dass du dir nach einem Besuch der Bruchsitters von Papà eine ordentliche Standpauke anhören musstest.« Alessandra stützte das Kinn auf und grinste frech.

Gruber schüttelte amüsiert den Kopf, während Pellegrini seiner Schwester am liebsten den Hals umgedreht hätte.

»Das ist lange her«, schnappte er. »Die erwachsene Nicole Schmidt ist mir ganz und gar nicht sympathisch.«

»Da sagst du was. Ziemlich exzentrisch«, stimmte Alessandra zu. »Würde mich interessieren, wie sich ihre jüngere Schwester entwickelt hat. Die beiden waren sich damals gar nicht grün.«

»Wie bitte?« Gruber richtete sich auf und blickte sie neugierig an.

»Erzähl bitte, Lexi. Du hast unsere Aufmerksamkeit.«

»Was gibt es da groß zu erzählen? Caro war vier Jahre jünger und ganz anders als Nicole. Das war immer schon so, soweit ich mich zurückerinnern kann. Caro war viel ... keine Ahnung, wilder. Wir sind oben am Leuchtturm auf Bäume geklettert, haben an der Kirche Fußball gespielt, so was eben. Mit dreizehn hat Nicole sich gar nicht mehr um ihre Schwester gekümmert, hat sich geschminkt und ihre Zeitschriften gelesen – wie hießen die denn? War das die *Bravo*?«

»Kann sein, dafür habe ich mich dann auch nicht interessiert.«

»Natürlich nicht.« Erneut grinste Alessandra vielsagend. »Du hast eher Feldversuche durchgeführt.«

»Jetzt reicht es.« Er schoss ihr einen warnenden Blick zu.

Sofort hob Gruber beschwichtigend die Hände. »Meine berufliche Schweigepflicht gilt auch für pikante Details über meinen Kollegen. Aber das Verhältnis der beiden Schwestern interessiert mich. Die sollen jetzt nämlich gemeinsam den Betrieb ihres ermordeten Vaters übernehmen.«

Alessandra besann sich. »Also, das kann ich mir kaum vorstellen. In meiner Erinnerung haben die sich nur gestritten, sie waren wie Feuer und Wasser. Aber das ist natürlich Ewigkeiten her. Nicole müsste Ende der Neunziger zum letzten Mal mitgekommen sein, da war sie ... siebzehn? Achtzehn? Weiß ich nicht mehr. Caro war noch zweimal ohne ihre Schwester dabei, bevor die Bruchsitters dann ohne ihre Töchter Urlaub gemacht haben.«

»So etwas kann sich ändern, denkst du nicht?« meinte Pellegrini. »Wir haben uns auch gestritten, das ist doch normal unter Geschwistern. Bei den meisten wächst sich das aus.«

»Das mag sein, aber Caro habe ich schon ziemlich extrem in Erinnerung. Sie hat ihre Schwester aus tiefstem Herzen verachtet. Sie war verdammt intelligent, hatte eine Klasse übersprungen und auch irgendeine Begabtenförderung erhalten.« Alessandra dachte nach. »Wenn ich so im Nachhinein darüber nachdenke, war sie durchaus ein bisschen hochnäsig ihrer Schwester gegenüber. Wollte Ärztin werden, Herzchirurgin. Nicky hatte dagegen nur Make-up und Jungs im Kopf.«

»Jungs? Mehrzahl? Armer Marco.« Gruber hob die Augenbrauen.

Dieses Mal konnte sich Pellegrini ein Schmunzeln nicht verkneifen. »Ich denke, darüber komme ich hinweg.« Dann wurde er sofort wieder ernst. »Die Mutter hat erzählt, dass Caroline Mechatronik studiert hat und die fachliche Leitung des Betriebs übernehmen soll. Nicole wird sich um die betriebswirtschaftlichen Abläufe kümmern. Und beide sind seit Jahren schon Teil der Geschäftsführung. Glaubst du, dass das gut geht?«

Gruber hob den Zeigefinger. »Nicht zu vergessen, dass der Ex-Mann von Nicole der Runde ebenfalls angehört. Entweder können die alle sehr gut Privates von Beruflichem trennen, oder es geht bei diesen Sitzungen heiß her.«

»Klingt tatsächlich nach einer explosiven Mischung«, stimmte Alessandra zu.

Pellegrini beugte sich vor. »Die relevante Frage ist: Ergibt sich daraus für eine oder einen der Beteiligten ein Motiv, Hans-Peter zu töten?«

Gruber nickte bedächtig.

Alessandra riss dagegen die Augen auf. »Eine der Töchter soll an dem Unfall schuld sein? Wollt ihr das damit sagen?«

»Nein, wollen wir nicht. Behalt es bitte trotzdem für dich, ja? Kein Wort zu Mamma.«

»Was denkst du von mir? Du weißt genau, dass du dich auf mich verlassen kannst«, schnappte Alessandra gekränkt.

Er lächelte ihr entschuldigend zu. Selbstverständlich wusste er das, sonst hätte er in ihrem Beisein nicht so offen mit seinem Kollegen gesprochen. »Das sind bisher alles nur Spekulationen«, betonte er dennoch.

Alessandra war besänftigt. Gleichmütig zuckte sie mit den Schultern. »Ich kenne weder Caroline noch Nicole gut genug, um zu beurteilen, ob sie ihrem Vater so etwas antun würden. Eigentlich kann ich es mir nicht vorstellen. Aber es gibt so vieles, was ich nicht für möglich halten würde, gerade wenn es um viel Geld geht.«

»Und die beiden Männer werden wir auch nicht außer Acht lassen«, ergänzte Gruber. »Ich versuche heute Nachmittag, mehr über diesen Michael Schmidt herauszufinden. Bisher wissen wir über ihn nur, dass er mit Nicole verheiratet war. Und der andere ist auch noch ein unbeschriebenes Blatt.«

»Sven Endenich hieß der. Der hatte mit dem Inhaber seine Differenzen, davon haben sowohl Dagmar Bruchsitter als auch Nicole gesprochen«, meinte Pellegrini.

»Ihr geht aber auf jeden Fall davon aus, dass der Täter aus dem direkten Umfeld kommt? Wenn nicht die Töchter, dann ein anderer aus der Spitze des Unternehmens?«, wollte Alessandra wissen.

»Der Täter oder die Täterin.« Pellegrini kratzte sich nachdenklich an der Schläfe. »Noch glauben wir da gar nichts, aber es ist am wahrscheinlichsten, sofern Hans-Peter Bruchsitter sich hier in Como keine Feinde gemacht hat.« Ihm fiel auf, dass er ganz automatisch von »wir« gesprochen hatte und Gruber nicht protestierte. Es war faszinierend, wie schnell er sich wieder als Teil dieses Teams betrachtete.

»Ich werde auf jeden Fall eine Anfrage in die Wege leiten, damit wir vor Ort in Köln Unterstützung bekommen. Die sollen das Umfeld, die Nachbarschaft und die Angestellten befragen, vielleicht finden die was raus.« Grubers Stimme verriet, dass er nicht recht daran glaubte.

Pellegrini konnte es ihm nachfühlen. So eine grenzüberschreitende Zusammenarbeit war umständlich und lief in der Regel eher schleppend. Sie beide hatten zwar in diesem Fall nicht das Problem der sprachlichen Barriere, dennoch müsste jemand für die Befragung vor Ort auch genaue Instruktionen bekommen, wen und wonach er suchen sollte. Und da sie zum jetzigen Zeitpunkt selbst noch kaum etwas wussten, mussten sie sich gut überlegen, wie sie das anstellen sollten, um überhaupt etwas herauszufinden.

»Dass jemand aus Brunate oder Como in die Sache verwickelt ist, kann ich mir schwer vorstellen.« Alessandra runzelte die Stirn. »Das Ehepaar Bruchsitter war jedes Jahr zum Ende der Sommersaison zwei Wochen hier. Dieses Mal waren sie später dran als sonst. Für die Bruchsitters hat Mamma sogar den Saisonabschluss nach hinten verlegt, auf den Samstag in einer Woche. Hans-Peter und Dagmar sind für sie ganz besondere Gäste. Aber über das Albergo hinaus hatten sie wenig Kontakt mit den Einheimischen, da bin ich mir sicher.«

Pellegrini betrachtete das letzte Stück Pizza, bevor er es von der Spitze her einrollte und herzhaft hineinbiss. »Sergio und Papà schließe ich aus. Die müssten ja nur etwas Giftiges ins Essen schmuggeln. Mamma, Du und Domenico, ihr seid zu geschäftstüchtig. Ihr würdet keine Gäste umbringen, solange sie wiederkommen und ihre Rechnungen bezahlen.« Er blickte seine Schwester unschuldig an. Gruber schmunzelte.

Alessandra lachte laut auf. »Jetzt bin ich aber ehrlich erleichtert.«

»Würden Sie uns trotzdem die Daten der Aufenthalte in den letzten … sagen wir: fünf Jahren … heraussuchen?«, bat Gruber sie. »Es kann nicht schaden, wenn wir uns ansehen, ob es in der Zeit irgendwelche besonderen Ereignisse gab.«

»Darf ich das?« Alessandra wandte sich verunsichert an Pellegrini. »Verstößt das nicht gegen den Datenschutz?«

Dazu war es ein Stochern im Nebel. Dennoch nickte er. »Ende September sind Weinfeste und dergleichen. Wenn dir damit wohler ist, soll Tonio dir einen entsprechenden Beschluss von der Staatsanwaltschaft holen. Wer ist zuständig? Galimberti?«

»Nein, eine gewisse Piera Cosio.« Gruber schaute Alessandra verwirrt an, als diese abermals laut auflachte.

Pellegrini hoffte, dass seine Schwester jetzt nicht die nächste Frauengeschichte auspackte. Die eine Nacht mit der Staatsanwältin war nun wirklich nicht der Erwähnung wert. »Ich könnte doch in der Gästedatenbank nachsehen. Lexi, was meinst du?«

»Das dürftest du genauso wenig, du bist kein Mitarbeiter des Albergo.« Sie legte einen Finger an die Lippen. »Aber vielleicht setze ich mich gleich ins Büro an die Buchhaltung. Da vergesse ich hin und wieder, den Computer auszumachen oder die Bildschirmsperre einzuschalten. Du kannst mir gern …«

Emma unterbrach sämtliche konspirativen Pläne, indem sie lautstark Pellegrinis Aufmerksamkeit forderte. Gruber verabschiedete sich und verließ fluchtartig das Restaurant.

Und Pellegrini akzeptierte, dass in den nächsten Stunden wieder andere Qualitäten von ihm gefragt waren. Zu seinem eigenen Erstaunen freute er sich darauf. Der Ausflug in die Ermittlungsarbeit hatte ihm gutgetan, aber in der Zeit, die er mit Emma verbrachte, spürte er unmittelbar, wie wichtig er für sie war – und sie für ihn.

Montag, 12. Oktober

1

Das Wochenende verging ohne neue Erkenntnisse. Pellegrini wurde von Emma gefordert und half einige Stunden in der *Bar della Funicolare* aus, wo die Siebträgermaschine von Alessandra neu eingestellt worden war und ihren Dienst zur allseitigen Erleichterung endlich ohne Unterbrechungen aufgenommen hatte.

Den Montagvormittag verbrachte Pellegrini im überhitzten Wartezimmer des Kinderarztes. Danach genoss er es, mit Emma im Kinderwagen ein wenig durch die herbstlichen Gassen Comos zu bummeln. Kaum jemand war in der Stadt unterwegs, wozu die feuchtkalte Witterung sicherlich ihren Teil beitrug.

Umso erstaunter war er, als er Nicole Schmidt mit einem Mann in Anzug und mit Krawatte in einem der Bistros gegenüber dem Dom sitzen sah. Die beiden waren in eine hitzige Diskussion verwickelt und schienen die Welt um sich herum vergessen zu haben.

Ohne zu zögern, betrat Pellegrini das Bistro und setzte sich mit dem Rücken zu Nicole an einen Tisch. Emma, von der Aufregung des Arztbesuchs erschöpft, tat ihm den Gefallen und schlief weiter. Er bestellte einen Cappuccino und ein Tramezzino mit Käse in der Hoffnung, dass der Koch dabei nicht allzu viel falsch machen konnte. Die Restaurants am Domplatz galten eher als Touristenfallen, um die Einheimische unter normalen Umständen einen weiten Bogen machten. Den englischen und deutschen Wörtern nach zu urteilen, die Pellegrini um sich herum aufschnappte, war er auch der einzige. Aber seine Neugier war stärker. Nicoles Begleiter mochte ein Anwalt sein, der Bestatter oder einfach ein gut gekleideter Mann, der ihr bei der Überführung ihres Vaters half. Genau das galt es herauszufinden.

Das Glück war ihm gewogen. Zwei blonde Frauen, dem Akzent nach Amerikanerinnen, verließen den Nebentisch, und es wurde etwas ruhiger. Leise Musik säuselte durch den Raum, irgendein aktueller Charthit von Bruno Mars oder The Weeknd. Darunter hörte Pellegrini Gesprächsfetzen von Nicole und ihrem Begleiter. Wie erwartet sprachen sie Deutsch, und es ging um die Überführung von Hans-Peter Bruchsitters Leichnam, so viel verstand er. Er hob sein Smartphone hoch und tat, als würde er Selfies machen. In Wahrheit fotografierte er über seine Schulter hinweg, um den Fremden anschließend auf dem Bild in Ruhe zu betrachten. Der Mann war in seinem Alter, ungefähr vierzig. Sein dunkles volles Haar war kurz geschnitten und an den Schläfen bereits angegraut. Er war braun gebrannt, als wäre er vor Kurzem im Strandurlaub gewesen, und hatte ein markantes Kinn mit einem gepflegten Dreitagebart. Seine Augenfarbe war nicht gut zu erkennen, Pellegrini vermutete eher einen dunklen Ton. Der Mann erinnerte ihn an jemanden, doch er kam nicht drauf, an wen. Er sah gut aus, hatte Ausstrahlung und bewegte sich selbstbewusst wie jemand, der um beides wusste.

Er und Nicole wirkten im Umgang miteinander vertraut. Der Bestatter schied demnach aus. Hätte Pellegrini raten müssen, hätte er auf einen Anwalt getippt. Leider verstand er allenfalls einzelne Sätze, deren Bedeutung ihm ohne Kontext rätselhaft blieb. So lebhaft die beiden auch miteinander diskutierten, schienen sie insgesamt doch eher der gleichen Meinung zu sein und Empörung über dieselbe Angelegenheit zu teilen, als ein Streitgespräch zu führen.

Nach einer guten Viertelstunde verließen sie das Bistro. Beim Hinausgehen hakte Nicole sich bei dem Mann unter und gab ihm mit einem Lächeln einen Kuss auf die Wange.

Pellegrini blieb sitzen und aß sein Tramezzino auf. Dann schickte er das Foto des Mannes mit einer kurzen Erklärung an Spagnoli.

Kaum hatte er bezahlt und stand wieder im Freien, meldete sich seine Kollegin zurück.

»Wer ist das?«, fragte sie ohne eine Begrüßung.

»Das weiß ich doch nicht, sonst hätte ich es sicherlich dazu geschrieben.«

»Ja, schon klar, tut mir leid. Ich wollte eher wissen, was du vermutest. Du glaubst, er ist Deutscher?«

»Zumindest klang er nicht wie ein Schweizer, wenn du das meinst. Offen gestanden habe ich keine Vermutung, nur ein merkwürdiges Gefühl. Die beiden wirkten auf mich, als würden sie sich schon lange kennen. Das sah auch nicht nach einer reinen Geschäftsbeziehung aus. Könnte natürlich ein Freund der Familie sein, dem Nicole zufällig über den Weg gelaufen ist.«

Spagnoli lachte auf. »Du sagst immer, ich sollte in Betracht ziehen, dass es Zufälle gibt. Gianluca und ich sind auf unserer Reise mitten in Tübingen einem alten Schulkameraden meines Bruders begegnet. Solche Dinge passieren.«

»Ganz recht«, erwiderte er geschmeichelt, weil sie seine Worte behalten hatte.

»Ich höre da ein ›aber‹ heraus, Marco. Was denkst du über diese Begegnung? War sie deiner Meinung nach zufällig?«

»Ich würde es nicht ganz ausschließen. Allerdings finde ich es bemerkenswert, dass Nicole Schmidt bei so einer Zufallsbegegnung Zeit hat, sich mit diesem Bekannten ins

Bistro zu setzen und eine lebhafte Diskussion zu führen, die damit endet, dass beide Arm in Arm abziehen. Vor allem der Abgang der beiden wirkte auf mich eher wie eine gezielte Verabredung.«

»Wieso verabredet sie sich, wenn sie Hals über Kopf nach Como gekommen ist, um die Überführung der Leiche ihres Vaters und anschließend den Krankentransport der Mutter zu organisieren?«

»Genau das macht mich stutzig. Nein, mehr noch, es macht mich misstrauisch.« Trotz des trüben Wetters schlenderte Pellegrini gemächlich weiter durch die engen Gassen der Altstadt. Er verspürte noch keine Lust, nach Hause zurückzukehren, obwohl er wusste, dass Emma sehr bald wieder munter werden würde.

»Mich auch. Ich sehe zu, dass ich da jemanden drauf ansetze. Wenn du noch weitere Fotos hast, schick sie gern rüber. Wäre doch gelacht, wenn wir in unseren Datenbanken oder im Internet nichts finden.«

»Gibt es sonst etwas Neues?«

»Nein, gar nichts – wobei, doch: Zanotti hat sich krankgemeldet. Ich vermute, der ahnt, was ihm blüht. Ruscon hat am Freitagmittag noch mit Sonia gesprochen und ihren Chef eigentlich für heute einbestellt. Du weißt ja, wie er ist.«

Pellegrini nickte bei sich. Der Questore war nicht gerade bekannt dafür, Dinge auf die lange Bank zu schieben. Interessanter war jetzt eher die Frage, wie der Leiter der Spurensicherung davon erfahren hatte, dass ihm ein disziplinarisches Gespräch bevorstand, in dem er sich für die voreilige Freigabe des Unfallfahrzeuges würde rechtfertigen müssen.

»Hat der Mechaniker ihn vorgewarnt?«, überlegte er laut.

»Außer Sonia, Tonio und uns beiden ist er der Einzige,

der davon wusste«, stimmte Spagnoli zu. »So viel zu Zanottis Seilschaften. Ich habe Sonia gleich gesagt, dass es nicht einfach wird.«

»Wenn es stimmt, was ihr mir über Zanottis Schlamperei erzählt habt, tut ihr trotzdem das Richtige. Es geht ja nicht darum, dass er ein paar Fingerabdrücke übersehen hat. Es geht um grobe Fahrlässigkeit.«

Er hörte Spagnoli seufzen. Zugleich räkelte Emma sich und verzog das Gesicht.

»Claudia, ich muss Schluss machen. Gib Bescheid, wenn ich noch etwas für euch tun kann. Ich melde mich wieder.«

»Du bist jederzeit willkommen, Marco.«

2

Der Rückweg wurde zur Tortur. Emma fing an zu schreien, und auch, als sie längst zu Hause angekommen waren, hörte sie stundenlang nicht damit auf, ganz gleich, was Pellegrini auch versuchte. Erst am späten Nachmittag schlief das Baby vollkommen übermüdet im Schlafzimmer ein, während er am Wohnzimmerfenster stand und auf den See hinausstarrte, dessen dunkle Oberfläche im trüben Grau wie das Tor in eine andere Welt wirkte. Das gegenüberliegende Ufer war nicht zu erkennen. Die Lichter der umliegenden Häuser glommen trotzig wie Kerzenflammen durch eine von Dunkelheit bedrohte Welt.

Pellegrini war kaum weniger erschöpft als Emma. Er versuchte, über den Unfall, über mögliche Motive und Verdächtige nachzudenken, doch er musste sich eingestehen, dass er keinen klaren Gedanken fassen konnte. Gerade, als er sich von der Außenwelt abwenden und ein paar Minuten auf die Couch legen wollte, klingelte es. Besorgt, es könnte wieder die unmögliche Nicole sein, öffnete er und fand sich zu seiner Überraschung seiner Mutter gegenüber.

»Hast du ein paar Minuten für mich?« Noch bevor sie zu Ende gesprochen hatte, trat sie in den Flur und machte die Antwort auf ihre Frage überflüssig.

Er ergab sich seinem Schicksal, schloss die Tür und folgte Marta Pellegrini ins Wohnzimmer.

»Was ist mit Emma?« Wie immer ihre erste Frage.

»Schläft.« Er verkniff sich das »Endlich.« Heute war so ein Tag, an dem er ihr, was seine Unzulänglichkeit als Vater anbelangte, zugestimmt hätte. Am Morgen noch hatte er Emmas ruhige Natur dem Kinderarzt gegenüber gelobt und sogar gefragt, ob diese ein Anzeichen für irgendwelche Defizite wäre. Der Arzt hatte ihn beruhigt. Und anschließend schien Emma sich dazu entschieden zu haben, ihm zu beweisen, dass sie auch anders konnte, sofern er ihr rücksichtsvolles Verhalten nicht würdigte.

Zu Pellegrinis Erstaunen ging seine Mutter weder auf seine Antwort ein, noch schaute sie nach, ob es dem Baby gut ging. Vielmehr stellte sie sich mit verschränkten Armen ans Fenster und starrte einen Moment hinaus, genau wie zuvor er selbst.

Er wartete, wappnete sich gegen Vorwürfe oder Unterstellungen.

»Kommst du heute Abend ins Restaurant?«, fragte sie endlich.

»Hatte ich vor«, stotterte er. Mit dieser Frage hatte er nicht gerechnet.

Sie wandte sich ihm zu. »Ich habe vielleicht einen Fehler gemacht. Ich habe Nicole eingeladen, und sie möchte kommen.«

»Danke für die Vorwarnung«, war alles, was er herausbrachte. Seit wann wurden Fremde zu einem Familienabendessen eingeladen? Das hatte es noch nie gegeben. Er versuchte, sich nicht anmerken zu lassen, wie irritiert er darüber war. Dass Gruber am Freitagmittag mit am Tisch gesessen hatte, war etwas anderes. Unter der Woche saßen auch die Angestellten dort, wenn sie eine Pause brauchten oder wenig zu tun hatten. Auch die eine oder andere Nachbarin oder Freundin von Alessandra schaute auf einen kurzen Austausch vorbei, das alles kam vor. Aber montagsabends war Ruhetag, das Restaurant nur für die wenigen Gäste geöffnet, die Halb- oder Vollpension gebucht hatten, was seit der Schließung während der Pandemie praktisch nicht mehr vorkam. Eine Nicole Schmidt, ob sie nun Tochter von jahrzehntelangen Stammgästen war oder nicht, hatte am Montagabend am Familientisch jedenfalls nichts zu suchen.

Aber es war nicht an Pellegrini, das zu entscheiden.

Zu seiner Verblüffung senkte seine Mutter den Kopf. »Ich habe es gut gemeint. Ich dachte, sie benötigt unseren Beistand. Hans-Peter tot, Dagmar so schwer verletzt im Krankenhaus, da habe ich geglaubt, die gesamte Situation könnte sie überfordern. Ich habe es ihr direkt nach ihrer Ankunft letzten Dienstag angeboten und danach gehofft, dass sie es vielleicht vergisst. Hat sie nicht. Sie wird heute Abend kommen.«

Pellegrini unterdrückte ein verständnisloses Kopfschütteln. »Ich habe dir letzte Woche schon einmal gesagt, dass sie kein kleines Kind mehr ist«, konnte er sich dennoch nicht verkneifen zu sagen. »Und mir kommt es auch nicht so vor, als würde sie von uns Unterstützung brauchen. Außerdem ist die gesamte Familie nicht gerade mittellos. Was auch immer sie braucht, sie kann sich sämtliche Leistungen buchen, ob es nun um die Überführung geht, die Übersetzung von Formularen oder was weiß ich.«

»Deshalb sage ich ja, dass es ein Fehler war.« Marta Pellegrinis Tonfall wurde schärfer. »Du musst mir nichts vorwerfen, was ich selbst schon weiß.«

»Habe ich nicht.«

»Jetzt lass uns nicht streiten. Was machen wir denn jetzt? Ich kann sie schlecht wieder ausladen.«

Pellegrini presste die Lippen aufeinander. Einerseits war das Verhalten seiner Mutter ungewöhnlich, denn es geschah selten, dass sie einen Fehler eingestand und dann auch noch Rat bei ihm suchte. Andererseits war es auch wiederum bezeichnend, wie sie jeder weiteren Auseinandersetzung aus dem Weg ging, indem sie die Diskussion einseitig für beendet erklärte. Aber ihm dämmerte, was Marta Pellegrini umtrieb. Sie hatte es gut gemeint, der Tochter der Stammgäste helfen wollen. Aber statt des Kindes, das Nicole in ihrer Vorstellung noch war, sah sie sich nun einer erwachsenen Frau gegenüber, die sehr gut wusste, was sie wollte. Vielleicht hatte er damit sogar die Erklärung bekommen, warum sie letzten Dienstag so angriffslustig gewesen war, als sie ihm Nicole vorgestellt hatte. Da hatte sie die Einladung vermutlich bereits ausgesprochen und gehofft, er könne ihr die Deutsche schnell wieder vom Hals schaffen, indem er den Mord aufklärte.

Er verzichtete darauf, sie danach zu fragen. Eine Diskussion darüber brachte sie jetzt nicht weiter. »Da müssen wir jetzt durch, leider. Sofern du nicht das ganze Essen absagen willst.« Was allenfalls eine Option war, wenn der Weltuntergang bevorstünde.

Tatsächlich aber schaute Marta Pellegrini ihren Sohn an, als hätte er von ihr verlangt, in eine Schlangengrube zu springen. Er konnte an ihrer Miene ablesen, dass sie darüber ernsthaft nachgedacht zu haben schien.

»Du willst es wirklich für heute absagen?«, fragte er verdattert.

»Sie ist seltsam, findest du nicht?«

Er rieb sich mit der flachen Hand über Stirn und Augen. »Wer?«

»Nicole. Sie war so ein tolles Mädchen, und jetzt? Sieh sie dir an.«

Sein jüngeres Selbst hatte die jugendliche Nicole damals toll gefunden, das stimmte. Aber das war lange her. Wenn er sich dagegen ihre bisherigen Begegnungen ins Gedächtnis rief, empfand er rein gar nichts. Optisch machte sie durchaus etwas her, aber er fand ihre Erscheinung langweilig. Wenn überhaupt, würde er sie als aufdringlich bezeichnen, und schon allein deshalb war sie ihm unsympathisch.

Marta Pellegrini zog skeptisch die Augenbrauen zusammen. »Oder findest du sie am Ende noch attraktiv?«

»*Oddio*, niemals.« Pellegrin knurrte wütend, was sie überraschenderweise verstummen ließ.

Damit kam ihm eine weitere Erkenntnis. Was zwischen seiner Mutter und Nicole Schmidt nach deren Ankunft vorgefallen war, würde er nie erfahren. Sicher aber hatte Marta Pellegrini mitbekommen, wie Nicole nach dem ersten Gespräch Avancen gemacht hatte, vielleicht hatte Alessandra zusätzlich berichtet, dass sie ihm zwei Tage später des Nachts aufgelauert hatte. Damit verschärfte sich die gesamte Situation. In den Augen seiner Mutter stellte die Deutsche damit nämlich eine Gefahr für die mühsam aufrechterhaltene Illusion dar, aus ihm, Franca und Emma könne endlich eine richtige Familie werden. Für sie war es schon schwierig genug, über das unehelich geborene Kind hinwegzusehen und darüber, dass Pellegrini nicht sein Vater war – beides würde sie niemals ansprechen; Letzteres leugnete sie sogar vor sich selbst, das wusste er. Jetzt kam noch eine Frau ins Spiel, die für ihren Sohn einmal attraktiv gewesen war, egal, wie lange das her war. Marta Pellegrini sah das fragile Glück ihrer lang ersehnten Enkelin in Gefahr.

»Glaubst du ernsthaft, ich würde Franca wegen so einer verlassen?«, meinte er versöhnlicher. »Mamma, du solltest mich besser kennen. Und jetzt komm mir nicht wieder damit, dass ich nach Lucas Tod abgehauen bin. Das ist nicht annähernd vergleichbar.«

Marta Pellegrini starrte ihn durchdringend an. Nun, da er zu wissen glaubte, was in ihr vorging, konnte er ihrem Blick mühelos standhalten.

»Sie ist oberflächlich«, fuhr sie nach einem nachdenklichen Schweigen fort. »Wenn ich es nicht besser wüsste, würde ich sagen, das Schicksal ihrer Eltern ist ihr egal.«

»Das können wir nicht beurteilen. Wir können uns nicht anmaßen, darüber zu richten.« So vieles auch gegen Nicole sprechen mochte, in diesem Punkt musste er sie in Schutz nehmen.

Seine Mutter richtete sich erschrocken auf. »Was willst du damit sagen?«

»Gar nichts, ich …«

»Glaubst du, sie hat diesen Unfall verschuldet? Glaubst du, sie hat ihren Vater umgebracht?« Die letzten Worte hauchte sie atemlos und mit schreckgeweiteten Augen.

Hastig winkte er ab. »Nein, das glaube ich nicht. Dafür gibt es bisher keine Beweise.«

»Aber genau danach suchen Claudia und der neue Kollege, habe ich recht? Jetzt sag doch was.«

»Mamma, wir stellen niemanden unter Verdacht und suchen dann nach Beweisen. Es ist umgekehrt! Wir sammeln Fakten und schauen uns dann an, wer anhand dieser Indizien verdächtig sein könnte.«

»Aber du hast sie im Verdacht. Gib es doch wenigstens zu.«

»Nein, habe ich nicht. Und jetzt lass mich bitte noch ein paar Minuten allein. Es kann nicht mehr lange dauern, bis Emma aufwacht.« Allein die Vorstellung machte ihn wieder müde.

Erstaunlicherweise ließ Marta Pellegrini es dabei bewenden und verabschiedete sich. Nachdem die Tür hinter ihr zugefallen war, legte er sich auf die Couch und fand dann doch keine Ruhe.

Hatte er Nicole in Verdacht? Wie kam seine Mutter darauf? Das konnte nur bedeuten, dass sie selbst die Möglichkeit in Betracht zog, die Tochter könnte am Tod ihres Vaters beteiligt gewesen sein. Er kannte Marta Pellegrini gut genug, um zu wissen, was sie eigentlich meinte, wenn sie ihm solche Worte in den Mund legte. Vergeblich grübelte er über ein mögliches Motiv. Nicoles Verhältnis zu ihrer Schwester kam ihm in den Sinn. Wenn es noch immer so war, wie Alessandra behauptet hatte, und die beiden Töchter des Firmeninhabers Hans-Peter sich nicht ausstehen konnten, würde das auf Dauer nicht gut gehen. Warum dann aber den Vater umbringen? Die unliebsame Schwester würde sie auf diese Weise nicht loswerden. Konnte deren Verhältnis zueinander wirklich so schlecht sein, wenn beide freiwillig darüber nachdachten, gemeinsam in das Unternehmen des Vaters einzusteigen? Und wäre Caroline dann nicht genauso verdächtig? Sie könnte außerdem, aufgrund ihres Studiums, das nötige Fachwissen haben, um den Wagen selbst zu manipulieren. Vielleicht lag das Motiv aber auch ganz woanders, hatte gar nichts mit dem Unternehmen zu tun, sondern mit dem Privatmensch Hans-Peter Bruchsitter? Da gäbe es Dutzende Möglichkeiten, ein Nachbarschaftsstreit, ein heimliches Laster, Schulden, eine Geliebte …

Er gähnte. Möglich war das natürlich alles. Aber wie immer war es sinnvoller, zunächst die naheliegenden Motive auszuschließen, bevor die Ermittlung ausgeweitet wurde. Und der Ruhestand des Opfers, der Übergang des Unternehmens an die nächste Generation, war eine drastische Veränderung, die vielleicht etwas ausgelöst hatte. Ein wichtiger nächster Schritt wäre daher, die Firmenanteile und Mehrheitsverhältnisse im deutschen Handelsregister nachzuschlagen. Solche Informationen waren teilweise sogar öffentlich zugänglich. Schaden konnte es nicht.

Mit der Aussicht darauf, sich damit für Spagnoli und

Gruber nützlich machen zu können, ohne aktiv in die Ermittlungen einzugreifen, schloss Pellegrini endlich die Augen.

3

Gegen zwanzig Uhr überquerte Pellegrini mit Emma in der Babyschale den Parkplatz zwischen der Bar und dem Albergo und betrat das Restaurant durch die Hintertür. Aus der Küche schallte Heavy Metal – wie immer, wenn Sergio sein Reich für sich hatte. Die Familie des Pizzabäckers stammte aus Neapel und war, wie so viele, in den Fünfzigern nach Deutschland ausgewandert. Amerigo Pellegrini und er hatten sich in den Neunzigern in Köln kennengelernt, und Sergio war dessen Familie dann in die Lombardei gefolgt. Und nicht einmal er, seit Jahrzehnten nicht nur Mitarbeiter, sondern auch der engste Freund seines Vaters, war bis heute jemals an einem Montagabend zum Familienessen eingeladen worden. Und da hatte Marta Pellegrini es gewagt, eine Wildfremde zu fragen? Seine Mutter musste sich da ganz schön in die Vorstellung der hilflosen Tochter hineingesteigert haben.

Im Restaurant stand sein Vater mit seinem Schwager Domenico an den Panoramafenstern. Die beiden diskutierten mit wilden Gesten. Pellegrini hielt sich fern. Vermutlich ging es wieder einmal um die Renovierung des in die Jahre gekommenen Schwimmbeckens. Der Druck wuchs. Domenico betonte seit Jahren, dass die Instandhaltung an ihre Grenzen kam. Letzten Monat erst hatte die altersschwache Dieselpumpe endgültig den Geist aufgegeben, und bis zur kommenden Saison musste eine Lösung her.

Amerigo Pellegrini wollte davon nichts hören, bestand

wider besseres Wissen darauf, dass die Pumpe noch zu reparieren sei. Domenico – unterstützt von seiner Frau Alessandra und Marta – wollte dagegen direkt eine zeitgemäße energetische Sanierung.

Pellegrini erinnerte sich gut daran, dass er mit Franca darüber gesprochen hatte, was sich aus dem Pool und der Liegewiese machen ließe. Er hatte damals, als er im Albergo noch Mitspracherecht gehabt hatte, einen Infinity Pool vorgeschlagen, die Hanglage hätte sich perfekt dafür geeignet. Franca war hellauf begeistert gewesen.

Das war der letzte große Streit mit seinem Vater gewesen, bevor er das Gartenhaus seinen Eltern überlassen hatte. Danach hatte er sich aus allem zurückgezogen, und Franca hatte in Marta Pellegrinis Auftrag den Umbau des Gartenhauses zu Ferienwohnungen geplant. Das Thema Swimmingpool war für Amerigo Pellegrini seither ein rotes Tuch, und Domenico hielt ihn instand, so gut er vermochte.

Wenn er seinen Schwager jetzt so kämpfen sah, mit Gesten und Worten und guten Argumenten, die bei seinem Vater oft genug auf taube Ohren stießen, war er froh, dass er damit nichts mehr zu tun hatte. An Domenicos Stelle wäre ihm vor Wut vermutlich längst wieder der Kragen geplatzt. Alessandra würde es nicht anders ergehen, das wusste er. Sie tat gut daran, ihren Mann vorzuschicken und ihn die Gefechte austragen zu lassen. Domenico galt in Amerigos Augen als nüchterner und sachlicher – was er gar nicht war, aber das spielte keine Rolle –, und so hörte der Patriarch eher zu. Vermutlich lag es schlicht und einfach daran, dass er einen größeren emotionalen Abstand hatte, da sie nicht blutsverwandt waren.

»Marco, setz dich zu mir!«, hörte er die Stimme seines Nonno Carlo. Lächelnd wandte er sich dem alten Mann zu, der bereits am Kopfende des Tisches saß und aus seinen wässrigen Augen beobachtete, was um ihn herum vor sich ging. Seit dem Tod seiner Schwester Beata war er stiller geworden, hielt sich aus den Diskussionen rund um das Albergo weitgehend heraus. Und doch war Carlo die schweigsame Anwesenheit am Montagabend im Kreise der Familie wichtiger denn je.

Pellegrini stellte die Babyschale auf einem Beistelltisch ab, den seine Mutter extra neben seinem Stuhl platziert hatte. Carlo reckte interessiert den Kopf. Er war mehr als stolz, dass er noch erleben durfte, zum zweiten Mal Urgroßvater zu werden. Allerdings beschränkte sich sein Interesse darauf, das Baby aus sicherer Entfernung lächelnd zu betrachten.

Verschwörerisch beugte er sich anschließend zu Pellegrini. »Dein Vater ist wieder vollkommen uneinsichtig. Warum ist er nur so verbohrt und sperrt sich gegenüber notwendigen Veränderungen? Von mir hat er das nicht!«

Pellegrini lächelte den alten Mann warmherzig an. »Ich weiß. Aber lass es gut sein für heute.«

Vom Eingang her erklang Nicole Schmidts Stimme, die sich wortreich dafür entschuldigte, zu spät zu sein. Hinter ihr rauschte Alessandra durch die Tür und hielt direkt auf den Tisch zu. Domenico und sein Schwiegervater unterbrachen ihre Diskussion und kamen ebenfalls heran. Nicole Schmidt setzte sich mit einem verkniffenen Lächeln und einem scheuen Gruß ganz ans andere Ende des Tischs – sehr zu Pellegrinis Erleichterung.

»Wer ist das?«, fragte Carlo flüsternd.

»Die Tochter von Stammgästen. Von den Bruchsitters«, gab er ebenso leise zurück.

Carlo kniff die Augen zusammen und musterte Nicole Schmidt unverhohlen. Sie bemerkte es nicht oder tat zumindest so. »War ein feiner Mensch, der Hans-Peter. Tragisch, was mit ihm passiert ist«, murmelte er auf Italienisch.

Nicole hörte den Namen ihres Vaters heraus und wandte sich ihnen mit inzwischen eingefrorenem Lächeln zu. Und obwohl Pellegrini inzwischen klar war, dass er eher auf seine Mutter wütend sein müsste als auf ihren Gast, brachte er es nicht über sich, zu übersetzen und ihr zu erklären, worüber er gerade mit seinem Nonno gesprochen hatte. Er war einfach zu gereizt, um höflich zu sein oder gar Sympathie zu heucheln. Außerdem wäre es Domenico gegenüber rücksichtslos gewesen, der verstand schließlich nur so viel Deutsch, dass es für eine oberflächliche Konversation an der Poolbar genügte.

Auch Alessandra verdrehte genervt die Augen, nachdem Nicole sich bei Marta Pellegrini für die Einladung bedankt hatte. Wie hatte sie die Deutsche beschrieben? Als exzentrisch, richtig. Aus den Augenwinkeln betrachtete er Nicoles teuer aussehende Kleidung, eine gemusterte Bluse mit goldenen Knöpfen, dazu ein farblich passendes Halstuch in dunklem Lila. Wie bei ihrer ersten Begegnung war sie stark geschminkt, vor allem die roten Lippen stachen hervor. Das sollte vermutlich sinnlich wirken. Pellegrini fand es verstörend künstlich. Er senkte den Kopf. Seine Gedanken waren respektlos, aber er kam nicht gegen sie an. Vermutlich trug seine anhaltende Müdigkeit ihr Übriges zu seinem gnadenlosen Urteil bei.

»Nicht wahr, Marco?«, fragte seine Mutter gerade.

Ertappt fuhr er zusammen. »Was denn?«

»Nicole meinte gerade, dass es Probleme mit den Papieren für die Überführung ihres Vaters gebe und der gesamte Prozess sehr zäh verläuft. Ich habe ihr erklärt, dass das nicht selten vorkommt.« Sie blickte ihn herausfordernd an.

»Dazu kann ich leider gar nichts sagen«, wandte er sich

mit aufgesetzter Freundlichkeit auf Deutsch an Nicole. »Ich bin nicht im Dienst, insofern habe ich von den Entscheidungen meines zuständigen Kollegen nichts mitbekommen. Ich habe ihn zwar letzte Woche zu deiner Mutter begleitet, aber das war nicht Offizielles.«

»Wie lange wird es denn noch dauern?«, fragte sie und blickte sofort bedauernd in Marta Pellegrinis Richtung. »Nichts für ungut, bitte. Como ist auch im Herbst wunderschön, und ich weiß eure Gastfreundschaft zu schätzen, aber ich habe in Köln Verpflichtungen.«

»Das verstehen wir natürlich.« Die Angesprochene nickte nachsichtig.

»Es tut mir leid, aber ich habe nicht die geringste Ahnung«, erklärte Pellegrini entschieden und dachte sich seinen Teil. Natürlich hatte jeder Mensch Verpflichtungen. Aber was konnte wichtiger sein, als sich um die schwer verletzte Mutter zu kümmern und die formalen Angelegenheiten zum Tod des Vaters zu klären? Und selbst wenn er gewollt hätte, gab es für ihn keine Möglichkeit, die Überführung des Toten zu beschleunigen. Im Gegenteil ging er davon aus, dass El Gato seine Freigabe des Leichnams zurückgezogen hatte, nachdem bekannt geworden war, dass doch Fremdverschulden vorlag. Genau das war vermutlich der – berechtigte – Grund für die Verzögerungen. Er hielt es für denkbar, dass in diese Abläufe erst Bewegung kam, wenn der Mord aufgeklärt worden war. Aber das zu erläutern, war ihm zu umständlich. Das konnte Gruber auf dem offiziellen Wege erledigen.

»Natürlich bleibe ich ohnehin bis Ende der Woche bei meiner Mutter«, sagte Nicole gerade. »Aber mir wäre es schon lieber, wenn ich das mit meinem Vater alles geklärt hätte. Die Angelegenheit ist kompliziert genug.«

An Alessandras Miene erkannte Pellegrini, dass er immerhin nicht der Einzige war, der sich an Nicole Schmidts gleichmütigem Tonfall störte. Sie sprach über die Rückführung ihres Vaters, als ginge es um ein sperriges Möbelstück, das sie verschicken musste.

»Das regelt sich schon alles, Nicky.« Pellegrinis Mutter blickte ihn auffordernd an. Falls sie aber erwartete, dass er der Deutschen seine Unterstützung zusicherte, war sie auf dem Holzweg. Oder hoffte sie vielmehr darauf, dass er Nicole einen Grund lieferte, besser heute als morgen nach Köln abzureisen? Er wurde aus Marta Pellegrinis Verhalten nicht mehr schlau.

»Ja, das wird schon.« Nicole lachte gekünstelt. »Ihr erinnert euch bestimmt an den Kölner Spruch: Es ist, wie es ist, es kommt, wie es kommt, und es ist noch immer gut gegangen.«

»Amen«, murmelte Pellegrini ganz leise und hob sein Glas, um einen Schluck Wasser zu trinken. Sein Nonno Carlo, der ihn gehört hatte, kicherte leise, verkniff sich zum Glück jedoch eine Antwort.

4

Spagnoli schwang sich von ihrer Yamaha und setzte den Helm ab. Sie hatte nach der Arbeit noch eine kleine Runde gedreht, aber die herbstliche Witterung und das Motorradfahren vertrugen sich einfach nicht gut. Einmal war sie sogar auf rutschigem Laub ins Schlingern geraten, und dabei hingen die meisten Blätter noch an den Bäumen. Allmählich blieb ihr nichts anderes mehr übrig, als zu Fuß zu gehen. Ein Auto hatte sie noch nie besessen. Die seltenen Male, die sie privat eins benötigt hatte, hatte sie den Fiat Punto ihrer Mutter geliehen.

Nur war ihre Mutter jetzt tot, und das Auto hatte ihr Bruder übernommen, der in der Wohnung auf sie wartete. Zumindest vermutete sie das, denn in ihrer Küche im ersten Stock des Mehrfamilienhauses brannte Licht. Gianluca war zu Hause also mal wieder die Decke auf den Kopf gefallen, und er war zu ihr gekommen.

Anfangs hatte Spagnoli das zugelassen, inzwischen bereute sie es zutiefst. Sie verstand, dass er trauerte, sie verstand, dass er unter Laura Spagnolis Tod litt, und zwar mehr als sie. Sie verstand, dass er immer noch Zeit benötigte, und sie war bereit, ihm diese zu geben. Sie gestand sich selbst auch ein, dass sie sich in ihre Arbeit flüchtete. Aber was sie nur schwer akzeptieren konnte, war, dass er sich weigerte, den Tatsachen ins Auge zu sehen. Es gab Abende, da verhielt er sich, als würde ihre Mutter jeden Moment durch die Tür kommen, und alles wäre wieder wie früher.

Er musste einfach einsehen, dass ihr Leben niemals wieder sein würde wie zuvor.

Als sie und Gianluca gemeinsam in Süditalien unterwegs gewesen waren, hatte es noch ganz gut zwischen ihnen funktioniert. Sie hatte den Eindruck gehabt, sie wären beide gleichermaßen über den Verlust hinweggekommen. Doch nach ihrer Rückkehr nach Como war ihr Bruder in ein Loch gefallen. Sie hatte ihm daraufhin geraten, aus der Wohnung, die er gemeinsam mit seiner Mutter bewohnt hatte, auszuziehen und einen Neuanfang zu wagen. Er hatte sich bis jetzt nicht überwinden können, auch nur einmal darüber nachzudenken und Immobilienangebote durchzusehen. Im Gegenteil: Er hatte sich komplett zurückgezogen und nahm kaum noch am Leben teil. Er brauchte Hilfe. Hilfe, die ihm seine kleine Schwester nicht geben konnte. Sie hatte selbst eine Weile gebraucht, um das einzusehen. Noch bevor sie wieder angefangen hatte zu arbeiten, hatte sie Kontakt zu Bruno Rizzi aufgenommen. Der Psychologe war vor einigen Jahren bei der Polizia di Stato für die Personalauswahl und -weiterentwicklung eingestellt worden, stand aber auch als Ansprechpartner für belastende Erlebnisse bei Einsätzen oder Krisenintervention bereit und wurde gelegentlich – inoffiziell – nach einem fachlichen Urteil gefragt, wenn es um die Einschätzung der Aussagen von Verdächtigen ging. Für Pellegrini war allein seine Existenz ein rotes Tuch. Er hatte immer schon Schwierigkeiten gehabt, sich seinen Problemen zu stellen, und glaubte, dass Rizzi dies von ihm verlangte. Spagnoli hatte es dagegen geholfen, mit Rizzi über ihren Bruder zu sprechen und über das schlechte Gewissen, weil sie Sorge hatte, sie würde Gianluca im Stich lassen, wenn sie wieder arbeitete.

Jetzt hätte sie am liebsten auf dem Absatz kehrtgemacht

und wäre zurück zur Questura gefahren. Doch natürlich tat sie nichts dergleichen, sondern schob das Motorrad ums Haus herum in den Anbau und betrat das Gebäude anschließend durch die Hintertür.

»Buonasera!«, rief sie kurz darauf mit falscher Fröhlichkeit in die Wohnung. Der Geruch nach gebratenem Knoblauch und Zwiebeln verwirrte sie. Gianluca hatte noch nie gekocht, während er hier auf sie gewartet hatte.

Und dann füllte eine große kantige Gestalt den Rahmen der Küchentür aus und salutierte mit dem Kochlöffel.

»Andrea!«

»Endlich! Ich hatte schon Sorge, dass du noch später kommst und am Ende alles verschmort ist!«, dröhnte sein Bass durch den Flur. »Aber ich konnte auch schlecht anrufen, dann wäre es ja keine Überraschung mehr gewesen.« Breit grinsend verschwand er in der Küche.

Rasch zog sie ihre Jacke und die Stiefel aus und folgte ihm. Neben dem Herd stand ein Teller mit einem Berg fertig geschnittenem Gemüse, das Lorenzo nun nach und nach in die Pfanne gab.

»Ratatouille?«, fragte Spagnoli. Allein von den Aromen lief ihr das Wasser im Mund zusammen.

»Einverstanden?«

»Aber ja. Sehr sogar. Ich kann es kaum glauben.« Dass er da war, dass er kochte und dass sie sich einen Abend lang einmal nicht um die Probleme ihres Bruders kümmern musste.

Spagnoli spürte, dass sie plötzlich den Tränen nah war. Sie ließ sich auf einen der beiden Stühle am Küchentisch plumpsen und legte den Kopf auf die gekreuzten Arme. Lorenzo wandte sich ihr zu, setzte an, etwas zu sagen, und drehte sich dann rasch wieder zu seiner Pfanne um. Er wusste, dass sie es nicht mochte, wenn er sie schwach erlebte. Sie wusste, dass er sie deswegen nicht geringer schätzte und ihre Stärken anerkannte. Andrea Lorenzo, Capitano der Guardia di Finanza, bezeichnete sich selbst gern als den Mann fürs Grobe. Er liebte es, mit seinem Team Razzien durchzuführen und »den Dreck nach oben zu kehren«, wie er selbst es ausdrückte. Und zugleich war er ein Fels in der Brandung, nicht nur für Spagnoli, auch für Pellegrini, über den sie einander kennengelernt hatten. Lorenzo hatte ihm und seinen Freunden, darunter Umberto Cantù, das Rudern beigebracht und die Jugendlichen in schweren Zeiten nicht nur buchstäblich, sondern auch im übertragenen Sinne auf Kurs gehalten.

»Wie war dein Tag, *tesoro mio*?«, fragte er mit einem Lächeln in der Stimme.

Er legte es darauf an, sie zum Lachen zu bringen, und es gelang ihm schon mit dieser Scharade, indem er so tat, als wären sie ein altes Ehepaar. In Wahrheit war ihre Beziehung viel komplizierter, aber vielleicht schaffte sie es, das für heute einmal beiseitezuschieben. Jedenfalls ging es ihr sofort wieder besser.

Sie richtete sich auf und atmete einmal tief durch. »Mit einem Wort: unergiebig«, bekannte sie. »Am Samstag vor einer Woche ist auf der Auffahrt nach Brunate ein Unfall passiert. Der Fahrer starb, seine Frau liegt noch im Krankenhaus. Vielleicht hast du das schon mitbekommen?«

»Habe ich, natürlich. So was passiert zum Glück nicht alle Tage.«

»Seit letzten Freitag bestand nun der Verdacht, dass es Fremdverschulden gewesen sein könnte, und seit heute sind wir sicher.« Sie stöhnte. »Ich habe heute den ganzen Tag im Büro damit verbracht, zu verstehen, was das für ein Unternehmen ist, das der Mann besaß, und wer da mit wem in welchen geschäftlichen Beziehungen steht. Dazu hat mein Kollege versucht, mehr über das Umfeld herauszufinden, ebenfalls ergebnislos. Bis jetzt haben wir keine Hinweise auf ein Motiv.«

Die Pfanne zischte, als Lorenzo das Gemüse mit passierten Tomaten aufgoss. Dann legte er einen Deckel auf und setzte sich ihr gegenüber an den Tisch. »Klingt nach einer guten Beschäftigung für einen Regentag.«

»Wenn es nur das wäre! Ich habe nichts gegen Büroarbeit, aber das ist alles so unübersichtlich. Dazu sind die Unterlagen auf Deutsch. Was heißt, ich muss Satz für Satz mühsam durch ein Übersetzungsprogramm jagen. Meinem neuen Kollegen fällt das dagegen alles ganz leicht. Aber ich kann ihn das schlecht komplett allein machen lassen.«

»Ist das der Südtiroler, den du und Marco in Bergamo kennengelernt und rekrutiert habt?«

»Beworben hatte er sich ja vorher schon. Aber ja, genau der. Tonio Gruber.«

»Bah, dann handelt es sich um dieses Ehepaar aus Köln mit dem Mercedes, das auf dem Weg zu Marcos Eltern ins Albergo Pellegrini war?«

»Wie hast du das mitbekommen? Ich dachte, du warst bis vorgestern noch im Piemont.«

Er lachte nachsichtig. »Es ist Como, keine Großstadt. Was denkst du denn?«

»Nicht zu glauben.« Spagnoli stimmte in sein Lachen ein. Es tat einfach gut.

»Ganz im Ernst, Umberto hat es mir erzählt«, gab er zu. »Er hat Papà Marco vor ein paar Tagen besucht. Ich habe ihn und Viola heute zufällig in der Stadt getroffen, da hat er es erwähnt. Ich habe auch diese Geschichte von der Zeugenaussage seines faschistischen Nonno gehört.«

»Das habe ich schon wieder verdrängt.«

»Aber dann hat doch jemand das Auto von der Straße gedrängt? Ein Motorradfahrer?«

»Ach nein, den haben wir gefunden, aber der hatte nichts damit zu tun.« Sie winkte ab. »Wenn ich das jetzt richtig verstanden habe, hat jemand eine Art Fernsteuerung in den Motor eingebaut und ein paar elektrische Prozesse lahmgelegt, Servolenkung, elektronische Bremsunterstützung und so was. Frag mich nicht. Das Auto hat jedenfalls nicht mehr so reagiert, wie es sollte, und ist einfach geradeaus gefahren. Genau das wissen wir erst seit Freitag, weil unsere Spurensicherung geschlampt hat. Das ist auch so ein unerfreuliches Kapitel.«

»Pass auf, wie wäre es, wenn wir uns das Thema für nach dem Essen aufsparen? Du deckst jetzt den Tisch, und ich schaue zu, dass alles gar wird.«

Er scheuchte sie mit einem Wink auf, und wieder musste sie lachen. Es war egal, wie es ihr ging, sobald sie in Lorenzos Nähe war, wurde alles besser.

Dienstag, 13. Oktober

1

Der Dienstag begann freundlicher, als der Montag geendet hatte. Pellegrini hatte sogar erstaunlich gut geschlafen und fühlte sich seit vielen Tagen endlich einmal ausgeruht. Dass die Sonne es über die umliegenden Hügel geschafft hatte und die Landschaft in sanftes Gelb, Grün und Braun tauchte, tat sein Übriges.

Und dann fragte Spagnoli zu seiner Freude an, ob sie zum Mittagessen vorbeikommen könne. Natürlich konnte sie. Aus einer Laune heraus entschied er sich, selbst zu kochen, anstatt sich im Restaurant des Albergo mit ihr zusammenzusetzen. Die Zutaten besorgte er sich bei seinem Vater in der Küche, danach räumte er gründlich die Wohnung auf. Das war auch dringend nötig gewesen, stellte er fest.

Spagnoli traf pünktlich ein und freute sich sichtlich, dass er den Esstisch vor das große Fenster geschoben und gedeckt hatte.

»Wenn ich es nicht besser wüsste, würde ich annehmen, du willst mich verführen«, neckte sie ihn, als sie Platz nahm.

Unerwartet fühlte er sich geschmeichelt. »Wer weiß? Ich habe allerdings gehört, dass ein Kind die Chancen auf dem Beziehungsmarkt drastisch verringert.«

Sie genoss die Aussicht, während er ein Risotto mit Steinpilzen servierte.

»Zum Nachtisch habe ich ein paar Mignons. Die sind allerdings aus der *pasticceria* gekauft.«

»Ich habe dich als Barista oder Koch in Erinnerung, aber nicht als Kuchenbäcker.« Sie griff nach der Gabel.

»Ich dachte, als guten Ermittler.«

»Natürlich, das auch.« Ihre Miene verdüsterte sich.

Er lächelte sie an. »*Scusatemi.* Ich wollte nicht gleich zum Thema kommen. Iss erst mal. Du warst noch nie hier oben, oder? Wie findest du die Wohnung?«

Sie betrachtete die frei liegenden dunklen Deckenbalken forschend, als suchte sie etwas.

Pellegrini ahnte, was es war. »Hier hatte Luca seine Sachen versteckt, bevor er ermordet wurde.« Er räusperte sich. Die Erinnerung schmerzte immer weniger, aber gänzlich unbefangen konnte er bis heute nicht an diese Geschichte denken. Sieben Jahre lang hatte er geglaubt, sein Freund wäre beim Drogenschmuggeln auf der Flucht vor der Polizei tödlich verunglückt. Große Mengen Kokain und Cannabis in einem Lieferwagen über die Schweizer Grenze zu schaffen, das hatte er Luca damals zugetraut. Aber dann war plötzlich eine Ermittlerin aus Mailand aufgetaucht und hatte von Zwangsprostitution gesprochen. Das war der Moment gewesen, als Pellegrini endlich anfangen hatte, sich die richtigen Fragen zu stellen und das wahre Verbrechen aufzuklären.

Spagnoli lächelte bedrückt. »Genau daran habe ich gerade gedacht. Eine schwierige Zeit für uns beide.«

Pellegrini hatte seiner Ispettrice ihren ersten großen Fall übertragen, und ihr Kollege hatte versucht, ihren Erfolg gegen sie zu verwenden.

»Was ist eigentlich aus Amanda und den anderen Frauen geworden?«, fragte sie weiter.

»Jetzt sag bloß nicht, dass du das nicht mitbekommen hast!«, rief er verwundert aus.

Sie schüttelte mit vollem Mund den Kopf.

»Wo warst du denn da? Du und Andrea, ihr wart doch längst ein Paar. Sandro hat Amanda geheiratet. Gut, sie haben nur zu zweit gefeiert, aber ich hatte doch angenommen, dass der engere Freundeskreis davon Wind bekommen hat.«

»Sandro Falcone? Der mit dem Sportgeschäft? Warte, wie habt ihr ihn genannt?«

»*Il bernardino.* Weil er so treu wie ein Hund ist, dazu auch ein wenig träge und gemütlich.« Melancholisch dachte Pellegrini an die Zeiten, als er mit seinen Freunden im Rudervierer angetreten war.

»Richtig, ich erinnere mich. Andrea hält deswegen aber nicht weniger große Stücke auf ihn. Er muss davon gewusst haben, aber er hat es nie erwähnt.«

»Das sieht ihm ähnlich.«

»Hin und wieder treffen sie sich zum Rudern. Aber dann sind die Männer unter sich. Ich habe noch nie gehört, dass eine Frau oder Freundin eingeladen worden wäre.«

»Ich weiß. Ich habe es bisher nie geschafft, mitzukommen. Vielleicht sollte ich das mal tun.« Bedauernd dachte er daran, dass er, seit Emma sein Leben bestimmte, nicht einmal mehr eine kleine Joggingrunde zustande gebracht hatte. Er meinte schon zu spüren, dass einige seiner Hosen um die Taille allmählich enger saßen.

»Aber zurück zu Sandro und Amanda. Wie kam das?«, fragte Spagnoli. »Ich kenne *il bernardino* kaum, aber er kam mir immer vor wie … keine Ahnung. Der ewige Junggeselle?« Sie stockte. »Vielleicht hat Andrea das sogar erwähnt, und ich konnte nur nicht einordnen, wer die beiden sind. Ich kenne Sandro nicht persönlich. Und der hat einfach so geheiratet? Wie kam es dazu?«

»Das müsstest du ihn schon selbst fragen.« Pellegrini nickte. »Aber ich weiß, was du meinst. Sandro hat zwar alles mitgemacht, aber wenn ich heute darüber nachdenke, hat er sich nie großartig für Mädchen oder später Frauen interessiert. Eine Zeit lang dachte ich, er fühle sich zu Luca hingezogen und könne sich seine Homosexualität nicht eingestehen. Über so etwas haben wir damals nicht geredet, daher war es für mich eine denkbare Möglichkeit. Luca war unglaublich charmant und hat so einige Köpfe verdreht, auch die seiner eigenen Geschlechtsgenossen. Sein Interesse galt aber ohne jeden Zweifel immer nur der Damenwelt.«

»Und was denkst du heute über Sandro?«

»Gute Frage.« Pellegrini schaute nachdenklich aus dem Fenster. Nebenbei wurde ihm bewusst, wie weit der Weg war, den er mit seiner Kollegin inzwischen gemeinsam gegangen war, und wie vertraulich erst recht dieses Gespräch. Formal war sie nach wie vor seine Mitarbeiterin und ihm unterstellt. So empfand er das aber schon lange nicht mehr.

»Du hast Sandro vorhin den ewigen Junggesellen genannt«, fuhr er fort. »Das trifft es ziemlich gut, finde ich. Wie du weißt, hatten wir einige Jahre keinen Kontakt, und als wir uns danach wiedergesehen haben, wirkte er mit diesem Zustand zufrieden.« Er zögerte kurz, unsicher, ob er seinen Gedanken aussprechen wollte. Dann gab er sich einen Ruck und zeigte auf die Wand hinter Spagnoli. »Ich selbst habe genau da vorne Lucas Versteck gefunden, in dem er auch einen Umschlag mit Geld deponiert hatte. Vermutlich hatte Sandro ihm das vor seinem Tod geliehen. Ich habe Amanda gebeten, es ihm zurückzubringen. So haben sie sich kennengelernt.« Er lächelte versonnen. »Was dann passiert ist, darüber kann ich nur spekulieren. Ich vermute, dass Sandro erfahren hat, dass Amanda sich illegal im Land aufhielt und ihr die Abschiebung drohte. Also hat er sie kurzerhand geheiratet.«

»Eine Scheinehe? Damit sie Aussicht auf die italienische Staatsbürgerschaft hat und bleiben kann?«

»Das würde ihm ähnlich sehen. Wobei die beiden meines Wissens wirklich zusammenleben und glücklich miteinander zu sein scheinen. Ich habe Amanda seither nur ein- oder zweimal getroffen und hatte den Eindruck, dass es ihr sehr gut ging. Auf jeden Fall weiß sie zu schätzen, was Sandro für sie getan hat oder heute noch tut. Er ist einfach ein guter Kerl. Er sorgt gern für andere, und er hat die Mittel dazu. Er hat sich auch früher oft genug um Luca gekümmert.«

»Wie das? Ihm den Beutel mit den Ruderklamotten nachgetragen?«, fragte Spagnoli amüsiert.

»Ja, so ungefähr. Er hat ihn mit zu den Wettbewerben angemeldet, weil Luca das ständig vergessen hat. Er hat ihm Geld geliehen oder später sein Auto.« Er hob die Hand. »Versteh das nicht falsch. Wir alle konnten auf Sandro zählen. Aber gerade bei Luca war es hin und wieder nötig, dass jemand auf ihn aufgepasst hat. Und wenn es nicht Andrea war, dann eben wir anderen, allen voran Sandro.«

»Nicht du?«

Er schüttelte nur den Kopf. Die Zeiten, in denen er sich deswegen Vorwürfe gemacht hatte, waren zum Glück vorbei. Auf Dauer wäre es niemandem gelungen, Luca Camerone – *il randagio*, den Streuner – vor seinem Schicksal zu bewahren.

Doch die Erinnerung an Luca lenkte seine Gedanken auf Emma. Und für einen Moment drohte ihn die Angst zu überwältigen, bei der Fürsorge um sie zu versagen. Er schluckte gegen den Kloß, den er plötzlich im Hals verspürte.

Spagnoli war taktvoll genug, so zu tun, als bemerkte sie nichts. Sie legte den Löffel ab und deutete auf den leeren Teller. »Das war ganz großartig. Andrea hat mich gestern Abend übrigens auch bekocht, ich könnte mich dran gewöhnen. Und er hat mir dann auch noch seine Hilfe angeboten, herauszufinden, ob im Unternehmen der Bruchsitters etwas nicht stimmt.«

Dankbar für diesen Themenwechsel bat Pellegrini sie mit einer Geste, weiterzuerzählen.

»Tonio und ich haben gestern begonnen, das Firmengeflecht zu durchleuchten und zu analysieren, wer einen Vorteil von Hans-Peter Bruchsitters Tod haben könnte. Er hat außerdem bei der deutschen Polizei um Unterstützung gebeten, aber das muss erst seinen bürokratischen Weg gehen.«

»Davon hat er am Freitag gesprochen. Wie lange wird das denn dauern?«

Spagnolis Antwort bestand aus einer gequälten Grimasse.

»Ich verstehe«, meinte Pellegrini. »Dazu würde Lexi jetzt sagen: Es dauert so lange, wie es dauert. Was habt ihr denn schon ohne die deutsche Amtshilfe herausgefunden?«

»Auf den ersten Blick sieht es ganz einfach aus, eine GmbH mit Sitz in Köln, eine Fertigung in Bulgarien. Aber natürlich ist das nur die Oberfläche. Die GmbH gibt es schon seit 1984. Bruchsitter hat den Laden gekauft, ab 1991 umfirmiert und als allverantwortlicher Geschäftsführer geleitet. Im Laufe der Jahre ist das Ganze weiter gewachsen. Es gibt Beteiligungen, einen gemeinnützigen Verein und zwei Tochterfirmen. Caroline Bruchsitter hat eine davon gegründet und ist hauptverantwortlich für die Produktentwicklung. Sie – oder besser gesagt, ihre Firma – besitzt auch zwei Patente. Bruchsitter weitere sechs.« Spagnoli fuhr sich durchs Haar. Pellegrini hatte sich an den kürzeren Schnitt noch nicht gewöhnt. Wenn er an sie dachte, tauchte sie in seiner Vorstellung meist in weißer Bluse zu Jeans, einem sportlichen Blazer und das Haar zu einem Dutt hochgesteckt auf, dazu die Sonnenbrille im Haar. Immerhin die Kleidung stimmte noch. Ansonsten hatte sie sich sehr verändert. Sie rauchte ja nicht einmal mehr.

»Und dann sind da noch diese beiden Geschäftsführer«, holte sie ihn aus seinen Gedanken zurück. »Der eine, Sven Endenich, hat ebenfalls noch ein eigenes Beratungsunternehmen. Dazu gibt es ein Joint Venture mit einem anderen Automobilzulieferer. Das ist alles so schrecklich langweilig, wie es kompliziert ist.«

»Das klingt tatsächlich eher nach einer Arbeit für Andrea.«

»Ganz und gar nicht, solche Recherchen hasst er.«

»Ja, das weiß ich. Ich meinte die Guardia. Seine Leute haben da ganz andere Möglichkeiten, es ist gut, wenn die sich das mal anschauen. Warum sucht ihr in diese Richtung? Gibt es Anzeichen dafür, dass die Tat finanziell motiviert war?«

»Überhaupt nicht.« Sie klang plötzlich gereizt. »Es gibt keine Anzeichen für irgendwas. Am Ende ist es ein Eifersuchtsdrama, und Dagmar Bruchsitter hat höchstpersönlich die Motorsteuerung manipuliert.«

Pellegrini wollte zu einer Antwort ansetzen, als ihm Spagnolis verkniffene Miene auffiel. Er begriff, wie sehr es ihr zu schaffen machte, dass sie immer noch komplett im Dunklen herumstocherten. Sie hatte es vielleicht nicht ganz ernst gemeint, aber eine mögliche Beteiligung der Ehefrau war kein haltloser Unsinn. Wenn die naheliegenden Erklärungen ausgeschlossen worden waren, mussten die ungewöhnlicheren in Betracht gezogen werden.

»Aber warum saß sie dann mit im Auto? Damit wäre sie ein hohes Risiko für sich selbst eingegangen. Sie müsste schon sehr, sehr verzweifelt gewesen sein«, sagte er daher nur.

Spagnoli brummte zustimmend. »Was du nicht sagst.«

»Meine Mutter glaubt, dass es Nicole war.«

»Wie kommt sie darauf?«

»Das weiß ich nicht. Aber sie hat mir unterstellt, ich würde Nicole verdächtigen und dich und Tonio nach den passenden Beweisen suchen lassen.«

»Dann sollten wir vielleicht genau das tun.« Sie grinste schwach. »Deine Mutter war schließlich die Erste und lange die Einzige, die meinte, es könne kein Unfall gewesen sein. Und damit hatte sie eindeutig recht.«

»Apropos, was gibt es Neues von Zanotti?«

»Er schlägt um sich. Das ist richtig unerfreulich, du kannst froh sein, dass du nicht da bist.«

»Das war zu erwarten.«

»Natürlich war es das. Er wäscht seine Hände in Unschuld, schiebt alles auf die deutsche Versicherung, darauf, dass die so sehr gedrängt hätte, das Auto schnell freizugeben. Außerdem behauptet er, dass er und sein Team den Fehler gar nicht hätten bemerken können. Es gebe heutzutage so viele verschiedene Autos und ständig neue technische Entwicklungen, die könnten sie unmöglich alle kennen.«

»Wie bitte? Was ist das für ein Quatsch? Das ist verdammt noch mal sein Job, sich da auf dem Laufenden zu halten. Außerdem kann er Externe heranziehen, wenn er oder seine Leute sich selbst nicht auskennen.«

»Musst du mir nicht erklären. Mich ärgert vor allem, dass diese ganze Sache Zeit frisst. Und damit meine ich nicht nur die Woche, die wir vertrödelt haben, weil wir dachten, es wäre ein ganz normaler Unfall. Vielmehr war Tonio gestern auch noch den halben Tag damit beschäftigt, Ruscon unsere Sicht bezüglich Zanottis Arbeit zu erklären.«

»Verstehe.« Wenigstens war das eine Sache, wegen der Pellegrini nicht mit seinem Kollegen tauschen wollte.

Sie sprachen noch eine Weile über den Fall, ohne einen plausiblen Verdacht oder wenigstens neue Ansätze zu entwickeln. Erst nachdem Spagnoli sich verabschiedet hatte, fiel Pellegrini ein, dass er gar nicht nach dem Mann gefragt hatte, mit dem Nicole Schmidt sich am Vortag getroffen hatte. Sicherlich gab es da keine interessanten Erkenntnisse, sonst hätte sie davon berichtet.

Danach rief er in der Klinik an, um sich nach Franca zu erkundigen. Wie immer wurde er freundlich, aber bestimmt abgewimmelt. Ihm wurde ein Gespräch mit einer Psychologin angeboten, das er ablehnte, weil es dabei um ihn gehen sollte. Das hatten sie schon einmal versucht. Aber ihm ging es gut genug. Er wünschte sich dringend viel mehr Schlaf, aber den konnte ihm auch die beste Therapeutin nicht herbeireden.

Und so kümmerte er sich um Emma, wenn die seine Aufmerksamkeit forderte, und fühlte sich die übrige Zeit reichlich nutzlos. Seine Grübeleien über den Fall führten auch ohne Spagnoli zu nichts.

2

Am Nachmittag traf Pellegrini sich mit seiner Schwester an der Rezeption des Albergo. Zu seiner Überraschung saß auch Carlo dort, in einem der drei roten Ohrensessel, in denen normalerweise Gäste Platz nahmen, die darauf warteten, einchecken zu können.

»Da ist er, mit dem *cucciolo.*« Mithilfe seines Krückstocks versuchte Carlo, auf die Füße zu kommen.

Rasch umrundete Alessandra den Empfangstresen und half ihm auf die Beine.

»Warum nimmst du nicht deinen Rollator? Der Stock gibt dir doch kaum noch Halt«, schimpfte Pellegrini seinen Nonno freundlich und stellte die Babyschale auf einem der anderen Sessel ab.

»Recht hat er, Nonno!« Alessandra stützte ihn am Arm, bis sie sicher war, dass er selbstständig stehen konnte.

»Bah! Das ist doch was für alte Leute!« Carlo riss sich von ihr los und bedeutete Pellegrini, näher zu kommen. »Deine Schwester ist heute wieder so streng«, flüsterte er halblaut hinter vorgehaltener Hand. »Das hat sie von eurer Mutter. Das muss ich mir doch nicht gefallen lassen, oder was meinst du?«

Mit einem lautlosen Lachen wandte Alessandra sich ab und ging zurück hinter den Tresen. »Mach, was du willst«, rief sie Carlo von dort aus zu.

Pellegrini zwinkerte ihr zu und wandte sich dann vertraulich an seinen Nonno. »Was kann ich denn für dich tun?«

»Ich wollte einen Limoncello. Aber diese *ragazzina*

meint, der wäre nicht gut für mich.« Er klopfte sich gegen die magere Brust. »Dabei ist das wie Benzin für meine alte Pumpe.«

»Setz dich wieder. Ich besorge dir einen.«

»Marco, bist du von Sinnen? Wenn Mamma das mitbekommt, röstet sie dich im Fegefeuer.«

»Ernsthaft, Lexi?« Pellegrini kam zum Tresen und senkte seine Stimme. »Carlo ist siebenundachtzig. Selbst wenn er heute mit dem Rauchen anfängt, wird er nicht mehr an Lungenkrebs sterben.«

Sie schielte missmutig zu ihm auf. »Der Punkt ist, dass er gar keinen Limoncello trinken möchte. Er verlangt nur danach, weil er weiß, dass Mamma es ihm nicht erlaubt. Reine Reaktanz.«

»Erst recht ein legitimer Grund.« Pellegrini lächelte seinem Nonno, der von ihrer Unterhaltung sicherlich kaum etwas verstand, verschwörerisch zu. Ihm vorzuschlagen, ein Hörgerät zu benutzen, stellte eine nicht minder große Beleidigung dar wie die Erwähnung des Rollators.

Carlo pochte mit dem Stock auf den Boden und ließ sich schwerfällig zurück in den Sessel plumpsen. Gedankenverloren legte er den linken Arm auf die Babyschale und begann, diese sanft hin- und herzuschaukeln. »Was denn jetzt?«, rief er. »Ich kann ihn mir auch selbst holen, Alessandra. Aber dann schimpfst du auch wieder, dass ich nicht so viel herumlaufen soll. Als wäre der Weg zur Bar eine Marathonstrecke.«

»Das habe ich gar nicht gesagt, im Gegenteil, bewegen soll er sich«, zischte Alessandra Pellegrini leise zu. Laut rief sie: »Lass uns das hier gerade zu Ende machen, das ist wichtig. Einverstanden?«

»Was kann es da so Wichtiges geben? Es sind doch keine Gäste mehr im Haus.«

»Es ist wichtig für meine Arbeit, Carlo«, übernahm Pellegrini die Antwort.

Seine Schwester reagierte schon gar nicht mehr, sondern hatte sich bereits dem Empfangscomputer zugewandt. »Wenn ich lange genug warte, vergisst er meistens, was er wollte«, erklärte sie und tippte gleichzeitig auf der Tastatur herum, bis auf dem Monitor eine Tabelle erschien.

Neugierig beugte Pellegrini sich näher. »Ist das ein neues Buchungssystem? Das kenne ich ja gar nicht.«

»Das habe ich vor ziemlich genau einem Jahr angeschafft, am Ende der letzten Saison.«

»Das hat Papà erlaubt?«

Alessandra grinste reumütig. »Ich habe ihn nicht gefragt. Behalte es für dich.« Sie wurde ernst. »Eigentlich wundert es mich, dass er es bis heute nicht mitbekommen hat. Die Überführung der alten Daten hat mich einiges an Zeit und Nerven gekostet. Der Computermensch von diesem Systemhaus hat mir versprochen, dass alles mit nur ein paar Klicks erledigt wäre. Das habe ich ihm natürlich nicht geglaubt, aber ich hatte schon gehofft, es würde etwas leichter sein. Ich war kurz davor, wieder auf Karteikarten umzusteigen.«

»Dann bin ich umso froher, dass es jetzt funktioniert. Das sind also die Aufenthalte der Bruchsitters aus den letzten ... wie viel Jahren?«

Alessandra tippte mit einem Kuli auf den Bildschirm. »Aus den letzten zehn Jahren, da waren sie insgesamt elf Mal hier. Ältere Daten haben wir datenschutzkonform vernichtet, nachdem das neue System endlich lief.«

»Das sollte reichen.«

»Letztes Jahr und vor drei Jahren waren sie im Frühjahr ein paar Tage hier. Ich bin mir ziemlich sicher, dass das jeweils zum fünfundsechzigsten Geburtstag von Hans-Peter und Dagmar war. Kann ich aber noch mal nachsehen, wenn du möchtest.«

»Ja, mach das bitte. Kannst du mir das ausdrucken?«

Alessandra holte Luft, vermutlich, um ihn noch einmal über den Datenschutz aufzuklären, schaltete dann jedoch wortlos den Drucker ein.

Pellegrini lächelte breit und herzlich. »Ich werde Claudia bitten, dir das entsprechende Formular auszustellen, damit auch alles offiziell ist.«

»Schon gut. Wäre ja noch schöner, wenn du mich bei deiner Kollegin verpfeifst.« Sie reichte ihm den Ausdruck.

Ratlos studierte er die Reisedaten. Bis auf die Lücke im Herbst 2021, als sie wegen der Pandemie nicht anreisen durften, war das Ehepaar Bruchsitter jedes Jahr gekommen, dazu, wie Alessandra bereits erklärt hatte, zweimal für fünf Tage im Mai.

»Kannst du aus dem Kopf sagen, ob es zu ihren Reisezeiten irgendwelche Veranstaltungen gab?«

Seine Schwester lehnte sich gegen den Tresen und verschränkte die Arme. »Im Herbst passiert noch so einiges, wie zum Beispiel die Weinfeste. Oder jetzt neuerdings auch die Street-Food-Festivals.« Sie nickte mit dem Kinn in Richtung des Blattes. »Letztes Jahr waren sie auf einem in Varenna. Muss aber eher enttäuschend gewesen sein. Die Fahrt hätte sich nicht gelohnt, hat Dagmar mir lang und breit erklärt, daher erinnere ich mich überhaupt daran.«

Pellegrini konnte Spagnolis Ratlosigkeit beim Mittagessen vorhin plötzlich viel besser nachfühlen. Wonach sollte er hier suchen? »Was könnte da vorgefallen sein?«, fragte er laut. »Hans-Peter küsst die Gattin des Bürgermeisters, und der fordert Satisfaktion? Oder Dagmar empört sich bei einem der Winzer über den zu hohen Preis für ein Glas Wein? Das ist doch Unfug.« Er ließ die Hand mit dem Papier sinken. Spagnoli und Gruber taten schon gut daran, sich im direkten Umfeld der Familie umzusehen. Es war um ein Vielfaches wahrscheinlicher, dort ein Motiv zu finden. »Weißt du, mit welchen anderen Gästen sie näheren Kontakt hatten? Oder gibt es Urlaubsbekanntschaften im Dorf, die sie gepflegt haben?«

Plötzlich schmunzelte Alessandra. »Da, schau. Habe ich es dir nicht gesagt?«, unterbrach sie ihn.

Pellegrini folgte ihrem Blick zu Carlo. Der war, die Hand noch zur Babyschale gereckt, eingeschlafen.

»Jetzt fällt mir aber doch etwas ein«, meinte Alessandra plötzlich und entriss ihm das Papier. Stirnrunzelnd blickte sie auf die Daten, tippte rasch und drehte ihm dann den Monitor zu. »Da siehst du es, im Frühjahr waren das jeweils die Geburtstage. Und ich erinnere mich jetzt wieder, dass sie die auch in einer größeren Runde gefeiert haben. Du solltest mal mit Boris reden. Der war nämlich auch eingeladen. Vielleicht hat der etwas mitbekommen.«

»Boris Paulussen? Unser ewiger Student und zuverlässigster Barista? Was haben die denn mit dem zu schaffen?«

»Das solltest du ihn selbst fragen. Ich nehme ja an, dass er den Bruchsitters oft genug ein paar Ausflugstipps gegeben hat. Er studiert übrigens schon lange nicht mehr. Er ist dann irgendwann doch exmatrikuliert worden, weil er seine Prüfungen nie abgelegt hat. Ich habe ihn Vollzeit angestellt.«

»Ich hatte mich schon gewundert, dass er so viel arbeitet. Aber ich habe nie nachgerechnet.«

»Er hat vier feste Nachtschichten übernommen und springt immer wieder für Valentina ein. Du weißt ja selbst, wie häufig sie ausfällt.«

Pellegrini faltete das Blatt. »Ist er heute Abend da?«

»Ich erwarte ihn pünktlich ab halb sieben zum Schichtwechsel.«

3

Gegen halb neun betrat Pellegrini die Bar und wurde von der Menge an Gästen überrascht, die an den Bistrotischen entlang der Fenster saßen. Er hatte eigentlich erwartet, der einzige zu sein. Die meisten Gesichter kannte er, und so grüßte er in alle Richtungen. Boris servierte gerade Emilio und Felicitas Folisi an der Theke ein Glas Weißwein sowie eine Cola und füllte dann die Schale mit Salzchips auf. Felicitas' Riesenschnauzer-Hündin Pepper döste zu deren Füßen und hob den Kopf, als Pellegrini herantrat.

Erfreut begrüßte er das Paar, den Carabiniere mit Handschlag, seine Frau mit einem Kuss auf die Wange. »Schön, euch beide zu sehen. Hast du gerade Dienstende, Emilio?«

Der Angesprochene blickte an sich hinab auf seine Uniform. »Woran hast du das erkannt?«

»Ermittlergeheimnis.«

»Ich verstehe schon, du musst in Übung bleiben und deine Kombinationsgabe unter Beweis stellen.« Emilio prostete ihm zu und trank.

»Wo hast du denn deine ständige Begleitung, Marco?«, wollte Felicitas wissen. »Ich glaube, das ist das erste Mal, dass ich dich hier ohne Baby sehe.«

Sofort kontrollierte er sein Smartphone und legte es dann auf die Theke. »Meine Mutter ist bei ihr. Ich habe eine Stunde Ausgang, weil sie meine Ermittlungen für wichtig genug hält.«

»Dann ermittelst du wirklich? Ich habe das als Scherz gemeint. Geht es um den Unfall von letzter Woche?«

Pellegrini schüttelte halbherzig den Kopf. »Nicht offiziell. Ihr wisst sicher, dass es Stammgäste von uns waren?«

Felicitas lachte auf. »Wir sind auf dem Laufenden, würde ich sagen. Natürlich wird geredet. Emilio hat sogar das mit der angeblichen Zeugenaussage von diesem Faschisten Cantù mitbekommen.«

»Wie das denn? Der wohnt doch nicht einmal hier in Brunate.« Er war immer wieder erstaunt, was für weite Kreise manche Informationen zogen. Seit es Soziale Netzwerke gab, hatte sich das vervielfacht, aber eigentlich hatten Klatsch und Tratsch immer schon schnell die Runde gemacht.

»Mein Chef Visconti kennt Alfredo Cantù persönlich«, erklärte Emilio. »Und auch wenn er es nicht offen ausspricht, vermute ich, dass er den Alten bewundert. Alfredo wollte wie sein Vater an Mussolinis Afrikafeldzug teilnehmen, aber als er endlich alt genug war, war der Krieg schon fast vorbei und die Alliierten auf dem Vormarsch. Er war also kaum beteiligt, Visconti nennt ihn dennoch einen Haudegen. Er besucht ihn einmal im Monat, und da will ich gar nicht wissen, wie die Gespräche ablaufen.«

Pellegrini überlief eine Gänsehaut, und das nicht nur, weil die Erwähnung von Maggiore Visconti unangenehme Erinnerungen an den Morgen weckte, als Emilios Kollege, Salvatore Bianchi, tot auf den Schienen der Standseilbahn aufgefunden worden war. Sondern auch, weil Visconti einer dieser Menschen war, auf die dieses grausame und menschenverachtende Kapitel der Vergangenheit verführerisch wirkte. Umso schlimmer, weil so einer für Recht und Gerechtigkeit zuständig sein sollte. In solchen Momenten sorgte Pellegrini sich mehr denn je um die Zukunft seines Landes, vielmehr ganz Europas. In was für einer Welt würde Emma aufwachsen?

Auch Felicitas schien bei dem Thema nicht wohl zu sein. Sie tätschelte ihrem Mann die Hand. »Marco will herausfinden, warum Signor Bruchsitter sterben musste. Ich glaube kaum, dass es etwas mit der Vergangenheit von diesem Cantù zu tun hat.«

»Ja, schon gut.« Emilio rutschte vom Barhocker. »Setz dich ruhig, Marco. Ich wollte rasch nach Hause und mich umziehen. Wir holen gleich unsere Tochter vom Bahnhof ab.«

»Du hast doch noch gar nicht ausgetrunken.« Pellegrini zeigte auf das halb volle Weinglas.

»Ich komme wieder.«

Er ging um seine Frau herum und verließ mit einem kurzen Winken die Bar. Pepper sprang auf und schaute ihm ratlos hinterher.

Felicitas streichelte ihr den Kopf und gab ihr einen leisen Befehl, sich wieder hinzulegen. »Setz dich so lange zu mir. Oder musst du noch jemanden verhören?«

Pellegrini nahm Emilios Platz ein. »Nicht so ganz. Ich wollte nur mit Boris sprechen.«

»*Salve*! Worüber denn?« Der Barista kam herüber und wischte einige Zuckerkrümel von der Theke.

»Lexi meinte, du wärst bei den Geburtstagspartys der Bruchsitters dabei gewesen.«

»Bei Dagmar Bruchsitters Fünfundsechzigstem. Stimmt. Willst du was trinken?«

»Mach mir einen Crodino, bitte.«

Boris nickte und wandte sich ab.

Pellegrini konnte Felicitas' Gesicht ablesen, was sie gerade dachte. »Franca geht es unverändert«, sagte er deshalb. »Du wirst mich noch länger mit dem Kinderwagen durch den Ort spazieren sehen.«

»Ich habe mich eigentlich gefragt, wie es dir geht.«

Er zuckte mit den Schultern. »Heute war ein ganz guter Tag.«

Sie lächelte. »Ein Kind zu bekommen, ist immer sehr aufregend. Aber ich erinnere mich noch gut daran, dass ich den öffentlichen Druck ganz furchtbar fand. Es gab Momente, da wäre ich am liebsten gar nicht aus dem Haus gegangen, weil ich keine Belehrungen darüber hören wollte, wie ich mit Sonia umzugehen hätte. Erinnerst du dich noch an die alte Lucia Rovelli?«

»Die Mutter von Umberto, dem Metzger, die direkt neben dem Geschäft gewohnt hat? *Oddio*, aber sicher. Sie war mir immer unheimlich. Die war schon alt, als ich noch ein kleiner Junge war. Damals habe ich gedacht, sie könnte hellsehen. Sie schien genau zu wissen, was ich vorhatte. Allein bei ihrem Anblick bekam ich ein schlechtes Gewissen, sogar wenn ich noch gar nichts angestellt hatte.«

»Sie hat am Fenster gesessen und gelauert wie eine Spinne in ihrem Netz. Und ganz genau, mich hat sie auch immer spüren lassen, was ich alles falsch mache.« Felicitas schnalzte entrüstet mit der Zunge. »Heute würde ich mir das nicht mehr bieten lassen. Aber damals war ich natürlich unsicher. Ich war zum ersten Mal Mutter geworden, woher hätte ich es denn wissen sollen?«

»Es ist gleichgültig, worum es geht, andere wissen es immer besser.«

»Und daran solltest du unbedingt denken. Du bist zum ersten Mal Vater, und das auch noch ganz allein, also ohne die Mutter. Ich hatte Emilio und meine ältere Schwester.«

Pellegrini schmunzelte. »Emilio habe ich zwar nicht, aber es fehlt ja nicht an Unterstützung. Nur diese schwarzen Witwen sind schon sehr anstrengend.«

»Schwarze Witwen? Bah, solche wie Lucia Rovelli. *Davvero!*« Felicitas lachte auf.

Boris servierte ihm einen Crodino und wusch sich kurz die Hände. »Jetzt habe ich sicherlich etwas Zeit. Um was geht es?«

Felicitas rutschte vom Hocker und streifte sich ihre Jacke über. »Pepper und ich gehen so lange vor die Tür.«

Pellegrini blickte ihr nach. Als Frau eines Carabiniere wusste sie, wie sie ihm das Leben einfacher machte. Dabei hätte es ihm nicht einmal etwas ausgemacht, wenn sie geblieben wäre, da sie zu den wenigen Verschwiegenen in der Gemeinde gehörte. Das hier war kein Verhör, sondern nur ein Gespräch unter Freunden. Er wandte sich an den Barista. »Dann mal raus mit der Sprache, Boris, kennst du pikante Geheimnisse über die Bruchsitters, von denen die Dorfgemeinschaft nichts wissen darf?«

»Nicht im Geringsten. Und ich sage es dir direkt, diese Geburtstagsfeier war eine unfassbar langweilige und steife Sache. Sie haben unten im *Quattro Stagioni* an der Piazza Cavour gefeiert, mit Blick auf den See, großem Bankett und sogar einer Kapelle. Essen, tanzen und ein paar Reden, das war's auch schon.« Kritisch verzog er den Mund. »Das Essen war sehr gut, das muss ich ihnen lassen. Aber falls sie mich noch einmal einladen, werde ich mir eine gute Ausrede einfallen lassen.«

»Warum haben sie dich überhaupt eingeladen?«

Boris hob die Hände. »Ich habe keine Ahnung. Vielleicht, weil ich Deutscher bin und sie sich mir deswegen irgendwie verbunden fühlten? Da waren ja nur Bekannte und Verwandte aus ganz Deutschland, niemand von hier. Nur deine Eltern waren auch eingeladen, aber sie hatten keine Zeit.« Er hielt inne. »Oder sie wussten, was sie erwartete, und sind deshalb nicht hingegangen.«

Das konnte Pellegrini sich nur schwer vorstellen. Seinem Vater wäre das vielleicht zuzutrauen gewesen, doch seine

Mutter hätte viel zu große Sorge, dass eine faule Ausrede früher oder später entdeckt werden würde.

»Aber da fällt mir ein, eine Sache gab es da doch im Herbsturlaub vor Dagmars Geburtstag«, fuhr Boris fort. »Und zwar hatte sie sich von mir zwei Gedichte übersetzen lassen. Kann sein, dass die Einladung zur Feier als kleines Dankeschön gemeint war.«

»Gedichte?«

»Ja. Keine Ahnung. Normalerweise geht sie wohl zu deiner Schwester oder benutzt Übersetzungsprogramme im Internet. Ich vermute, dass ihr Ersteres in dem Fall peinlich war und Letztere bei Gedichten doch an ihre Grenzen stoßen.« Boris legte theatralisch eine Hand aufs Herz. »Und immerhin habe ich ja Romanistik studiert. Ganz früher wollte ich sogar Übersetzer werden. Insofern habe ich es vielleicht nicht ganz schlecht gemacht. Aber inzwischen erscheint mir der Job als Barista sicherer und einträglicher.« Er zwinkerte. »Ich sage nur: Fachkräftemangel. Mich ersetzt so schnell keine künstliche Intelligenz.«

Dazu hatte Pellegrini auch eine Meinung, doch er wollte sich nicht von seinem eigentlichen Thema abbringen lassen. »Was waren das denn für Gedichte? Von wem? Wo hatte sie die her?«

»Das weiß ich alles gar nicht. Ich glaube, die hatte sie in einer Zeitung entdeckt. Dagmar kann Italienisch wohl leidlich lesen und einfach geschriebene Texte erfassen, wenn ich sie richtig verstanden habe. Es war jedenfalls kein bekannter Dichter, sonst hätte sie vermutlich auch online Übersetzungen finden können. Und wenn du mich fragst, war es auch kein guter. Die Texte waren modern und eher düster. So eine Art Dystopie in Reimform.«

Emilio war zurückgekehrt und trug nun Jeans und eine Daunenjacke. Er griff nach dem Weißwein und leerte ihn.

»Wir müssen los. Laut App ist der Zug pünktlich. Boris, weißt du, wo Felis Handtasche ist?«

»Müsste direkt vor dir unter dem Tresen am Haken hängen.«

Emilio bückte sich und nahm die Tasche an sich. Zum Abschied klopfte er Pellegrini auf die Schulter. »Marco, war schön, dich mal wiederzusehen. Wenn wir dir mit irgendwas helfen können, melde dich. Und alles Gute für Franca!« Pellegrini war gerührt. Die beiden kannten Franca kaum, dennoch gehörten die Folisis zu den wenigen Menschen, die solche Angebote ehrlich meinten, wenn sie sie aussprachen. Und das war nicht erst so, seit sie alle drei an der Aufklärung des Verbrechens um Carabiniere Salvatore Bianchi beteiligt waren.

»Danke dir, Emilio.«

Boris nutzte die Zeit, um Gläser und Tassen in die Spülmaschine zu räumen, und kehrte dann zu Pellegrini zurück.

»Kann ich sonst noch was für dich tun?«

»Ist auf dieser Geburtstagsfeier wirklich gar nichts Ungewöhnliches passiert? Keine Reibereien zwischen Familienangehörigen, die sich nicht leiden konnten? Keine schlüpfrige Tischrede, kein peinliches Geschenk?«

»So viel Verwandtschaft war gar nicht da. Der Umgang der meisten miteinander war insgesamt eher oberflächlich und distanziert. Es waren um die fünfzig Personen. Davon, würde ich schätzen, waren gut die Hälfte eher Bekannte aus dem weitläufigen Umfeld und keine engen Vertrauten von Dagmar. Und ein paar Angestellte aus dem Unternehmen. Unter anderem die beiden Geschäftsführer und noch so ein paar Büromenschen.«

»Und hat das zu dem Eindruck gepasst, den du insgesamt von den beiden hattest? Dass sie eher steif und ernst waren?«

»Schwer zu sagen. Sehr herzlich kamen sie mir nie vor, weder mit mir noch untereinander. Sie war schweigsam, hat viel gelesen. Er hat immer viel vom Geschäft geredet. Da ich mich aber nicht für Autos interessiere, habe ich kaum zugehört.« Er tippte sich mit dem Finger gegen die Brust. »Sie haben einen Barista aus dem Albergo, in dem sie seit zig Jahren Stammgäste sind, zu einer Geburtstagsfeier eingeladen. Was sagt das? Die Einladung deiner Eltern verstehe ich noch. Aber mal ehrlich, jemand, den ich nur ganz oberflächlich kenne, würde auf meiner Gästeliste nicht weit oben stehen. Auf deiner?«

Lachend winkte Pellegrini ab. »Ich ignoriere meinen Geburtstag seit Jahren.«

Boris grinste breit und zuckte entschuldigend mit den Schultern. »Ich kann dir da nicht weiterhelfen.«

Pellegrini trank den Crodino aus und stand auf. »Danke dir trotzdem. Falls dir noch einfällt, was das für Gedichte waren, melde dich einfach bei mir.«

»Klar, mache ich. Viel Erfolg noch!«

Erfolg, oder wenigstens einen Ansatz, in welche Richtung sich zu ermitteln lohnte, den konnten sie allmählich gut gebrauchen.

Mittwoch, 14. Oktober

I

Ein armer Poet. Wie romantisch«, tönte Spagnolis gut gelaunte Stimme aus Pellegrinis Smartphonelautsprecher und erfüllte sein Wohnzimmer. »Dagmar Bruchsitter lernt einen aufstrebenden italienischen Dichter kennen. Er zeigt ihr, der gelangweilten, gut betuchten Unternehmergattin aus Deutschland, eine neue Seite der Liebe. Er verführt sie, sie schweben im siebten Himmel. Sie wird seine Muse. Er, das Sinnbild ihrer schönen Erinnerungen an den Urlaub am Comer See, als sie noch jung und …«

»Das reicht jetzt, Claudia, ich hab's verstanden«, unterbrach Pellegrini sie gereizt. »Wenn ihr eine vielversprechendere Spur habt, geht ihr nach. Meinen Segen habt ihr. Ich habe dir davon erzählt, weil sich in solchen Geschichten immer Hinweise verbergen könnten. Nicht, weil ich daran glaube, dass irgendwelche Reime eines untalentierten Trottels ein Mordmotiv hergeben. Manchmal verrät eine Information, von der wir es niemals erwartet hätten, ein entscheidendes Detail. Ich dachte, wenigstens so viel hätte ich dir beigebracht.«

»Schon gut.« Schlagartig wurde sie ernst. »Diese Spur ist so gut oder schlecht wie jede andere. Diese Firmenbeteiligungen, die Figuren auf dem wirtschaftlichen Spielfeld, das läuft auch alles ins Leere. Wir haben nichts. Wir haben weder ein Motiv noch einen Hinweis auf die Tatperson. Wäre die deutsche Versicherung nicht so gründlich gewesen, wäre die Illusion von einem Unfall perfekt gelungen.«

»Vielleicht waren Tatzeitpunkt sowie Ablauf des Geschehens tatsächlich ein Unfall? Nicht mehr als das, ein Versehen?«

»Wie meinst du das?«

»Ich meine, dass wir vielleicht in die falsche Richtung blicken.« Pellegrini stellte sich ans Fenster und schaute hinaus. »Mal angenommen, die Bremsen, die Lenkung des Wagens sollten versagen, und deshalb hat jemand daran herumgefummelt. Doch die Falle ist zum falschen Zeitpunkt zugeschnappt oder mit der falschen Person am Steuer.«

»Oder beides.«

Pellegrini schwieg. Beinahe glaubte er, Spagnoli vor sich zu sehen, wie sie nachdenklich nickend vor ihrem Schreibtisch im Großraumbüro der Questura auf und ab ging.

Spagnoli räusperte sich. »Okay, vorausgesetzt, es hätte die falsche Person getroffen. Wer sollte das Ziel sein? Dagmar Bruchsitter hat einen Führerschein, fährt dieses Auto nach eigenen Angaben aber nicht. Es ist ihr zu groß und zu unübersichtlich.«

»Das kann ich nachvollziehen.«

»Das Auto ist als Firmenwagen angemeldet, so viel wissen wir. Ich werde Tonio bitten, die Frage nach Köln weiterzuleiten. Wir haben im Unternehmen inzwischen eine Ansprechpartnerin, die uns hilft, so gut sie kann. Vielleicht benutzt jemand aus der Firma den Mercedes oder sogar die Töchter …« Sie stockte kurz. »Würde es bei euch im Hotel jemand fahren? Und wenn es nur zum Einparken wäre? Hast du nicht mal gesagt, dass dein Schwager häufig die Wagen der Gäste parkt, damit der Platz optimaler genutzt wird?«

»Das stimmt.« Pellegrini wurde ganz anders. Könnte es jemand auf Domenico abgesehen haben? Oder gar Alessandra? Auch sie fuhr hin und wieder Autos von Gästen auf den Parkplatz oder wieder zurück zur Straße.

»Könnte das eine neue Spur sein?«, fragte Spagnoli behutsam. »Könnte der Anschlag jemandem aus deiner Familie gegolten haben? Es tut mir leid, aber ich muss das fragen.«

»Schon gut. Du kannst ja nichts dafür.« Pellegrini wandte sich vom Fenster ab und nahm das *telefonino* vom Beistelltisch. »Ich denke mal darüber nach. Auch wenn es mir wieder sehr vage erscheint. Und ich frage mich, was auf unserem Parkplatz groß passieren könnte«, sprach er seinen nächsten Gedanken laut aus. »Wenn die Lenkung eines Autos dort versagt, knallt es in andere parkende Wagen. Da kann eine Menge Sachschaden entstehen, aber niemand würde abstürzen oder tödlich verunglücken. Der Airbag würde auslösen, und das wäre vermutlich alles.«

»Vielleicht war das ja das Ziel? Und gar kein Mord?«

»Was, eine Menge kaputtes Blech?«

»So, wie du es ausdrückst, klingt es ziemlich blödsinnig.« Sie seufzte genervt.

Pellegrini streckte den Rücken durch. Er hatte in der letzten Nacht wieder schlechter geschlafen und sehnte sich nach einer Stunde auf der Couch. »Denkt doch mal in diese Richtung weiter, dass Hans-Peter Bruchsitter nicht das Mordopfer sein sollte. Vielleicht hat Tonio noch eine Idee.«

»Machen wir. Und danke dir. Melde dich jederzeit, wenn dir noch etwas einfällt. Ich habe immer ein offenes Ohr für dich. Nicht nur in Bezug auf den Fall.«

»Was willst du denn damit sagen?« Hatte sie wieder ein Gespräch mit diesem Psychologen Bruno Rizzi geführt und meinte nun, besonders nett zu dem armen gestressten Kollegen sein zu müssen?

»Ich wollte es einfach erwähnt haben. Bis später. Und übrigens schöne Grüße von Andrea. Er will sich bald mal bei dir melden.«

2

Leise seufzend steckte Spagnoli das Smartphone ein und ließ den Blick über die ordentlich gestapelten Akten und Papiere auf ihrem Schreibtisch wandern. Sie hatte weder etwas gegen Büroarbeit noch gegen Recherchen, solange diese Tätigkeiten nicht den ganzen Tag in Anspruch nahmen. Doch in diesem Moment hätte sie lieber mit den Leuten da draußen geredet und endlich eine verwertbare Spur im Mordfall um Hans-Peter Bruchsitter verfolgt. Dass es da gar nichts gab, dem sie aktiv nachgehen konnte, machte sie rastlos.

Sie setzte sich an den Schreibtisch und schlug eine Akte auf. Ein Fall, der noch auf den Abschlussbericht wartete, das erfasste sie mit einem Blick. Stirnrunzelnd überflog sie die ausgedruckten E-Mails, handgeschriebenen Notizen und ausgefüllten Formulare. Wer hatte denn die Mails ausgedruckt? Das war bestimmt nicht sie selbst gewesen. Und von wem die Notizen stammten, wusste sie auch nicht. Das war weder ihre noch Pellegrinis Handschrift.

Spagnoli blätterte weiter. Sie konnte sich kaum noch an den Fall erinnern, eine Rauferei unter Jugendlichen am Rande eines Straßenfestes. Das war vor ihrer Beurlaubung gewesen. Seitdem war die Dokumentation offenbar nicht abgeschlossen worden. Was wäre eigentlich gewesen, wenn sie nicht zurückgekommen wäre? Hätten ihre Kolleginnen und Kollegen einfach weiter Akte um Akte auf diesem Schreibtisch gestapelt, bis er zusammengebrochen wäre? Sie hoffte sehr, dass sie die seit Jahren angekündigte Ära des papierlosen Büros und der komplett digitalen Akten noch erleben durfte. Irgendeiner ihrer Bekannten hatte mal behauptet, diese überbordende Bürokratie sei den österreichischen Habsburgern zu verdanken und stamme aus der Zeit, als diese in Oberitalien noch das Sagen gehabt hatten. Ob das in anderen Ländern ähnlich war? Diese deutsche Versicherung aus Köln hatte immerhin ein gut funktionierendes Online-Portal gehabt, aus dem Gruber und sie die Berichte problemlos hatten herunterladen können.

Da sie im Mordfall nicht weiterkam, sollte sie die Zeit vielleicht nutzen, um endlich diesen Bericht zu schreiben. Sie legte die Akte beiseite und öffnete das Textverarbeitungsprogramm.

Nach einer ganzen Weile merkte Spagnoli, dass sie immer noch untätig auf den blinkenden Cursor starrte. Vielleicht sollte sie wenigstens eine Runde durch die Stadt drehen, um ihre Gedanken zu ordnen. Sie griff nach ihrem Anorak und zog ihn über. Beim Hinauslaufen klopfte sie die Taschen nach einer Zigarettenschachtel ab, bis ihr wieder einfiel, dass sie keine mehr besaß. Wann würde sie diese Gewohnheit endlich ablegen?

Draußen schien die Sonne. Spagnoli marschierte stramm in Richtung Stadtzentrum, bis sie ins Schwitzen kam. Es war viel zu warm für die Jacke, die sie normalerweise im Herbst auf dem Motorrad trug. Sollte das Wetter doch noch mit ein bisschen Spätsommer aufwarten? Sie durchquerte die mittelalterliche Porta Torre und bog in die schmaleren Gassen der Altstadt ein. Erst da mäßigte sie ihr Tempo. Wie erwartet war es zwischen den Häusern kühler. Im Vorbeigehen betrachtete sie die in herbstlichen Farben dekorierten Schaufenster, ohne etwas wahrzunehmen.

Immer wieder kreisten ihre Gedanken um diese Familie aus Köln, die beiden Töchter, die sich laut Pellegrinis

Schwester nicht sehr wohlgesonnen waren, die Eltern, die kurz vor der Rente standen – beziehungsweise in Hans-Peter Bruchsitters Fall: gestanden hatten. Spagnoli blickte sich um und versuchte, die Stadt, die Geschäfte, die Bars und die Menschen durch die Augen des deutschen Ehepaars zu sehen, das es seit Jahrzehnten in der Urlaubszeit immer wieder an denselben Ort zog.

Sie selbst hatte bisher noch nie lange Reisen unternommen. War das, fragte sie sich im Nachhinein, ein Grund dafür, dass sie sich unterwegs mit ihrer Mutter und Gianluca nie so recht wohlgefühlt hatte? Das würde sie erst bei der nächsten Reise herausfinden, denn die Umstände waren schon besondere gewesen.

Aber es zog Spagnoli gar nicht in die Ferne. Sie liebte den Comer See und die Lombardei, das Zusammenspiel aus Wasser und Bergen. Sie konnte sehr gut nachvollziehen, dass hier Menschen aus aller Welt Urlaub machten. Aber genau das war so eine Sache, die sie nie verstanden hatte. Wenn es den Leuten dort, wo sie lebten, so wenig gefiel, dass sie ständig wegwollten, warum zogen sie nicht dorthin, wo sie es schöner fanden? Und wenn ihnen ihre Heimat gut gefiel und sie einfach mal etwas anderes sehen und erleben wollten, warum machten sie dann über Jahre hinweg immer Urlaub am selben Ort oder sogar im selben Hotel?

Pellegrinis Familie, hatte er einmal selbst erklärt, lebte wie viele kleinere Betriebe der bescheideneren Kategorie von solchen Stammgästen. Dem Albergo stand ein Generationenwechsel bevor: Leute wie die Bruchsitters würden nicht mehr ewig kommen. Wie würde es dann mit dem Betrieb weitergehen? Erst recht, wenn Pellegrinis Vater sich nicht anpassen wollte.

Manchmal, dachte Spagnoli, während sie müßig die Sonderangebote einer Damenboutique betrachtete, ließ einem das Leben keine Wahl. Würde Dagmar Bruchsitter noch herreisen, ohne ihren Ehemann? Oder wäre dieser Ort für sie zukünftig mit zu schmerzhaften Erinnerungen verbunden? Würde eine der Töchter eines Tages wieder hierher zurückkehren und ihren Urlaub bei den Pellegrinis verbringen?

Sie schlenderte weiter, ließ sich ziellos durch die Gassen treiben. Wie ließ sich herausfinden, wie die einzelnen Familienmitglieder wirklich zueinander standen? Und angenommen, eine der Töchter war die Mörderin und hatte versucht, ihre Eltern umzubringen – was und wie viel musste passieren, damit jemand so etwas tat?

Spagnoli dachte an ihre eigene Familie. Ihr Vater war ein Säufer gewesen, hatte den Frust über sein verkorkstes Leben an ihrer Mutter ausgelassen. Ihre beiden Brüder und sogar sie hatten alles darangesetzt, Laura Spagnoli vor ihrem Ehemann zu beschützen. Ihren Bruder Natale hatte das am Ende das Leben gekostet. Und natürlich hatte sie ihrem Vater als junges Mädchen oft genug den Tod gewünscht. Eigentlich sogar noch länger, nämlich bis er aus ihrem Leben verschwunden war und endgültig keinen Schaden mehr anrichten konnte. Aber jemandem den Tod zu wünschen oder ihn umzubringen, dazwischen lag für sie ein unüberbrückbarer Abgrund. Sie begriff den Wunsch. Sie konnte sogar ein Stück weit nachvollziehen, dass es Extremsituationen gab, in denen Menschen die Kontrolle über sich verloren und jemanden ermordeten. Aber was für sie jenseits aller Vorstellungskraft lag, war eine kalt geplante, kalkulierte Tat.

Einmal vorausgesetzt, eine der beiden Töchter – oder gar beide gemeinsam? – hätte den Wagen manipuliert: Was war passiert? Was konnte diesem Mord vorangegangen sein? Welche Abgründe verbargen sich hinter der Fassade der heilen Familie? Als langweilig hatte der Barista in der

Bar della funicolare sie beschrieben, das hatte Pellegrini ihr heute Morgen am Telefon berichtet. Sachlich und nüchtern begegneten ihnen Dagmar Bruchsitter und ihre Tochter, darin waren sie, Pellegrini und auch Gruber sich einig. Was könnten sie zu verbergen haben? Welches Motiv lag dem zugrunde, Rache? Neid oder Gier?

Spagnoli schüttelte den Kopf und wäre beinahe gegen einen Uber-Eats-Lieferanten mit zwei großen Thermowürfeln geprallt, der ihr im Laufschritt entgegenkam. Der Mann wich aus und rannte leise schimpfend weiter, ohne sie groß zu beachten.

»Du mich auch«, knurrte sie leise.

Ihr Smartphone vibrierte. Sie zog es hervor und las eine Nachricht von Pellegrini, der nachfragte, ob sie inzwischen herausgefunden hatte, wer der Mann war, mit dem Nicole Schmidt sich am Montag getroffen hatte. Spagnoli fluchte laut, was einen weiteren Passanten dazu veranlasste, sich erstaunt umzudrehen. Sie lächelte den Mann verlegen an und winkte ab, dann steuerte sie eilig eine Bar an der Ecke zur Via Vitani an und bestellte einen *caffè*. Wegen des ganzen Ärgers über Zanotti hatte sie völlig vergessen, sich das Foto, das Pellegrini ihr geschickt hatte, genauer anzuschauen und nach dem Mann zu recherchieren. Sie nahm den ersten Schluck, während sie seine Gesichtszüge betrachtete. Dann setzte sie die Tasse ruckartig ab.

»Ist etwas nicht in Ordnung mit dem *caffè*? Signora? Geht es Ihnen gut?«

Spagnoli schreckte auf. »Was?«

Der Barista, ein ungefähr fünfzigjähriger Mann mit schwarzem Schnauzbart und Schirmmütze auf den grauen Locken, blickte ihr besorgt ins Gesicht und zeigte auf das Glas Wasser, das er ihr zum *caffè* serviert hatte. »Trinken Sie. Sie sind ganz blass geworden.«

Sie lächelte ihm beschwichtigend zu und steckte das *telefonino* ein. »Alles in Ordnung, ich habe nur eine Nachricht bekommen, die mich überrascht hat.« Sie suchte ihre Taschen nach ein paar Münzen ab.

»Dann bin ich aber erleichtert.« Der Barista rückte seine Mütze zurecht. »Das Geschäft läuft in diesem Jahr endlich wieder einmal normal. Wenn mit meinem *caffè* was nicht in Ordnung ist und ich deswegen schlechte Rezensionen im Internet bekomme, kann das böse enden.«

»Keine Sorge, der ist ausgezeichnet. Soll ich Sie bewerten?«

»Wenn es Ihnen nichts ausmacht?« Er zeigte auf einen Aufsteller auf der Theke mit einem QR-Code. »Einfach abscannen, dann kommen Sie direkt zu Google Maps.«

Sie folgte der Aufforderung und hinterließ eine Fünf-Sterne-Bewertung mit ein paar Kaffeetassen-Emojis. Selbst wenn sie heute sonst nichts mehr erreichte, hatte sie wenigstens eine gute Tat getan, so, wie der Barista sich freute.

Wenn sie den Mann auf Pellegrinis Schnappschüssen allerdings richtig erkannt und damit endlich eine erste Ungereimtheit in ihrem Fall entdeckt hatte, würde ihr Tag vielleicht besser enden, als er begonnen hatte.

3

Pellegrini war gerade dabei, sich ein frühes Abendessen, bestehend aus einer Focaccia mit Büffelmozzarella und Tomaten, zuzubereiten, als es klingelte und zugleich jemand auf die Tür eindrosch, als stünde eine Razzia bevor.

»Was ist denn? Ich komme ja!«, rief er und trocknete sich die Hände ab. Wenigstens Emma ließ sich durch das Getrommel nicht stören und lutschte weiter an ihrem Stoffhasen, der mal Pellegrinis Neffen Paolino gehört hatte.

Er öffnete die Tür und sah sich zu seiner Verblüffung seiner Mutter gegenüber, die ihm mit zornesroten Wangen ihr Smartphone entgegenstreckte.

»Warum gehst du nicht ans Telefon, wenn es dringend ist?«

»Ich habe den Ton abgestellt. Was kann schon so wichtig sein?«

»Sie wollen Nicole verhaften! Ich brauche dich im Albergo!«

»Wer? Was?« Er verstand rein gar nichts. »Warum?«

»Deine Kollegin und dieser Neue! Sie sind drüben und durchsuchen ihr Zimmer.« Mit einem Schlag wich alle Energie aus Marta Pellegrinis Körper. Sie ließ das Telefon sinken. »Marco, tu was!«

»Gut, ich komme rüber. Dann bleib du hier bei Emma.«

»*Va bene*, einverstanden. Jetzt geh schon, los!« Sie drängte sich an ihm vorbei und wollte ihn durch die Tür schieben.

Er schüttelte sie ab und schnappte sich einen Kapuzenpulli von der Garderobe. Sein Poloshirt war von Emmas

Mittagessen mit blassgelben Sprenkeln verziert; die musste niemand zu sehen bekommen.

Fünf Minuten später nahm ihn Alessandra an der Rezeption des Albergo in Empfang. »Endlich! Mamma war schon kurz davor, die Feuerwehr zu alarmieren, für den Fall, dass dir oder Emma etwas zugestoßen ist. War dein Akku leer?«

»Nein. Ich bin einfach der Meinung, dass ich der Menschheit nicht rund um die Uhr zur Verfügung stehen muss. Was ist denn los?«

Alessandra bedachte ihn mit einem schwer zu deutenden Blick.

»Was ist denn jetzt?«, fragte er unwirsch.

»Und falls die Klinik anruft? Weil Franca dich sehen oder mit dir sprechen will? Du wolltest für sie da sein.«

Er schwieg entsetzt. Sie traf mitten in einen wunden Punkt. Das hatte er Franca versprochen.

»Stimmt, ja. *Oddio*. Ich hatte mehr an Mamma gedacht oder meine Kollegin. Vor denen wollte ich … ist jetzt auch egal, hier bin ich. Was ist los? Ist Claudia hier?«

»Ja. Sie durchsucht mit Tonio Nicole Schmidts Zimmer. Nicht, dass es da viel zu finden gäbe.«

»Aber warum denn? Wonach suchen sie? Woher haben sie den Durchsuchungsbeschluss?«

»Sie haben keinen.«

Pellegrini starrte sie sprachlos an.

Alessandra verschränkte die Arme und lehnte sich mit Unschuldsmiene gegen den Schrank, hinter dessen Türen sich alte Akten verbargen.

»Erklär mir das«, bat er sie. »Vor ein paar Tagen erst hast du mir einen langen Vortrag über Datenschutz gehalten, als es um die Reisedaten der Bruchsitters ging, und jetzt lässt du die Polizei einfach ein Gästezimmer durchsuchen?«

»Jetzt beruhige dich. Claudia hat auch erst lang und breit

widersprochen, als ich ihr gesagt habe, dass Nicole Schmidt nicht hier ist. Aber ich weiß ja, was sie in dem Zimmer erwartet.«

In dem Moment kam Spagnoli gefolgt von Gruber die mit rotem Teppich bezogene Treppe aus dem ersten Stock herunter.

»Du hattest recht, Alessandra. Danke dir. Das erspart uns einiges an Laufarbeit und Bürokratie.«

»Könnte mir mal jemand erklären, was hier los ist?«, grollte Pellegrini. Er merkte selbst, dass seine Zündschnur schon gefährlich kurz war.

Alessandra kam zur Theke und beugte sich zu ihm. »Ganz einfach, Marco. Wenn Nicole Schmidt hier wirklich ein Zimmer *bewohnen* würde, hätte ich den beiden niemals Zutritt gewährt. Tatsache ist aber, dass unser lieber Gast noch keine einzige Nacht hier verbracht hat. Ja, sie hat sich nicht einmal die Mühe gemacht, den Anschein zu erwecken. Soweit ich weiß, hat sie nichts in dem Zimmer hinterlassen.«

»So ist es.« Spagnoli reichte ihr die Schlüsselkarte. »Du kannst selbst nachschauen, Marco. Das Bett ist unberührt, ebenso wie die Handtücher. Dazu ist das Zimmer seit Tagen nicht gelüftet worden. Es riecht wie ein unbewohntes Hotelzimmer.«

»Sogar das Klopapier ist noch unbenutzt und zu einer Ecke gefaltet«, ergänzte Gruber. »Nicht ein persönlicher Gegenstand. Wenn du mich fragst, hat sie die Karte genommen und den Raum nicht einmal betreten.«

»Da hast du's.« Alessandra lächelte triumphierend, wirkte aber, sofern Pellegrini sich nicht täuschte, trotzdem ein wenig erleichtert, dass sie nichts falsch gemacht hatte.

Er blickte die anderen der Reihe nach an. »Ja, und warum das alles?«

Alessandra zuckte mit den Schultern. »Das solltest du sie selbst fragen. Ich glaube ja, dass ihr unser Albergo nicht standesgemäß genug ist und sie nur zu höflich war, das Zimmer abzulehnen, das Mamma ihr aufgedrängt hat.«

Bei diesen Worten wurde Pellegrini sich der abgenutzten Messinggriffe bewusst, der von jahrzehntelanger Sonnenbestrahlung ausgeblichenen, ehemals roten Vorhänge. Seine Schwester arrangierte die Falten immer möglichst so, dass das nicht auffiel. Wann war er eigentlich das letzte Mal in einem der Zimmer gewesen? Lag da seit Jahren derselbe Teppich, waren die Bäder irgendwann renoviert worden? Er wusste es nicht. So gesehen konnte er Nicole Schmidt das Täuschungsmanöver nicht einmal verdenken. Wenn das der Grund war.

Er wandte sich an Spagnoli. »Was wolltet ihr von ihr?« Siedend heiß fiel ihm ein, dass er ihr erst vor einigen Stunden eine Nachricht zu dem geheimnisvollen Begleiter der Deutschen geschickt hatte. Falls sie diese in der Zwischenzeit beantwortet hatte, war ihm das genauso entgangen wie die Anrufe seiner Mutter.

Es war Gruber, der die Antwort übernahm. »Nur mit ihr reden. Dass wir uns das Zimmer ansehen sollten, war Alessandras Idee.«

»Weil es dort nichts zu sehen gab. Wenn sie auch nur ein Deo ins Bad oder ein Buch auf den Nachttisch gelegt hätte, wäre das etwas anderes.«

»Ist schon klar, Lexi.« Pellegrini klopfte mit der flachen Hand auf den Tresen.

Spagnoli grinste anzüglich. »Wir sind eigentlich hergekommen, weil wir wissen wollten, warum Nicole sich in Como mit ihrem Ex-Mann trifft. Was der überhaupt hier zu suchen hat und wo wir ihn wiederum finden. Ich würde jetzt eine größere Summe darauf wetten, dass sie sich gemeinsam ein Zimmer in einem der luxuriöseren Hotels in der Stadt genommen haben. Bitte versteh das nicht falsch, Alessandra.«

»Tu ich nicht. Wenn es nach mir ginge, wäre das hier längt ein Boutiquehotel mit modernen Standards und keins, dem noch der Charme vom Anfang des Jahrtausends anhaftet. Insofern wette ich nicht dagegen.«

»Hast du gerade Ex-Mann gesagt?« Verblüfft schaute Pellegrini seine Kollegin an. »Meintest du Nicoles Ex-Mann? Michael Schmidt?«

»Entweder der oder ein Doppelgänger. Du hast die beiden am Montag gesehen und fotografiert. Irrtum ausgeschlossen«, sagte Gruber.

»Sieh einer an.« Pellegrini kratzte sich am Kinn. »Dann würde ich bei der Wette mit dem gemeinsamen Zimmer nicht dagegenhalten, so vertraut, wie der Umgang der beiden miteinander war.«

»Also dann, Kollegen. Da ist ja endlich wieder solide Polizeiarbeit gefragt. Finden wir heraus, wo das Ex- oder Wieder-Paar Schmidt logiert.« Spagnoli scheuchte sie mit weiten Armbewegungen aus der Lobby.

4

Offenbar stand es gar nicht zur Diskussion, dass Pellegrini mitkam. Natürlich musste er dennoch zurück in die Wohnung, um Smartphone und Schlüssel zu holen sowie Emmas Betreuung durch seine Mutter sicherzustellen, wozu diese selbstverständlich einwilligte. Nicht viel später waren sie zu dritt in einem zivilen schwarzen Alfa Romeo 159 der Polizia di Stato unterwegs in Richtung Stadt. Gruber telefonierte bereits mit einer Kollegin in der Questura, um herauszufinden, wie sie schnellstmöglich an die Daten der in Como registrierten Übernachtungsgäste kommen konnten, um Nicole Schmidt, sofern sie in einem der Hotels eingecheckt hatte, und ihren Ex-Mann ausfindig zu machen.

Da erinnerte sich Pellegrini an sein Gespräch mit Boris. »Ich habe eine Vermutung. Versuchen wir es im *Quattro Stagioni* an der Piazza Cavour.«

»Wie kommst du jetzt ausgerechnet darauf?«, fragte Gruber.

»Dort hat Dagmar Bruchsitter ihren Geburtstag gefeiert. Das ist ein Vier-Sterne-Superior-Haus, das könnte doch den Ansprüchen ihrer Tochter genügen, meint ihr nicht?«

Spagnoli setzte bereits den Blinker. »Ist ja nicht mal ein großer Umweg. Schadet nicht, dort nachzufragen.«

Nicht viel später betraten sie das Foyer des luxuriösen Hotels. Unwohl zog Pellegrini den Kopf zwischen die Schultern und hielt ein wenig Abstand zu den anderen beiden. Gerade in diesem gehobenen Ambiente – alles in zeitlos elegantem Schwarz-Weiß, vom Marmorboden über die Ledermöbel bis hin zu den Blumenarrangements mit cremefarbenen Amaryllen in schlanken Bodenvasen – kam er sich vollkommen unpassend gekleidet vor. Obendrein zierten seine Jeans, hatte er erst unterwegs im Auto bemerkt, dunkle Flecken. Er konnte sich nicht erinnern, wo die herrührten. Zu Hause mit Baby hatte ihn das nicht gekümmert. Jetzt wünschte er sich nichts sehnlicher, als einen seiner besten dunkelblauen Anzüge zu tragen.

Spagnoli ging voraus. Sie zeigte dem Concierge am Empfang ihre Dienstmarke und fragte ohne lange Vorrede, ob die Gäste Nicole oder Michael Schmidt zu sprechen wären. Der Trick, so zu tun, als wüssten sie bereits, dass die beiden hier eingecheckt waren, funktionierte. Und der Reaktion des Concierge zufolge lagen sie richtig. Pellegrini gönnte sich einen kleinen Moment des Triumphs, als der Mann am Empfang zum Hörer griff und eine Nummer wählte, eine bedauernde Miene zog und ein zweites Mal wählte.

Kurz darauf tauchte ein glatzköpfiger Mann im Anzug auf. Er trug eine violette Fliege und ein farblich passendes Einstecktuch. Jovial klatschte er in die Hände und lächelte gekünstelt. »*Buonasera!* Ich bin Direttore Toscani. Folgen Sie mir doch bitte in mein Büro. Dort erklären Sie mir, was ich für Sie tun kann.« Sein abschätziger Blick wanderte von Gruber, der mit Rollkragenpullover, Jeans und Sakko, alles in Schwarz, auch eher leger gekleidet war, zu Pellegrini und dann ganz schnell zu Spagnoli. »Sind Sie die Teamleiterin?«

Sie schaute verunsichert zu Gruber, der sie unauffällig ein Stück nach vorn schob. Ihr blieb nichts anderes übrig, als die Initiative zu ergreifen. »Wir haben nur ein paar Fragen an zwei Ihrer Gäste, die in der Lago-Ecksuite logieren, wie uns der Concierge bereits verraten hat.«

Erst als Spagnoli es laut aussprach, begriff Pellegrini, dass sich das Ex-Paar tatsächlich ein Zimmer teilte. Jetzt wurde es interessant.

»Sie werden aber sicher verstehen, wenn wir …«

»Marco, was machst du denn hier?«

Überrascht fuhr er herum. Von allen unbemerkt war Nicole Schmidt durch die Drehtür am Eingang hereingekommen und näherte sich mit einem verkniffen wirkenden Lächeln. Sie war sehr elegant mit einem schwarzen Hosenanzug sowie einer Cape-Jacke mit Paisley-Muster gekleidet. In beiden Händen trug sie Einkaufstaschen von so ziemlich allen Alta-Moda-Labels, die Pellegrini auf die Schnelle einfallen würden. Das fand er ebenfalls bemerkenswert. Statt weiter Betroffenheit am Krankenhausbett ihrer Mutter zu heucheln, war sie also auf ausgedehnter Shopping-Tour gewesen.

Spagnoli näherte sich mit wenigen Schritten und stellte sich vor ihr auf. »Signora Schmidt, das trifft sich ganz hervorragend. Wir wollen uns mit Ihnen unterhalten.«

Gruber verschränkte die Arme, was seine Schultern noch breiter wirken ließ, und baute sich zwei Armlängen hinter Spagnoli auf. Pellegrini rechnete zwar nicht mit einem Fluchtversuch, ging aber trotzdem vorsorglich ein paar Meter in Richtung Ausgang. Der Hoteldirektor blieb, wie bestellt und nicht abgeholt, allein vor dem Tresen der Rezeption stehen.

»Nix *capito*?« Nicoles Miene verschloss sich. Sie hatte, darauf hätte Pellegrini schwören können, sehr wohl verstanden, was seine Kollegin von ihr wollte.

Gruber trat vor und wiederholte ihre Worte auf Deutsch.

»Um was geht es denn?«

»Könnten wir vielleicht etwas privater mit Ihnen sprechen? In Ihrem Zimmer?«

»Das geht nicht. Das ist … ich habe nicht aufgeräumt.«

Gruber hob spöttisch die Augenbrauen. »Das ist ein Hotel. Hier gibt es Zimmerservice.«

»Ja, schon, natürlich, das Bett ist sicherlich gemacht worden. Ich habe nur überall … Sachen herumliegen. Könnten wir uns nicht an der Bar treffen und reden?«

»Gibt es vielleicht noch einen anderen Grund, warum Sie uns nicht mit aufs Zimmer nehmen wollen?«

Nicole lachte unsicher auf. »Was meinen Sie denn damit?«

Pellegrini fand, dass es Zeit war, einzugreifen. Er näherte sich ihr von der Seite. »Nicole, du solltest meinen Kollegen nicht für dumm verkaufen. Dein Ex-Mann ist mit dir hier, oder nicht? Michael Schmidt.«

Sie fuhr mit schreckgeweiteten Augen zu ihm herum. »Es ist nicht so, wie du denkst!« Eine der Einkaufstaschen rutschte ihr aus der Hand und klatschte dumpf zu Boden.

Diese Frau neigte wirklich zur Dramatik. Pellegrini zwang ein schmales Lächeln auf seine Lippen. »Ich denke gar nichts, und es interessiert mich auch nicht. Aber diese traute Zweisamkeit ausgerechnet nach dem Unfall deiner Eltern wirft Fragen auf. Und es wäre gut, wenn du und dein Mann uns diese beantwortet.«

»Ist er auf dem Zimmer?«, wollte Gruber wissen.

Nicole Schmidt bückte sich, um die Einkaufstasche aufzuheben, und ließ dabei zwei weitere fallen.

Gruber trat auf sie zu. »Lassen Sie mich das machen.« Er sammelte die Taschen auf.

Derartig bedrängt gab sie allen Widerstand auf und fügte sich. Gemeinsam betraten sie kurz darauf eine geräumige Ecksuite im vierten Stock des Hotels. Dort war Michael Schmidt gerade dabei, sein Anzugjackett auf einen Bügel zu hängen. Der Mann sah aus wie dem Cover eines Managermagazins entsprungen.

Nicole warf die Einkaufstaschen aufs Bett, Gruber stellte die übrigen ordentlich aufgereiht unter der Garderobe ab. Pellegrini entging der neugierige Blick, den Spagnoli auf die Einkäufe warf, nicht.

»Mick, das ist die Polizei aus Como. Sie haben Fragen.«

»Dann sollen sie diese Fragen stellen«, erwiderte der Angesprochene zunächst auf Deutsch und wiederholte die Worte dann sinngemäß und von einem Zahnpastalächeln begleitet auf Italienisch. Anschließend reichte er allen reihum die Hand. »Michael Schmidt, aber das wissen Sie ja schon. *Piacere di conoscervi.*«

Spagnoli ergriff als Erste das Wort. »Sie sind auch gerade erst gekommen, ist das richtig? Warum haben Sie sich denn an uns vorbei ins Zimmer geschlichen?«

Er hob mit einer entwaffnenden Geste die Hände. »Das war nicht meine Idee, sondern Nicoles. Sie hatte Ihren Kollegen erkannt.« Ein Nicken in Richtung Pellegrini. »Und da meinte sie, es wäre keine gute Idee, wenn Sie mich sehen. Weil Sie dann Fragen nach meiner Person und meiner Anwesenheit stellen würden. Womit sie zweifellos recht hatte.«

Während seiner Worte, mit denen er unter Beweis stellte, dass er nahezu perfektes Italienisch beherrschte, beobachtete Pellegrini Nicole aus dem Augenwinkel. Sie verstand viel mehr, als sie bisher zugegeben hatte, schien ihm. Schon nach den ersten Sätzen bereitete es ihr sichtlich Mühe, Michael nicht zu unterbrechen.

»Marco, ich weiß, dass ich eigentlich im Albergo deiner Eltern übernachten sollte«, sagte sie an ihn gewandt. »Das ist mir peinlich, dass ihr mich gefunden habt. Aber die Zimmer sind … etwas schlicht, wenn ich so ehrlich sein darf. Und dann Brunate, diese engen, unübersichtlichen Gassen! Da oben gibt es ja nicht einmal ordentliche Parkplätze.«

Pellegrini bemühte sich, nicht zu zeigen, wie sehr ihn diese Worte trafen. Obwohl er schon zahllose Male dasselbe gedacht hatte, war es doch etwas anderes, die Wahrheit so unverblümt ins Gesicht geschleudert zu bekommen.

»Schön und gut«, mischte sich Gruber eilig ein. »Das erklärt noch nicht die Anwesenheit Ihres Ex-Mannes. Und damit meine ich nicht Ihre romantische Beziehung zueinander, die geht uns selbstverständlich nichts an. Uns interessiert eher die Tatsache, dass Sie als Geschäftsführer im Unternehmen eines Mordopfers tätig sind und sich nun auch in der Nähe des Tatorts aufhalten.«

»Wollen wir uns vielleicht setzen?« Michael zeigte auf eine Sitzecke mit einer Sesselgruppe, die vor dem bodentiefen Eckfenster mit Blick auf den See arrangiert war.

»Wird es länger dauern?«

»Das kommt ganz darauf an, wie genau Sie alles wissen müssen. Mir ist das egal.«

Pellegrini ging an ihm vorbei, stellte sich ans Fenster und schaute hinaus. Er fand es besser, sich aus dem Gespräch herauszuhalten, nicht nur, weil er nicht im Dienst war, sondern auch, weil er hoffte, dass Nicole dann zugänglicher wäre und aufrichtiger antworten würde. Im Moment handelte es sich noch nicht um ein offizielles Verhör, aber sie waren auch weit entfernt von belanglosem Small Talk.

»Gut, also im Grunde ist es ganz einfach«, begann Michael mit seiner Erklärung. »Sind Sie einverstanden, wenn ich auf Deutsch antworte, damit Nicole alles versteht?«

»Schon recht«, knurrte Spagnoli.

»Danke sehr. Wir beide, also Nicole und ich, möchten unsere Anteile am Unternehmen verkaufen. Und dazu führen wir seit einiger Zeit Gespräche mit einem Investor aus Mailand. Als nun der Anruf kam, dass Nicole sich hier um einiges kümmern müsste und ein paar Tage vor Ort sein würde, nahmen wir das als gute Gelegenheit, die Verhandlungen auf die Zielgerade zu bringen. Wir sind auch heute in Mailand gewesen, haben verhandelt und dort anschließend ein wenig eingekauft.«

»Und darauf können Sie sich konzentrieren, während Dagmar Bruchsitter im Hospital liegt? Alle Achtung! Ungesetzlich ist es natürlich nicht«, sagte Gruber.

»Sie sagen es.« Michael zeigte ein weiteres strahlendes Lächeln.

Nicole schnaubte verächtlich, wobei Pellegrini nicht klar war, wogegen sich ihre Empörung richtete.

»Ich unterstütze Nicole aber auch bei der Überführung. Sie haben ja bereits bemerkt, dass ich gut genug Italienisch beherrsche, um die erforderliche Bürokratie zu meistern.«

»Ist es denn üblich, dass Sie sich mit Ihrer Geschäftspartnerin ein Zimmer teilen?«, fragte Gruber.

»Das wäre dann der private Teil des Gespräches, oder?« Michaels Stimme wurde scharf.

»Lass doch, Mick.« Nicoles Stimme klang müde. »Wir haben uns ja was dabei gedacht, dass es niemand erfahren sollte. Wir beide sind und bleiben geschieden. Aber das heißt ja nicht, dass wir uns nicht noch gut verstehen. Soll vorkommen. Wir hatten beide immer schon unsere erotischen Abenteuer. Jetzt sind wir einander nicht mehr verpflichtet, teilen den langweiligen Alltag nicht mehr miteinander und treffen finanziell jeweils eigene Entscheidungen, was gerade im Hinblick auf die Firma sogar besser ist. Aber was Micks Qualitäten als Liebhaber anbelangt, so hatte ich daran nie etwas auszusetzen, und es ist …«

»Ich denke, wir haben verstanden, danke«, rief Gruber eilig.

Pellegrini lächelte heimlich, während sein Blick dem Ausflugsdampfer folgte, der gerade unten am Pier ablegte.

Dann hatte er sich Nicoles Flirtversuche vielleicht nicht eingebildet.

»Gut. Sie haben also einfach nur die Gelegenheit genutzt, um geschäftliche Gespräche in Mailand mit dem Aufenthalt am Comer See zu verbinden?«, fragte Gruber weiter.

»Das sagte ich vorhin, Commissario«, sagte Michael.

Pellegrini drehte sich nur kurz um, mischte sich aber weiterhin nicht ein. Die Körpersprache des Deutschen strahlte immer noch eingeübte Souveränität aus, während seine Stimme zunehmend Unsicherheit verriet.

»Ich verstehe durchaus, dass das pietätlos wirkt«, fuhr Michael fort. »Dennoch ist ja auch die Rückführung des Leichnams sowie die Planung der Beerdigung eine überwiegend formale Angelegenheit. Niemandem ist damit geholfen, wenn Nicole mit Trauermiene auf den See hinausstarrt, während sie darauf wartet, dass die Behörden ihre Arbeit tun.«

Vielleicht sollte sie das mal tun, auf den See hinausstarren, dachte Pellegrini bei sich. Auf ihn hatte das immer schon eine heilsame Wirkung gehabt, es half ihm, seine Gedanken zu sortieren. Erst recht, wenn er dazu aufs Wasser hinausgerudert oder -geschwommen war. Zu gern hätte er genau jetzt eins von beidem getan.

Gruber brummte eine unverständliche Erwiderung. »Gut, noch einmal zurück zu Ihren Verhandlungen bezüglich der Unternehmensanteile. Was ändert sich mit dem Tod von Hans-Peter Bruchsitter?«

»Nichts. Überhaupt nichts. Wir beide, also Nicole und ich, wollen verkaufen. Das ist nicht einmal ein Geheimnis. Die beiden anderen, Nicoles Schwester Caroline und Sven Endenich, haben ein Vorkaufsrecht. Entsprechend sind sie über unsere Absichten informiert. Sie haben aber keinerlei Interesse an weiteren Anteilen.«

»Caro weiß auch, dass wir in den letzten Tagen mit den Leuten in Mailand gesprochen haben«, fiel Nicole ihm ins Wort. »Fragen Sie sie ruhig.«

»Das werden wir tun. Keine Sorge. Was hält sie denn von Ihren Verkaufsplänen?«

»Sie sagt dazu nur, das wäre meine Sache. Ich glaube aber, dass sie froh ist, wenn wir beide aus dem Betrieb raus sind und sie machen kann, was sie möchte. Den Endenich hat sie unter Kontrolle, der wird kein Problem für sie darstellen.« Nicole sprach in einem Tonfall über die ganze Angelegenheit, als handelte es sich um die Verteilung einer Tafel Schokolade. Aber vielleicht betrachteten beide Schwestern das alles wirklich nüchtern und hatten wenig bis keine emotionale Bindung an das Unternehmen.

»Nicoles Vater wäre natürlich nicht mit dem Verkauf einverstanden gewesen«, übernahm Michael wieder und sprach damit die Antwort auf die Frage aus, die Pellegrini sich als Nächstes gestellt hätte. »Ihm gegenüber hatten wir bisher nichts erwähnt. Dennoch ändert sich gar nichts, denn ab Januar hätte er ohnehin kein Mitspracherecht mehr gehabt. Der Verkauf wird sich garantiert noch sehr viel länger hinziehen. Wir rechnen mit dem Vertragsabschluss ungefähr Mitte nächsten Jahres. Sie sehen also, dass es da gar keinen Zusammenhang gibt. Außer dem, den wir gerade dargelegt haben: dass wir nämlich die Möglichkeit nutzen, vor Ort in Mailand persönliche Gespräche zu führen, statt stundenlange Videokonferenzen abzuhalten.« Michaels Tonfall hatte zu seiner anfänglichen Selbstsicherheit zurückgefunden. Da sprach jetzt wieder ganz der in Verhandlungen geübte Geschäftsmann.

»Frau Schmidt, warum haben Sie uns nicht schon früher von Ihren Verkaufsabsichten erzählt?«, wandte Gruber sich an Nicole.

»Kann ich Ihnen gar nicht so genau erklären. Das erschien mir nicht wichtig. Ich glaube auch immer noch, dass es nicht wichtig ist. Michael hat es Ihnen nur gesagt, um seine Anwesenheit hier in Como zu erklären.«

Pellegrini hörte gar nicht mehr genau hin, welche Fragen sein Kollege noch stellte. Die Antworten der beiden Deutschen blieben vage.

Gruber hob die Stimme. »Gut. Das wäre dann erst einmal alles. Frau Schmidt, würden Sie uns bitte die Kontaktdaten Ihrer Schwester notieren?«

»Selbstverständlich.«

Mit einem letzten sehnsüchtigen Blick auf das tief dunkelblaue Wasser und die grünen Hügel wandte Pellegrini sich vom Fenster ab. Er konnte nicht sagen, warum, aber sein Gefühl, dass sie auf der richtigen Spur waren, verstärkte sich. Das Motiv, aus dem Hans-Peter Bruchsitter umgebracht worden war, lag in der Familie. Daher war es vermutlich an der Zeit, einmal mit Caroline zu sprechen und ihr die Gelegenheit zu geben, ihre Sicht über das Gebaren ihrer Schwester darzulegen, und darüber hinaus herauszufinden, wie sehr der Unfall ihrer Eltern und der Tod ihres Vaters sie berührten. Vielleicht starrte sie in Köln ja gerade trauernd auf den Rhein – oder war auf Shoppingtour.

5

»*Momento!* Warten Sie bitte kurz!«

Sie standen bereits im Aufzug, als Michael Schmidt im Laufschritt den Flur entlangkam und winkte. Geistesgegenwärtig schob Spagnoli einen Fuß in die sich schließende Tür, während Pellegrini auf den entsprechenden Knopf drückte.

Sie traten aus der Kabine.

»Ich wollte Ihnen nur noch etwas sagen, also, nun … falls das nützlich ist …«, stammelte Michael ganz überraschend unsicher. Er knetete die Hände.

»Nur heraus damit.« Gruber lächelte ihm beruhigend zu. »Wir haben Sie nicht offiziell vernommen, und das tun wir auch jetzt nicht. Sofern Sie kein Geständnis ablegen wollen, natürlich.«

»So ein Blödsinn, ganz im Gegenteil. Ich wollte Ihnen nur erklären, dass Nicole sehr wohl trauert. Ich weiß, dass es nicht so wirkt. Aber diese Einkäufe heute Vormittag – das ist ein typisches Verhalten von ihr, um Stress abzubauen. Dann gibt sie Geld aus, viel zu viel und für lauter nutzloses Zeug oder Klamotten, von denen sie schon mehr als genug hat. Das ist so eine Art Übersprungshandlung. Außerdem weint sie nachts heimlich.«

»Woher wissen Sie das? Wenn sie es heimlich tut.« Spagnoli blickte ihn herausfordernd an.

Michael begegnete ihrem Blick ungerührt. »Ich kenne sie seit über zwanzig Jahren, von denen wir immerhin zwölf verheiratet waren. Sie hatte ein schwieriges Verhältnis zu ihren Eltern, das haben Sie bestimmt in Bezug auf Dagmar selbst schon gemerkt. Nicky war ihr nie gut genug; der kleine Star war immer Caro, die jüngere Schwester. Das hat sie über die Jahrzehnte aufgerieben.«

Spagnoli runzelte die Stirn. »Ihnen ist schon klar, dass Sie uns gerade ein mögliches Motiv liefern? Dysfunktionale Familie, lieblose Mutter ... Dagmar Bruchsitter saß schließlich mit im Auto. Vielleicht galt der Mord ja in erster Linie ihr?«

»Was? Nein! Ganz im Gegenteil, ich wollte Ihnen erklären, dass sie ...« Er brach ab und schlug einen kühleren Ton an. »Es tut mir leid, ich verstehe, wie das wirkt. Vermutlich mache ich es ab jetzt mit jedem Wort nur noch schlimmer. Ich habe alles gesagt.« Ohne einen Abschiedsgruß wandte er sich ab und ging zurück zur Suite.

»Interessanter Mensch«, murmelte Gruber.

»Ich glaube, dass er sie immer noch liebt«, meinte Pellegrini. »Sofern das nicht alles ein großes Manöver ist, um von sich selbst abzulenken.«

»Traust du ihm das zu?« Gruber drückte auf den Aufzugsknopf. »Das Manöver, meine ich – nicht, dass er seine Ex liebt.«

»Ich weiß noch nicht, wie ich ihn einschätzen soll. Zweifelsohne ist er in geschäftlichen Verhandlungen sehr erfahren. Da lernst du, ein Pokerface aufzusetzen. Was uns bei ihm fehlt, wäre ein Motiv. Rachsüchtiger Ex, der seine Schwiegereltern nach einer – seinen Worten nach einvernehmlichen – Scheidung auslöschen will? Überzeugt mich nicht.«

»Das stimmt, mich auch nicht.« Gruber nickte.

Die Aufzugtüren öffneten sich, und sie stiegen ein.

»Was mir dennoch nicht in den Kopf will«, ergriff Gruber erneut das Wort, »ist diese Verteidigung von Nicoles

Verhalten. Im Grunde war es unnötig, dass er uns noch mal gefolgt ist. Dieser Spruch, sie könne doch nicht die ganze Zeit nur herumsitzen und trauern, besagt ja eigentlich das Gleiche.«

»Es ist immer wieder aufschlussreich, nur die Hälfte der Unterhaltung mitzubekommen, weil ich die Sprache nicht verstehe«, meinte Spagnoli und bemühte sich vergeblich, ihren Frust darüber zu verbergen. »Das hat er gesagt?«

»Aber ja.« Gruber nickte grimmig.

»Es kann ja durchaus sein, dass ihre Trauer nicht so offensichtlich ist. Das war sie bei mir sicherlich auch nicht, während ich mit Gianluca unterwegs war. Aber auf große Shoppingtour zu gehen, wäre mir auch nicht in den Sinn gekommen.«

Darüber wollte Pellegrini sich kein Urteil erlauben. Persönlich sah er es wie Spagnoli. Dennoch gab es nun einmal keine Vorschriften über richtiges Trauern oder angemessenes Verhalten nach einem Todesfall. Und das war auch gut so.

Sie verließen das Hotel durch den Haupteingang. Eine freundliche Dämmerung mit kleinen Wölkchen am dunkler werdenden Himmel empfing sie. Darunter plätscherte der See nach dem Hochwasser wieder an die Uferpromenade, wie es sich gehörte. Ein paar Enten zogen ihre Bahnen auf dem Wasser, andere schossen hintereinander im Formationsflug dicht über die Oberfläche.

Pellegrini straffte die Schultern. »Es tut mir leid, aber ich muss jetzt nach Hause. Ich kann Emma nicht ewig meiner Mutter überlassen.«

»Sie ist nicht in den schlechtesten Händen«, versuchte Spagnoli ihn zu beruhigen.

Doch er schüttelte energisch den Kopf. »Ich bin nicht einmal im Dienst. Ich kann euch nicht weiterhelfen. Ich habe gesagt, was ich denke: dass es da irgendein Geheimnis innerhalb der Familie gibt, das ein Motiv sein könnte. Aber ob das stimmt und was es ist, das müsst ihr ohne mich herausfinden. Bezüglich dieses merkwürdigen Paars steht Nicole deutlich weiter oben auf meiner Liste als Michael Schmidt.«

»Das sagst du doch nur, weil du sie nicht leiden kannst.« Unbewusst klopfte Spagnoli die Taschen ihres Blazers ab.

»Vielleicht sollten wir sowohl Nicole als auch ihre Mutter einmal geradeheraus fragen, wie sehr sie der Tod des Vaters respektive des Ehemanns berührt«, schlug Gruber vor. »Ich habe so etwas noch nie gemacht. Aber ich hatte auch noch nie mit so derart … gleichgültigen Angehörigen zu tun.«

Spagnoli stimmte ihm zu. »Bei Dagmar Bruchsitter kann ich mir das noch mit Schock und den Schmerzmitteln erklären. Aber diese Nicole ist so kaltherzig, dass es mich schaudert.«

»Du kannst sie anscheinend auch nicht leiden?«

»Geht so. Ihr Typ ist allerdings auch komplett aalglatt und nicht mein Geschmack.«

»Wie sympathisch die beiden auf uns auch wirken mögen, das ist kein Beweis dafür, dass sie das Auto ihrer Eltern oder Ex-Schwiegereltern manipuliert haben.« Pellegrini legte Nachdruck in seine Worte. »Was ist denn nun? Fährt mich jemand rauf nach Brunate, oder soll ich mir ein Taxi rufen? Ich muss wirklich nach Hause, tut mir leid.«

»Ich fahre dich. Dann haben wir noch ein paar Minuten, um gemeinsam weiterzugrübeln.« Spagnoli holte den Autoschlüssel aus der Tasche.

Gemeinsam verabschiedeten sie sich von Gruber, der zu Fuß zur Questura gehen wollte. Kaum saßen sie kurz darauf im Auto, rief dieser Pellegrini an. »Sagst du Claudia bitte, dass sie morgen um neun Uhr noch mal ins Labor der Spurensicherung kommen soll? Sonia hat gerade angerufen und meinte, sie hätten vielleicht etwas entdeckt.«

»Was könnte das sein?«, fragte Pellegrini neugierig.

»Weiß ich nicht, das wollte sie nicht verraten. Aber es könnte klären, wie das Auto manipuliert worden ist. Behauptet sie zumindest.«

»Ich richte es ihr aus.«

»Mir? War das Tonio?«, fragte sie.

»Ja. Du sollst morgen um neun ins Labor kommen.«

»*Capito.* Mann, der neue Kollege ist unermüdlich.«

»Vermisst du mich eigentlich?«

Statt einer Antwort lachte Spagnoli laut auf.

»Also nicht.« Pellegrini hörte selbst, dass er ein bisschen beleidigt klang.

»Vermisst du uns denn?«

»Ja.«

Sie warf ihm einen kurzen Seitenblick zu, dann konzentrierte sie sich wieder auf den Feierabendverkehr. »Natürlich vermisse ich dich«, gab sie lächelnd zu. »Für Tonio kann ich schlecht sprechen, er kennt es bis jetzt ja nicht anders. Aber ich finde schon, dass es mit uns dreien ganz gut harmoniert.«

»Dem ist nichts hinzuzufügen.«

Donnerstag, 15. Oktober

1

Pünktlich um neun Uhr lief Spagnoli wie verabredet die Stufen in dem Gebäude hinauf, in dem sie vor knapp einer Woche mit Sonia Borghese zusammengesessen und erfahren hatte, dass der Unfall keiner gewesen war. Gruber wartete bereits vor einem Besprechungsraum neben dem Labor auf sie.

»*Buongiorno*, so voller Energie?« Schmunzelnd steckte er sein Smartphone ein.

»Ja. Gestern mit dir und Marco zusammenzuarbeiten, hat mir gutgetan. Komm, lass uns diesen Fall jetzt lösen.«

»Mal sehen, ob dein Optimismus angebracht ist.«

Sie klopften an und betraten den Raum, wo Sonia Borghese und der Mechaniker Adriano Verdi schon an einem Tisch standen. Darauf waren einige Plastikbeutel und Papiere ausgebreitet, von denen Spagnoli auf Anhieb nichts erkannte.

»*Salve!* Schön, dass ihr da seid. Adriano kennt ihr ja bereits.« Sie nickte in Richtung des kleinen Mannes in dem von Flecken übersäten Overall zu ihrer Linken, der unsicher zu Borghese aufblickte und sich dabei über den dünnen Schnurrbart strich.

Schon bei ihrer ersten Begegnung war Spagnoli aufgefallen, wie linkisch der Mechaniker wirkte. Da hatte er die ganze Zeit eine Basketballmütze ab- und wieder aufgesetzt oder sich am Ohrläppchen gezupft. Sie hatte das seiner Sorge zugeschrieben, einen Fehler gemacht zu haben, dabei war es ja sein Chef Aldo Zanotti gewesen, der die Entscheidung über die Freigabe des Mercedes gefällt hatte. Jetzt fragte sie sich, ob es nicht doch eher das übliche Verhalten des Mechanikers war. Gerade jetzt rieb er wieder an seinem rechten Ohr herum.

Borghese hob einen Plastikbeutel in die Höhe, der mit einer Inventarnummer und dem Datum des Unfalls beschriftet war. Darin befand sich ein halb aufgerissenes weißes Gehäuse, aus dem einige Drähte hervorragten.

»Zum Glück sind meine Leute im Feld auf Zack. Sie sammeln in der Umgebung eines Unfalls gründlich alles ein, was herumliegt. Das meiste ist natürlich Müll, aber da wir das vor Ort nicht entscheiden könnten, landet es hier.«

»Darf ich?« Gruber streckte die Hand aus und bekam den Beutel. »Das sieht aus wie von einem Plastikspielzeug. Oder die Unterseite meiner Nachttischlampe, so eine billige von IKEA.«

»Plastik ist es, aber auf keinen Fall ein Spielzeug. Adriano, erklär den beiden bitte, was wir wissen.«

»Das ist der Rest eines sogenannten Jammers. Ein Störsender, der sich vermutlich im Auto oder Motorraum befand.«

Borghese tippte auf ein Blatt Papier. »Die deutsche Versicherung hat uns unter anderem einen weiteren Diagnosebericht des Fahrzeugs geschickt, der noch einmal vollumfänglich belegt, dass die gesamte Elektronik gestört worden ist. Die Jammer, die wir hier normalerweise auf den Tisch bekommen, stammen von Diebstahlversuchen teurer Autos. Sie legen die Alarmanlage lahm oder sorgen dafür, dass die Diebe die elektrischen Fenster manipulieren können.«

»Das hier ist ein komplett anderes Kaliber. Den hat jemand mit sehr viel Know-how programmiert«, ergänzte der Mechaniker.

In Spagnolis Ohren klangen seine Worte ein wenig zu anerkennend.

Gruber legte den Beutel wieder auf den Tisch. »Damit steht es jetzt endgültig fest, verstehe ich das richtig? Die Elektronik für Lenkung, Bremsen und alles andere wurde manipuliert und hat den Unfall verursacht. Unfall mit Todesfolge durch Fremdeinwirkung.«

»Exakt.« Borghese nickte. »Kein Zweifel mehr möglich und nötig.«

Gruber grinste sie alle nacheinander gequält an. »Was ist aus den guten alten durchgeschnittenen Bremsschläuchen geworden? Störsender kenne ich natürlich, aber ich hätte niemals gedacht, dass so was machbar ist. Was kommt als Nächstes? Dass sich jemand an eine Kreuzung stellt und alle Autos kollidieren lässt?«

»Also dafür bräuchte es schon ein Gerät mit sehr großer Reichweite.« Adriano holte Luft, um weiterzusprechen, doch Borghese unterbrach ihn: »Es ist inzwischen jedenfalls eine ganze Menge möglich, und wir haben sicherlich einigen Nachholbedarf, was die Kompetenzen unseres Teams anbelangt. Dennoch hätten die Funktionsausfälle aufgrund des Jammers auffallen müssen. Hier war keine großartige Magie am Werk.« Ihr Tonfall war scharf geworden.

Der Mechaniker zog den Kopf ein und wischte sich mit einer fahrigen Geste über die Stirn. Gruber murmelte eine leise Verwünschung. Spagnoli war sicher, dass diese Zanotti galt. Diese Sache um das viel zu früh freigegebene Unfallfahrzeug war noch nicht ausgestanden.

»Gut, vielen Dank, Sonia, und auch dir, Adriano«, sagte sie. »Dann müssen wir also nur noch die Person finden, die das Ding in dem Mercedes platziert hat. Auf dem Plastik waren nicht zufällig Fingerabdrücke oder DNS?«

»Doch.«

Spagnoli und Gruber blickten einander verwundert an. Bekamen Sie als Nächstes die Tatperson auf dem Silbertablett serviert?

Borghese lächelte und reichte Spagnoli den Ausdruck eines Laborberichts. »Entschuldigt, ich wollte euch nicht zu viel Hoffnung machen. Wir haben Fragmente von Fingerabdrücken, und zwar einen Daumen und einen Zeigefinger. Einen Treffer in den Datenbanken kann ich aber nicht liefern. Wenn ihr Verdächtige habt, habt ihr damit ein solides Indiz. Die dazu passende Person müsst ihr schon selbst finden.«

»Danke trotzdem.« Spagnoli wedelte mit den Papieren. »Das ist ja auch unser Job und nicht deiner. Und was ist in den anderen Beuteln?«

»Schaut sie euch an. Das meiste ist bestimmt Müll, aber das müssen wir noch sicher ausschließen.« Sie hob einen Beutel hoch, dessen Inhalt aussah, als hätte ihn jemand der Bastelkiste eines Kindes entnommen. »Hiervon könnte noch einiges zu dem Jammer gehören. Das wird einer meiner Mitarbeiter im Laufe der nächsten Tage zusammenpuzzeln. Wenn wir noch was Interessantes finden, melden wir uns.«

»Komm, Tonio, dann machen wir uns auf den Weg.«

Gruber hob die Hand. »Einen Moment noch. Sonia, kannst du etwas dazu sagen, wo genau sich dieser Jammer befunden hat? Du meintest vorhin, er könnte im Auto oder im Motorraum gewesen sein. Weißt du, wo? Der Unterschied wäre vielleicht wichtig, wenn ich mal davon ausgehe, dass der Aufwand, das Ding im Innenraum zu platzieren, doch größer ist.«

»Nein, das ist genauso einfach«, widersprach überraschenderweise Adriano. »Ein weiterer Jammer, mit dem das Funkschloss geknackt wird, den großen Sender hier unter den Fahrersitz, und das war es schon. Das ist nicht schwerer, als die Motorhaube zu öffnen. Für einen, der sich mit so einem mächtigen Sender auskennt, schon gar nicht. Einfacher wäre nur, ihn hinter den Kotflügel oder an den Unterboden zu kleben.«

»Und das können wir ausschließen«, ergänzte Borghese. »Dann hätte das Labor nämlich Kleberrückstände sowie Schmutz- oder Teerpartikel gefunden. Wir halten es sogar für wahrscheinlicher, dass er in der Fahrgastzelle war. Aber das ist nur eine Vermutung, eben wegen des fehlenden Straßenschmutzes. Sämtliche Verunreinigungen, die wir feststellen konnten, stammen vom Unfallort.«

»Alles klar.«

Sie verabschiedeten sich und standen nur wenige Minuten später wieder vor dem Gebäude. Ein freundlich sonniger Vormittag empfing sie, die Luft war jedoch herbstfeucht. Zerstreut schaute Spagnoli zu der mächtigen Kastanie gegenüber dem Gebäude auf, die mit ihrem Wurzelwerk schon den größten Teil des Gehwegs weggesprengt hatte. Grasbüschel hatten sich in den Ritzen zwischen den Betonplatten breit gemacht.

»Wollen wir noch irgendwo einen Cappuccino trinken, bevor wir weitermachen?«, schlug Gruber vor. »Oder das weitere Vorgehen in einer Bar besprechen?«

»Stimmt, Sonia hat uns gar keinen *caffè* angeboten.«

Gruber steckte die Hände in die Taschen seiner leichten Daunenjacke und wandte sich in Richtung Altstadt. »Sie wird ihre Gründe haben. Hast du die Stimmung zwischen den beiden bemerkt? Nach dem, was ich gehört habe, hat Ruscon sich Zanotti gestern Abend vorgenommen.«

Spagnoli klopfte reflexartig auf ihre Taschen.

Gruber grinste wissend. »Wie lange ist es her, dass du

aufgehört hast zu rauchen? Mindestens so lange, wie wir uns kennen.«

»Ja, aber nicht viel länger.« Sie fühlte sich ertappt. »Ich habe mal gehört, dass Menschen, die mit sechzehn oder früher anfangen, nie mehr davon loskommen. Ich war vierzehn, als meine Brüder mich zum ersten Mal haben ziehen lassen. Aber ich gebe die Hoffnung noch nicht auf, dass ich vielleicht zu den Ausnahmen gehöre.«

»Ich lenke dich mit der Ermittlung ab. Was ist deine Theorie? Wer könnte den Störsender ins Auto gelegt haben?«

»Sag mir lieber, wieso du das mit Zanotti weißt. Ich habe nichts davon mitbekommen. Wie kommt es, dass du erst seit ein paar Wochen hier bist und schon so tief in die verschlungenen Wege des Flurfunks eingeweiht?«

»Nur ein Zufall. Ich war heute Morgen in der Questura. Laura Rosso saß am Empfang, sie hat es mir erzählt. Sie war am ersten Arbeitstag sozusagen mein First Contact und hat mir einiges gezeigt und mir Leute vorgestellt. Jetzt reden wir hin und wieder miteinander. Mehr als dass dieses Gespräch stattgefunden hat, weiß ich aber auch nicht. Jetzt sag schon: Was denkst du darüber, wer das Fahrzeug manipuliert haben könnte?«

»Marco hat gestern auf dem Rückweg noch einmal seinen Verdacht bekräftigt, der Täter oder die Täterin müsse jemand aus der Familie sein. Das würde dann ja erklären, dass dieser Störsender im Innenraum lag. Ich stelle mir eher die Frage: Wo kommt der her? Wer hat ihn gebaut? Sagt sich das so? Oder wäre ›programmiert‹ die bessere Bezeichnung?«

»Keine Ahnung. Ich bin technisch eine Null, ich bin froh, wenn ich den Weg zur Autowerkstatt finde.«

Spagnoli lachte gutmütig. Der Plan ihres Kollegen, sie

abzulenken, funktionierte schon nach nur wenigen Worten bestens. Koffein und Nikotin, das hatte für sie in einem früheren Leben unabdingbar zusammengehört. Bei manchen Dingen war es gut, wenn sich etwas änderte. Sie freute sich jetzt auf den *caffè*. »Ich schraube selbst an meinem Motorrad herum, aber damit ist die Mechanik gemeint. Mit Kabeln und Elektroden bin ich nicht gut. Mein Telefon oder einen Computer kann ich bedienen. Damit hört es dann auch schon auf.«

»Das ist doch bei den meisten Menschen so. Wo kommt das Ding also her? Es gibt ein paar legale Jammer, zum Beispiel um zu verhindern, dass die Alarmanlage deines Wohnmobils lahmgelegt wird.«

»Also ein Störsender, um einen illegalen Störsender zu stören?«

»Korrekt. Aber darum geht es hier ja nicht. Ich bezweifle, dass es ein Gerät, das ein Auto komplett außer Gefecht setzen kann, bei Amazon oder Ebay zu kaufen gibt. Dafür wäre das Darknet die bessere Adresse, was aber wiederum bedeutet, dass sich jemand damit auskennen muss. Vielleicht erinnerst du dich an diesen Informatiker von der Guardia di Finanza, den wir in Bergamo kennengelernt haben?«

»Aber sicher, Girolamo Brighin. Er gehörte anfangs zu unseren Verdächtigen. Und jetzt weiß ich, worauf du hinauswillst, stimmt: Er hatte gesagt, es wäre für Normalbegabte in IT-Angelegenheiten, also Leute wie dich und mich, nicht ganz so einfach, ins Darknet zu kommen.«

Gruber nickte. »Genau. Nicht unmöglich, aber doch mit Aufwand verbunden. Wenn Marco recht hat und es jemand aus der Familie war, ist der Weg zu einem Mitarbeitenden aus dem eigenen Unternehmen sehr kurz, findest du nicht? Diese Firma Bruchsitter macht doch irgendwas mit Motorsteuerungen. Der Gedanke kam mir vorhin.«

Darüber sann Spagnoli kurz nach, bevor sie antwortete. »Möglicherweise. Aber so eine Komplizenschaft ist auch nicht ungefährlich. Wenn es zum Beispiel eine der beiden Töchter war, macht dieses Mitwissen sie auch erpressbar. Vielleicht sollten wir Einblick in die Konten anfordern, ob in letzter Zeit Geld von A nach B geflossen ist oder jemand überraschend eine Sonderzahlung, gar eine Beförderung bekommen hat.«

»Mit welcher Begründung? Wir haben doch nichts. Marcos Verdacht gegen Nicole ist vielmehr Wunschdenken, weil er sie nicht leiden kann.«

»Ja, das stimmt natürlich. Wir sollten unbedingt mit der jüngeren Schwester sprechen. Sie soll doch in der Firma die Expertin fürs Technische sein. Könnte sie den Störsender gebaut haben?«

»Das kann sie uns selbst erklären, wenn wir mit ihr reden.«

»Das klingt, als hättest du bereits einen Termin mit ihr vereinbart. Hast du sie denn erreicht?«

Gruber zog eine zerknirschte Grimasse. »Ja, das habe ich ganz vergessen zu erwähnen. Wir können sie heute Nachmittag anrufen. Ich wollte einen Videocall mit ihr machen. Willst du dabei sein?«

»Wozu? Ich verstehe doch sowieso kein Deutsch.« Das war einer der Punkte, die ihr bei dieser Ermittlung am meisten zusetzten. Ihre beiden Kollegen konnten natürlich nichts dafür, sie bemühten sich, für sie alles möglichst wortgetreu wiederzugeben. Dennoch ging natürlich eine Menge verloren. So hatte sie nicht nur ständig die Sorge, etwas zu verpassen, sondern fühlte sich sogar ausgeschlossen.

An Grubers Miene erkannte sie, dass er ahnte, worüber sie nachdachte. Sein entschuldigendes Lächeln fiel kläglich aus. »Würde es dich umstimmen, wenn ich sage, dass es mir wichtig wäre, wenn du dabei bist?«

Seine Worte taten unerwartet gut. Schon wieder ermutigt, klopfte sie ihm auf die Schulter. »Lass nur. Du bist ein großer Junge, du schaffst das auch ohne mich. Ich habe ausreichend Akten zum Herumschieben auf dem Schreibtisch. Du kannst ja Marco fragen, ob er Lust hat, dabei zu sein. Und wer weiß, am Ende hat die Familie doch nichts damit zu tun, und wir sind auf der total falschen Spur.«

Der Klingelton von Grubers Smartphone unterbrach sie. Stirnrunzelnd betrachtete er sein Display. »Dottore El Gato? Was will der denn? Ich dachte, unsere Obduktion wäre längst abgeschlossen. Bitte nicht jetzt die nächste Leiche.«

»Es wird schon wichtig genug sein. Da an der Ecke ist eine Bar, ich gehe vor.«

Er nahm das Gespräch an und wandte sich mit einem Nicken von ihr ab.

Spagnoli stand an der Bar und hatte ihren *caffè* bereits getrunken, als Gruber mit sorgenvoller Miene hereinkam und einen Cappuccino bestellte.

»Den trinke ich rasch, dann müssen wir ins Hospital. Dagmar Bruchsitter liegt im Koma. Eine Überdosis Schmerztabletten, wie es aussieht.«

»Wie bitte? Was bedeutet das?«

Er zog die Tasse zu sich heran und kippte ein ganzes Tütchen Zucker über den Milchschaum. »Finden wir es heraus.«

2

Pellegrini genoss seinen Spaziergang durch die Gassen von Brunate. Die Sonne wanderte um diese Jahreszeit bereits am frühen Nachmittag auf die Hügelkuppen jenseits des Sees zu. Hier zwischen den eng stehenden Häusern lauerten erste Schatten. Emma lag wie eine kleine lebendige Wärmflasche in einem Babytragetuch an seiner Brust und schlummerte friedlich. Er staunte, wie viel schwerer sie in den ersten Wochen ihres Lebens schon geworden war. Anfangs hatte er ihr Gewicht im Tragetuch kaum wahrgenommen.

Er fühlte sich gut, alles war friedlich und richtig. Am Mittag noch war er nach einem vollständig durchbrüllten Morgen kurz davor gewesen, aufzugeben und Emma an die zuständigen Behörden auszuliefern. Er hatte alles versucht und sie umhergetragen, bis ihm das Parkett schon ganz ausgetreten vorkam; Alessandra hatte ihm Tropfen gegen Blähungen gebracht, seine Mutter ein nach Kräutern duftendes Kuscheltuch; sie hatte sogar gesungen. Pellegrini konnte sich nicht erinnern, das jemals erlebt zu haben. An der Situation hatte es nichts geändert. Außer, dass er selbst nach der fünften Wiederholung von *Fate la Nanna* mit den Nerven endgültig am Ende war.

Und jetzt? Was er gerade empfand, war pures Glück. Es war ihm immer gelungen, sich von dem Teil seiner Arbeit, der mit Tod und Verlust zu tun hatte, abzugrenzen und seine Seele sorgsam davor zu verschließen – mit anderen Worten: es auf gesunde Art zu verdrängen. Er hatte nicht geahnt, dass es etwas gab, das noch heilsamer war, um diesen Grausamkeiten zu begegnen.

Gegen drei Uhr kehrte er zurück nach Hause und räumte ein wenig auf, bevor Gruber für das Gespräch mit Caroline Bruchsitter vorbeikommen würde. Pellegrini war neugierig auf Nicoles jüngere Schwester. Im Gegensatz zu Alessandra, die lebhaft von ihr erzählen konnte, hatte er kaum Erinnerungen an sie.

Pünktlich um halb vier stand Gruber vor der Tür, richtete Spagnolis Grüße aus und klappte den Laptop auf, den er mitgebracht hatte. Sie setzten sich nebeneinander auf die Couch und vereinbarten, dass Gruber das Gespräch führen sollte.

Caroline war schon rein äußerlich das totale Gegenteil ihrer Schwester. Sie trug die braunen Haare zu einem lässigen Zopf geflochten, der über einen schlichten anthrazitfarbenen Rollkragenpullover fiel. Das Lächeln, mit dem sie in die Kamera blickte, wirkte offen und natürlich.

»*Buongiorno*, Frau Bruchsitter«, übernahm Gruber die Begrüßung. »Vielen Dank, dass Sie die Zeit finden. Zunächst möchte ich Ihnen mein Beileid aussprechen. Wie geht es Ihnen?«

Ihr Lächeln erlosch. Sie hob verlegen beide Hände. »Muss ja. Ich glaube, dass ich das alles erst so richtig realisieren werde, wenn meine Mutter alleine zurückkehrt. Haben Sie schon Neuigkeiten, wie es ihr geht?«

»Nein, tut mir leid. Sie liegt im Koma. Ihr Zustand ist zurzeit stabil, doch der behandelnde Arzt möchte noch keine Prognose abgeben.«

Caroline schüttelte schweigend den Kopf und fasste sich sofort wieder. »Ich denke darüber nach, am Wochenende nach Como zu kommen. Aber es hilft jetzt nichts. Sie haben Fragen. Ich möchte sie beantworten, so gut ich kann.«

»Vielen Dank. Fangen wir mit dem Geschäftlichen an. Ihre Schwester und der zweite Geschäftsführer Michael Schmidt haben uns gestern erklärt, dass sie ihre Firmenanteile verkaufen wollen.«

»Mick ist bei ihr? Warum wundert mich das nicht?« Sie lachte spöttisch auf. »Ich finde den Umgang der beiden ziemlich schräg. Aber es geht mich nichts an, was die beiden miteinander haben oder nicht. Geschäftlich wäre es mir sehr viel lieber, wenn Nicky ihre eigenen Wege geht. Also ja, es wäre sehr in meinem Sinne, wenn sie aus dem Unternehmen aussteigt. Es war weder ihr Wunsch noch meiner, dass wir die Firma von unserem Vater gemeinsam übernehmen.«

»Würden Sie mir das näher erläutern?«

Kurz stockte Caroline, als wollte sie eine Gegenfrage stellen, dann setzte sie zu einer Erklärung an. »Nicky war das alles sehr lange gleichgültig, sie wollte beruflich was völlig anderes machen. Während der Pandemie hat sie ihren damaligen Job verloren, und dann wurde Papas Unternehmen plötzlich interessant. Anfangs hielten wir alle es für eine gute Idee, die Bereiche unter uns aufzuteilen, ich das fachliche, Nicky die Bürokratie.« Sie holte tief Luft, bevor sie weitersprach. »Aber um ehrlich zu sein, war das von Anfang an zum Scheitern verurteilt. Wir hatten einfach zu verschiedene Vorstellungen. Und obwohl wir zuvor vereinbart hatten, dass wir uns nicht gegenseitig reinreden wollten, saßen wir ja gemeinsam in der Geschäftsführung und mussten Entscheidungen treffen. Mit Mick ist es seither auch nicht mehr gut gelaufen. Er ist ein exzellenter Vertriebler und kann ausgezeichnet verhandeln. Aber er hat sich immer wieder auf Nickys Seite geschlagen. Klar, er würde das anders sehen. Schlussendlich wäre ich erleichtert, wenn die beiden verkaufen und wir es zukünftig mit einem Investor zu tun hätten. Das nimmt einigen Druck heraus.«

»Wie ist denn insgesamt Ihr Verhältnis zu Michael Schmidt? Sie kennen sich ja nicht nur geschäftlich.«

»Was hat denn das mit dem Unfall meines Vaters zu tun? Verdächtigen Sie ihn? Oder Nicky?«

Gruber stockte kurz und schielte zu Pellegrini herüber.

Bevor er eine Antwort geben konnte, sprach Caroline aber schon weiter. »Sie müssen nichts sagen, ich verstehe das schon. Wie gesagt finde ich es unfassbar schräg, dass Mick jetzt in Como ist.« Sie brach ab, überlegte. »Ich fange anders an, ich möchte offen sein: Wir alle, einschließlich Sven, dem Vierten in der Geschäftsführung, hatten gerade in den letzten Jahren unsere Probleme mit Papa. Er wurde stur und uneinsichtig, was die Zukunft anbelangte. Es gab sehr viele Reibereien, die sich irgendwann auch auf unsere Arbeit miteinander ausgewirkt haben. Sven hat am lautesten mit Papa gestritten, Mick hat in der Regel versucht, es ihm möglichst recht zu machen. Nicky hat ihn am Ende nicht mehr ernst genommen, und ich habe mich in die Arbeit geflüchtet und einfach mein Ding gemacht. Aber falls Sie das Ehepaar Schmidt verdächtigen, sollten Sie uns alle vier auf dem Radar haben. Ich verstehe mich weiß Gott nicht gut mit meiner Schwester, aber für eine Mörderin halte ich sie nicht.«

»Und Michael?«, fragte Gruber. Offenbar war nicht nur Pellegrini aufgefallen, dass Caroline auf die Frage nach ihrem Verhältnis gar nicht geantwortet hatte.

»Der wäre viel zu feige. Ihm geht es immer darum, am Ende gut dazustehen. Und gut auszusehen. Und wenn Sie ihm begegnet sind, verstehen Sie vielleicht, dass ich das nicht nur im übertragenen Sinne, sondern auch wörtlich meine.«

Gruber ging nicht darauf ein. »Würden Sie mir von Ihrem Verhältnis zu Ihren Eltern erzählen?«

»Dazu gibt es nicht viel zu erzählen. Insgesamt ist es normal bis gut, in den letzten Jahren zunehmend distanzierter. Meinem Vater hatte ich am Ende nicht mehr viel zu sagen, er wurde mir zu selbstgerecht, zu despotisch. Und dabei würde ich sagen, dass er mich bevorzugt hat. An meiner Schwester hatte er immer einiges mehr auszusetzen. Zumindest früher, irgendwann galt das auch nicht mehr, und wir haben beide ordentlich unser Fett wegbekommen. Dem konnte es niemand mehr recht machen. Entsprechend war die Stimmung im Unternehmen. Wir konnten es alle kaum noch erwarten, bis er Ende des Jahres endlich weg sein würde.« Bei diesen Worten blickte sie gequält in die Kamera. »Tut mir leid, wenn ich das so offen ausspreche. Es nutzt ja nichts, ein Schleifchen darumzubinden, dass wir nicht mehr auf einer Wellenlänge waren, oder? Mit meiner Mutter ist es in letzter Zeit eher wieder besser geworden. Sie und ich hatten uns eine Zeit lang überhaupt nicht verstanden. Das hing damit zusammen, dass ich nie geheiratet habe und auch keine Kinder haben wollte. Nachdem meine Mutter über dieses Trauma hinweggekommen ist, wurde es besser.« Bei dem Wort »Trauma« malte sie Anführungszeichen in die Luft. »Interessant ist an dieser Sache übrigens, dass sie mir, als ich ein Teenager war, oft von ihrem Wunsch nach Unabhängigkeit erzählt hat. Sie ist in der DDR aufgewachsen und hat in Jena Elektrotechnik studiert, bevor sie Mitte der Achtziger in den Westen geflohen ist und in Köln meinen Vater kennengelernt hat. Sie war unendlich stolz, dass ich in ihre Fußstapfen treten und ebenfalls in Jena studieren wollte. Sie hat mich dort mehrfach besucht und mir eine Menge über ihre Zeit dort erzählt. Natürlich blieben die

Vergleiche dabei nicht aus, und eine Weile verfiel sie sogar in diese Geschichten, dass es früher in der DDR besser gewesen wäre und sie als Frau mehr Möglichkeiten gehabt hätte. Wenn ich gefragt habe, warum sie dann geflohen ist, wurde sie immer ganz still und hat nichts mehr gesagt.«

Bei Carolines letzten Worten hatte Pellegrini besonders konzentriert zugehört. Dagmar Bruchsitter hatte Elektrotechnik studiert? In seiner Erinnerung war sie immer eine dieser Vorzeigemuttis gewesen, die sorgende Ehefrau und das Rückgrat der Familie. Wie die Frauen in diesen Heile-Welt-Werbespots der Achtziger, die er dunkel in Erinnerung hatte. Natürlich hatte er sie kaum gekannt, aber die Vorstellung, wie sie in einem Labor Kabel zusammenlötete oder Elektroden auf eine Platine steckte, sprengte sein Vorstellungsvermögen.

Während Gruber weitere Fragen zum Umfeld der Familie stellte, kam Pellegrini eine ganz andere Sache in den Sinn: Wäre Dagmar Bruchsitter in der Lage, einen komplizierten Störsender zu bauen? War sie womöglich diejenige, die es auf ihren Ehemann abgesehen hatte?

Der Gedanke war erschreckend, aber nicht völlig abwegig. Schließlich stand nicht fest, ob der Jammer am richtigen Ort und zum richtigen Zeitpunkt ausgelöst worden war. Noch war so vieles möglich. Warum nicht die mordende Ehefrau? Hatte Spagnoli nicht vor einigen Tagen darüber spekuliert?

»Haben Sie vielen Dank, Frau Bruchsitter«, holte Grubers freundlich brummende Stimme ihn wieder ins Hier und Jetzt. »Meine Nummer haben Sie. Melden Sie sich jederzeit.«

»Soweit die Umstände es zulassen: Es hat mich gefreut, Sie, Herrn Gruber, kennenzulernen und dich, Marco, wiederzusehen. Ich danke Ihnen für Ihre Arbeit und hoffe natürlich sehr, dass Sie den Mörder meines Vaters bald finden.«

Oder die Mörderin? Pellegrini behagte der Gedanke keineswegs, aber er zwang sich, auch über Caroline als potenzielle Täterin nachzudenken. Über Gebühr kooperatives Verhalten machte ihn sonst immer misstrauisch. Warum hatte er in diesem Fall dagegen das Gefühl, dass er gerade zum ersten Mal einer Person begegnet war, die ernsthaft an der Aufklärung des Mordes interessiert war?

3

Das ist ja vielleicht eine liebenswürdige Familie.« Gruber schnaufte tief durch und klappte den Laptop zu. »Wie sieht es aus, hast du noch etwas Zeit für eine Nachbesprechung?«

Pellegrini erhob sich. »Ich habe so lange Zeit, wie die einzige Frau in meinem Leben es zulässt. Ich schaue mal eben nach ihr.«

Gruber traf es mit seiner Einschätzung auf den Punkt. Caroline wirkte ganz sympathisch, aber wenn er genauer darüber nachdachte, hatte auch sie kein einziges gutes Wort über ihren Vater verloren. Das fühlte sich nicht stimmig an.

Er selbst hatte so seine Differenzen mit Amerigo Pellegrini, und diese väterlichen Vorhaltungen, der eigene Sohn – oder eben die Töchter – würde seine Sache nicht gut genug machen, waren vergleichbar. Er verstand daher nur zu gut, wie es Caroline erging, und fand sogar Nicoles Verhalten ein Stück weit nachvollziehbarer. Trotz allem konnte er sich nicht vorstellen, dass er jemals so über seine Eltern sprechen würde, vor allem gegenüber völlig Fremden im Rahmen einer Mordermittlung.

Emma schlief still und friedlich, zuckte kaum, als er ihr kurz über die warme Wange streichelte. Nicht nur ihm hatte der Vormittag alles abverlangt. Wenn er nur wüsste, warum sie so geschrien hatte. Dass nicht einmal Marta Pellegrini am Ende Rat gewusst hatte, tröstete ihn weder, noch hatte es dazu geführt, dass er sich weniger unzulänglich fühlte. Im Gegenteil, ihm wäre es lieber gewesen, sie hätte des Rätsels Lösung parat gehabt.

Der Gedanke an seine Mutter führte seine Überlegungen zurück zum Mord. War es möglich? War Dagmar Bruchsitter in der Lage, einen komplexen Störsender zu bauen? Pellegrini hatte zu wenig Ahnung von Elektrotechnik, um das beurteilen zu können. Zuletzt hatte er sich in der achten Klasse des Lyzeums damit beschäftigt, als sie nach den Anweisungen des Physiklehrers einen Kippschalter mit ein paar Drähten verbunden und eine kleine Lampe zum Leuchten gebracht hatten. Das war auch schon alles. Ein ganzes Studium, lag es auch mehr als vierzig Jahre zurück, war sicherlich eine gute Grundlage. An den Naturgesetzen änderte sich schließlich nichts. Aber was könnte Dagmar Bruchsitters Motiv gewesen sein? War Hans-Peter Bruchsitter ein Despot, der der eigenen Frau verboten hatte, in *seinem* Unternehmen mitzuarbeiten? Konnte eine jahrelang, gar jahrzehntelang unterdrückte Unzufriedenheit dazu geführt haben, dass sie schlussendlich zur Tat geschritten war? Gab es einen Auslöser?

Pellegrini erinnerte sich an Dagmar Bruchsitters despektierlicher Bemerkung über seine eigene Mutter und deren Mitarbeit im Albergo. Er hatte geglaubt, die Kritik beruhe auf der Vorstellung, dass sich Arbeit außerhalb des Haushalts für eine gute Ehefrau und Mutter nicht gehörte – wobei die Kinder natürlich längst erwachsen waren und Alessandra selbst im Betrieb mitarbeitete. Was aber, wenn er die Aussage vollkommen falsch gedeutet hatte? Wenn sie vielmehr dem Neid entsprang, weil Marta Pellegrini getan hatte, was ihr selbst verwehrt geblieben war: an der Seite ihres Ehemannes erfolgreich ein Familienunternehmen zu führen?

Als er ins Wohnzimmer zurückkehrte, steckte Gruber gerade sein Smartphone ein. »Ich habe nur kurz Claudia Bescheid gegeben, solange meine Erinnerung an das Gespräch noch frisch ist.«

»Schon gut. Du bist mir keine Rechenschaft über deine Anrufe schuldig.« Pellegrini stellte sich ans Fenster und schaute hinaus.

Gruber trat neben ihn. Gemeinsam gaben sie sich der Stille für einen Moment hin, betrachteten den See, die Hügel, die Dächer der Häuser inmitten all des Grüns. All das war Pellegrini seit Jahrzehnten vertraut, und doch hatte die Landschaft ihren Zauber bis heute nicht verloren.

»Hast du eigentlich hin und wieder Heimweh?«, fragte er. »Nach den Südtiroler Bergen?«

Gruber legte eine Hand in den Nacken. »Das ist schwierig zu beantworten«, meinte er nach einer Weile. »Die Gründe zu gehen haben irgendwann überwogen. Ich habe mal gelesen, dass die meisten Menschen in ihrer Heimat sehr tief verwurzelt sind. Es braucht drastische Auslöser dafür, dass wir versuchen, uns woanders ein Zuhause aufzubauen. Ich bin ehrlich, ich hätte gar nicht gedacht, dass das auch auf mich zutrifft. Es ist mir unfassbar schwergefallen zu gehen. Und dabei habe ich es noch einfach, ich habe ja nicht einmal mein Land verlassen. Ich spreche die Sprache, ich kann arbeiten, ich kann jederzeit zurückkehren. Ich will mir gar nicht ausmalen, wie es ist, vor Krieg, Folter, Hunger und Willkürherrschaft zu fliehen.«

»Ja, das ist für uns allenfalls zu erahnen, zum Glück. Dagegen sprechen die ganzen Populisten immer davon, dass die Menschen nach Europa kommen, weil sie sich hier Vorteile verschaffen wollen.«

Energisch schüttelte Gruber den Kopf. »Diese Vorstellung hatte ich nie. Aber seit ich meine Heimat selbst verlassen habe, weiß ich es sicher: Die meisten Menschen bleiben, solange sie können, sogar, wenn Krieg ausbricht. Erst wenn sie gar keine andere Möglichkeit mehr sehen, machen sie sich auf den Weg.«

Und dass der Weggang der letzte Ausweg gewesen war, traf, so vermutete Pellegrini, auch auf Antonio Gruber zu. Vielleicht würde er dessen Geschichte eines Tages erfahren.

»Um deine Frage zu beantworten, Marco: Natürlich bleibt Brixen meine Heimat. Und ich bin froh, dass ich mit meiner Bewerbung hier in Como Erfolg hatte. Die Gegend hier ist ähnlich genug, um mich wohlzufühlen, und nicht einmal zu weit weg, um hin und wieder ein Wochenende zu Hause zu verbringen und mich mit meinen Freunden und Bekannten zu treffen.«

Pellegrini fiel auf, dass sein Kollege die Familie nicht erwähnte. Möglicherweise war genau zu dieser der Abstand nötig geworden, weil es anders nicht mehr ging. Eine Familie konnte Rückhalt bieten; an dem Sprichwort »Blut ist dicker als Wasser« war durchaus etwas dran. Manchmal konnte die Nähe allerdings zur Belastung werden.

»Ich bin jedenfalls froh, dass du da bist.« Freundlich schlug Pellegrini ihm auf das kräftige Kreuz. »Du machst gute Arbeit. Aber vergiss nicht, dass es darüber hinaus noch andere wichtige Dinge im Leben gibt.«

Gruber wandte sich ihm zu. Er nickte einen Moment lang ganz ernst, bevor es in seinen Mundwinkeln zuckte. Sein Grinsen sprang sofort auf seine Augen über. »Gutes Essen zum Beispiel. Es ist zwar noch etwas früh für ein Abendessen, aber was meinst du, bekomme ich in eurem Restaurant eine Pizza?«

»Ach, Tonio, wenn sich doch alle Probleme mit einer guten Pizza lösen ließen. Was möchtest du essen? In dieser

Hinsicht kann Sergio dir eine Menge Wünsche erfüllen, da bin ich sicher.«

4

Spagnoli parkte ihre Yamaha vor dem Krankenhaus und setzte den Helm ab. Sie war gespannt auf Grubers Erklärung, was sie hier sollte, aber sie war sicher, dass er gute Gründe hatte. Dennoch hoffte sie, dass sie hier niemand bei ihrem Tun erwischte. Sie kam sich vor wie auf einem Raubzug. Es war inzwischen sieben Uhr, der Himmel wolkenverhangen und stockfinster.

Zielstrebig lief sie die Korridore des Krankenhauses entlang bis zum Zimmer von Dagmar Bruchsitter. Sie klopfte kurz an, trat ein und fand das Zimmer genau so vor, wie sie es sich erhofft hatte: leer. Die Deutsche lag nach wie vor auf der Intensivstation, aber ihre persönlichen Gegenstände waren noch hier. Rasch schloss Spagnoli die Tür. Sie schaltete das Licht ein und blinzelte kurz geblendet, bevor sie sich dem Nachttisch näherte. Dort lag ein leeres Tablettendisplay, daneben eine Brille, außerdem eine halb volle Plastikflasche Wasser und ein Glas.

Genau darauf hatte Spagnoli spekuliert. Sie zog einen Plastikbeutel aus dem Rucksack und steckte das Glas hinein. Nach kurzem Zögern nahm sie auch die Wasserflasche in einem zweiten Beutel mit. Je mehr Chancen Borgheses Team auf einen guten Fingerabdruck von Dagmar Bruchsitter hatte, desto besser. Auch wenn Spagnoli der Gedanke, die Deutsche könnte ihren Ehemann umgebracht haben, immer noch absurd erschien.

Sie schaute sich noch einmal um, konnte aber nichts weiter entdecken, was gute Abdrücke versprach. Das meiste von Dagmar Bruchsitters Gepäck war gar nicht bis ins Krankenhaus gelangt, sondern der Tochter übergeben worden. Diese hatte ihrer Mutter bisher nur ein wenig Kleidung und Toilettenartikel gebracht. Kurz überlegte Spagnoli, auch die Zahnbürste mitzunehmen, aber das wagte sie dann doch nicht. Das Glas würde niemand vermissen. Falls die Abdrücke mit den auf dem Störsender sichergestellten übereinstimmten, musste sie ohnehin noch einmal für einen offiziellen Abgleich sorgen.

Sie verließ das Zimmer. Im Foyer hörte sie plötzlich jemanden ihren Namen rufen. Verwundert – und mit einem Anflug von schlechtem Gewissen, weil sie sich fühlte wie eine Diebin – wandte sie sich um. Eine junge, asiatisch aussehende Frau in Winterjacke und Jeans winkte ihr aus einiger Entfernung zu. Spagnoli erkannte erst auf den zweiten Blick, dass es sich um eine Assistenzärztin handelte, die sie schon an der Seite des Rechtsmediziners gesehen hatte.

»Ispettrice Spagnoli, richtig? Was machen Sie denn noch hier?«, fragte sie, als sie nahe genug herangekommen war. »Hat El Gato Sie doch noch angerufen und herbeordert? Eigentlich wollte er damit bis morgen früh warten.« Sie lächelte verständnisvoll. »Ihr Arbeitstag ist auch endlos, genau wie meiner, oder?«

»Was meinen Sie? Nein, ich war eher zufällig in der Gegend. Ich wollte nachsehen, ob es Dagmar Bruchsitter besser geht. Wieso behandelt jetzt El Gato? Der zuständige Arzt, der uns heute Morgen angerufen hat, war ein anderer.« Es gelang Spagnoli nicht, sich an den Namen ihres Gegenübers zu erinnern.

»Ja, schon richtig.« Die Ärztin zögerte. »Aber wenn Ihnen niemand Bescheid gegeben hat, sollte ich jetzt besser nichts mehr sagen.«

Spagnoli schmunzelte. »Jetzt machen Sie mich neugierig. Wissen Sie, jegliche Informationen und Verdächtigungen sind bei mir immer in den besten Händen. Und wenn Ihr Chef uns sowieso anrufen wollte … verraten Sie es mir?«

Sie sah der jungen Frau an, wie diese innerlich mit sich rang. Erst zog sie eine Grimasse, dann zeigte sie zum Ausgang. Draußen vor der Tür atmete sie tief durch. »Versprechen Sie mir, dass Sie mich nicht verraten und morgen, wenn El Gato Sie anruft, so tun, als wüssten Sie von nichts?«

»Kein Problem. Vielleicht ruft er ja auch meinen Kollegen an, dann wird es noch einfacher.«

»Also gut. Wir wissen jetzt, warum Dagmar Bruchsitter wieder ins Koma gefallen ist. Wir konnten unsere Vermutung bestätigen und eine Überdosis Schmerzmittel nachweisen. Eine verdammt hohe Überdosis Metamizol.«

»Novalgin.«

»Richtig, das ist der Handelsname.«

»Könnte ihr das jemand verabreicht haben?«

»Möglich wäre es.« Wieder ein Zögern.

Spagnoli begriff. »Sie glauben, dass Signora Bruchsitter die Tabletten selbst genommen hat.«

»Das liegt nahe.« Sie verschränkte die Hände. »Die Patientin hat einiges an schmerzstillenden Medikamenten erhalten, in den ersten Tagen vor allem intravenös. Aber von Anfang an hat sie für zusätzlichen Bedarf vier Tabletten Novalgin täglich erhalten. Es sieht so aus, als hätte sie diese gesammelt und dann alle auf einmal genommen.«

Spagnoli schaute sie erschrocken an. »Also ein Suizidversuch?«

»Sie sind von der Polizei.« Die Ärztin lächelte traurig zu ihr auf. »Können Sie mir erklären, wie ein Mensch einen anderen dazu bringen könnte, mehr als vierzig Tabletten zu schlucken, ohne dass dieser sich wehrt und ohne dass jemand vom Personal etwas mitbekommt?«

»Vierzig!«

»Sie ist seit zwölf Tagen hier. Ich sagte doch, eine verdammt hohe Überdosis.«

»Oddio!« Spagnoli wurde schwindelig. Mit dieser neuen Information bekam Grubers Verdacht, Dagmar Bruchsitter höchstpersönlich hätte den Störsender im Mercedes platziert, plötzlich ein völlig neues Gewicht.

»Geht es Ihnen gut? Sie sind ganz blass geworden.« Die Ärztin beugte sich besorgt näher.

Spagnoli hielt sich gerade noch davon ab, ihre Jackentaschen nach der Zigarettenschachtel zu durchsuchen. Wann würde sie diese nervtötende Angewohnheit endlich loswerden? »Es geht schon.« Energisch zwang sie sich ein Lächeln auf die Lippen. »Aber ich verrate Ihnen auch etwas: Mein Kollege hat seit Kurzem den Verdacht, dass die Patientin das Auto selbst manipuliert und den Unfall herbeigeführt hat.«

»Was?« Ihr Gegenüber riss die Augen auf. »Aber dann wäre Signora Bruchsitter die Mörderin? Sie soll ihren Mann umgebracht haben? Aber warum? Und wie?«

»Wir sind hoffentlich gerade dabei, das herauszufinden.« Spagnolis Lächeln erstarb. Sie hatte die ältere Deutsche nicht gerade sympathisch gefunden, aber letzten Endes hatte sie sie nicht gekannt. Sie waren einander erst vor wenigen Tagen hier am Krankenhausbett begegnet. Jetzt bedauerte sie die Frau. Dass jemand verzweifelt genug war, um sein Leben beenden zu wollen, war schlimm genug. Aber auch noch einen anderen Menschen mit sich in den Tod zu reißen, war dramatisch.

Unweigerlich wanderten ihre Gedanken zu Gianluca. Sie fasste den Entschluss, sich mehr um ihn zu kümmern und ihn davon zu überzeugen, sich professionelle Unterstützung zu suchen. Und wenn sie ihn notfalls persönlich zur Therapie schleifen musste.

Die Ärztin schien zu spüren, dass Spagnoli mit den Gedanken woanders war. Sie gab ihr die Hand. »Sie haben wirklich keinen leichten Job. Ich könnte den nicht machen. Ich wünsche Ihnen alles Gute. Wenn ich etwas für Sie tun kann, lassen Sie es mich wissen.«

Spagnoli erwiderte den Händedruck. »Ich habe keinen leichten Job? Wir haben beide täglich mit dem Tod zu tun, oder nicht? Nur auf etwas andere Weise.«

»Es gibt gute und schlechte Tage.« Die junge Frau zuckte mit den Schultern, scheinbar gleichgültig, aber Spagnoli durchschaute sie. Die Vorstellung, dass eine Patientin sich möglicherweise selbst töten wollte oder einen anderen Menschen getötet hatte, ging nicht spurlos an ihr vorüber.

Ein letztes Mal lächelte Spagnoli, um ihrem Gegenüber etwas Zuversicht zurückzugeben. »Ein guter Kollege von mir sagt immer, dass wir uns hoffentlich nie daran gewöhnen werden. Sobald das der Fall ist, sollten wir kündigen. Die Betroffenheit ist das, was uns zu Menschen macht.«

Die Miene der Ärztin entspannte sich, dann nickte sie resolut. »Ein kluger Rat. Und natürlich dürfen wir nie so betroffen sein, dass es uns mitreißt. Ich bin noch dabei, meine Schutzmauern aufzubauen und die berühmte gesunde Distanz zu finden. Ich werde mich ab jetzt immer wieder an Ihre Worte erinnern.«

»Das freut mich. Machen Sie es gut.« Mit diesen Worten verabschiedete Spagnoli sich und ging zu ihrem Motorrad. Da hatte sie nun also die Erklärung, warum sie überhaupt hatte herfahren sollen. Sie hatte kaum noch Zweifel, dass die Täterin des Mordes an Hans-Peter Bruchsitter hier auf der Intensivstation lag und um ihr Leben rang – oder den Tod herbeisehnte.

Wieder einmal haftete der Aufklärung die traurige Erkenntnis an, dass es in den meisten Fällen mehr als nur ein Opfer gab. Was war in dieser Familie vorgefallen? Die Antwort auf diese Frage fehlte noch. Spagnoli war sicher, dass es bei den Bruchsitters noch weitaus dunklere Geheimnisse gab, als es nach außen hin schien.

Sie hatte diese Erfahrung als Kind selbst gemacht. Ihre Eltern, besonders ihre Mutter, hatten den Alkoholmissbrauch, die Schläge lange geheim gehalten. Laura Spagnoli hatte sich geschämt – geschämt dafür, dass ihr Mann sich für seine Sucht keine Hilfe gesucht und den Frust über sein mieses Leben stattdessen an seiner Frau ausgelassen hatte. Erst als Spagnolis Bruder Natale alt genug gewesen war, um zu begreifen, was vor sich ging, hätte sich etwas ändern können. Doch da war es bereits zu spät gewesen.

Auch für Dagmar Bruchsitter und ihren Ehemann war es nun zu spät.

Sonntag, 18. Oktober

I

Spagnoli stand neben Gruber am Seeufer unterhalb des Monumento ai Caduti und beobachtete die beiden Schwestern. Caroline und Nicole schlenderten einträchtig nebeneinander am Wasser entlang. Hin und wieder berührte die eine die andere scheu an der Hand oder am Arm. Drei Tage waren vergangen, seit die Mutter der beiden die Überdosis Schmerzmittel genommen hatte, und vierundzwanzig Stunden, seit sie an den Folgen verstorben war.

Es war kühl geworden, bedeckt und windig. Nur hin und wieder blitzte die Sonne zwischen den dahintreibenden Wolken durch. Schaumkronen kräuselten sich auf den Wellen des tiefdunklen Sees.

»In jeder Katastrophe steckt auch die Chance für einen Neubeginn«, murmelte sie halblaut. »Dazu gibt es sogar ein Sprichwort, oder nicht? Der genaue Wortlaut fällt mir gerade nicht ein.«

Gruber brummte zustimmend. »Wer die beiden sieht, würde niemals glauben, dass sie sich nicht besonders gut verstehen. Vielleicht haben sie begriffen, dass sie mehr verbindet, als sie trennt.«

»Sie brauchen einander. Jetzt, wo beide Eltern tot sind, wird es einiges zu klären geben. Wenn sie darüber hinaus wieder zueinanderfinden, umso besser für sie.« Unwillkürlich dachte sie an Gianluca. Am Wochenende hatten sie ein erstes Gespräch geführt, wie es weitergehen sollte, und er hatte sich offen gezeigt, Hilfe in Anspruch zu nehmen. Das war ein Anfang. Spagnoli war eine Last von den Schultern gefallen. Denn nicht nur brauchte ihr Bruder sie, sondern auch umgekehrt, das hatte sie in den letzten Tagen eingesehen.

Gruber reckte die Schultern und schob die Hände in die Taschen seiner Jeans. Ganz in Gedanken kickte er einen Kiesel über den gepflasterten Platz.

»Dann ist diese Ermittlung jetzt beendet?«, fragte Spagnoli.

»Sieht so aus. Ein seltsamer Fall.« Gruber atmete durch und starrte auf den See. Spagnolis Blick folgte seinem zu den auf dem Wasser dahintreibenden Ästen und dem Müll der modernen Gesellschaft dazwischen. Eine Coladose tanzte wie eine Boje auf den Wellen auf und ab.

»Seltsam? Inwiefern? Ich würde eher sagen, dass er am Ende einen sehr klassischen Verlauf genommen hat. Wir haben Informationen gesammelt und zusammengesetzt, bis alles gepasst hat. Die Spurensicherung hat uns mit Fingerabdrücken und DNS Beweise geliefert, die unsere Annahmen untermauern.«

Gruber brummte zustimmend.

Der Anfangsverdacht gegen Dagmar Bruchsitter hatte sich erhärtet. Caroline, die im Laufe des Samstags aus Köln angereist war, hatte ihnen bestätigt, dass ihre Mutter sehr wohl in der Lage wäre, einen potenten Störsender zu bauen und zu programmieren. Und schließlich berichteten auch beide Schwestern von dem Frust, der sich in Dagmar Bruchsitter aufgestaut haben musste. Der Ehemann und Vater, nach außen hin freundlich und fürsorglich, hatte sich innerhalb der Familie offenbar als Alleinherrscher und Patriarch aufgespielt und sich im Laufe der Jahre immer weiter in diese Rolle hineingesteigert. Auch hatte er sich als erfolgreicher Geschäftsmann und Unternehmensgründer inszeniert, Letzteres sogar, obwohl allseits bekannt war, dass er einen bestehenden Betrieb aufgekauft hatte. Damit nicht genug: Laut Caroline basierten zwei der sechs Patente der Firma auf dem Wissen seiner Ehefrau. Sie hatte nach ihrer Flucht aus der DDR noch einige Jahre lang gearbeitet und die Grundlagen dafür geschaffen, was später von Angestellten weiterentwickelt worden war. Das bestätigte sogar Michael Schmidt auf Spagnolis und Grubers Nachfragen. Hans-Peter war der strahlende Macher, seine Frau ein unsichtbares Anhängsel – so Nicoles bittere Worte, die sich Bahn brachen, sobald sie ins Reden gekommen war. Nicht nur sie, auch ihre Mutter war dem Vater nie gut genug gewesen, keine von beiden hatte hoch in seiner Gunst gestanden. Am Ende genügte nicht einmal seine bevorzugte jüngere Tochter Caro seinen Ansprüchen. Und anstatt dass die beiden Schwestern mit ihrer Mutter eine Allianz schmiedeten, um sich gegenseitig zu unterstützen, hatten sie gegeneinander gearbeitet. Dagmar Bruchsitter, so stellte sich heraus, war seit Jahren wegen Depressionen in Behandlung.

Geholfen hatte es ihr nicht.

Am Samstagabend war sie im Beisein ihrer Töchter verstorben, ohne noch einmal das Bewusstsein wiederzuerlangen. Sie hatte vollbracht, was sie, wohl schon einige Wochen vor der letzten Reise an den Comer See, geplant hatte. Gruber hatte noch am Freitag mit einer langjährigen Freundin Dagmar Bruchsitters gesprochen, die Caroline ihm benannt hatte. Diese hatte erzählt, Dagmar Bruchsitter sei ungewöhnlich aufgekratzt gewesen, habe davon gesprochen, dass dies eine ganz besondere Reise, ein außergewöhnlicher Urlaub werden sollte und sie für ihren Mann eine Überraschung geplant habe.

Als Gruber Spagnoli davon berichtete, überlief es sie eiskalt. Ihr kamen Pellegrinis Worte in den Sinn, der immer wieder betonte, dass niemandem Mordabsichten anzusehen waren. Und dennoch hatte sie sich gefragt, ob nicht diese Freundin, die Töchter, der behandelnde Arzt, die Therapeutin, ob nicht *irgendwer* etwas hätte merken müssen.

Aber vielleicht war genau das die bittere Erkenntnis: dass Dagmar Bruchsitter auf die Rolle als Ehefrau und Mutter reduziert worden war, ohne jemals sie selbst sein zu können. Und so hatte sie in diesen Rollen nach außen hin geglänzt, und niemand hatte bemerkt, was sich hinter dieser Fassade aufgestaut hatte und schließlich gleich einem Überdruckventil geplatzt war.

»Erde an Claudia? Hallo? Was ist denn los?«

Sie wurde sich bewusst, dass Gruber sie aufmerksam musterte, und das vielleicht schon seit einer ganzen Weile.

»Dieser Fall ist seltsam, da hast du schon recht. Und er geht mir nahe«, bekannte sie. »Wieder einmal, das ist mir schon mal passiert. Ich frage mich gerade, ob mein früherer Kollege nicht doch recht hatte und ich zu emotional für diesen Job bin.«

»Welcher Kollege? Marco?«

»Nein, der würde so etwas nie sagen! Fabio Cunego, dein Vorgänger.«

»Wer auch immer so etwas behauptet, es ist Quatsch! Glaubst du etwa, ich mache mir keine Gedanken? Wenn ich mir vorstelle, dass meine Mutter meinen Vater … oder umgekehrt … Beides gleich gruselig.« Schaudernd rieb er sich die Hände.

Sie lachte und fühlte sich schon ein klein wenig besser. Manche Dinge änderten sich eben doch. Sie war eine Frau, und sie war nicht unsichtbar.

Bevor sie etwas erwidern konnte, kamen Caroline und Nicole auf sie zu. Beide wirkten traurig, aber gefasst. Ihre Differenzen schienen sie für den Moment begraben zu haben.

Nicole ergriff mit einem kurzen Blick zu ihrer Schwester das Wort und wandte sich an Gruber. Geduldig wartete Spagnoli, bis der für sie übersetzt hatte. »Sie bedanken sich und wollen wissen, ob unsere Ermittlungen jetzt abgeschlossen sind.«

»Denke schon.« Spagnoli lächelte höflich. »Sofern wir keine neuen Erkenntnisse haben oder eine der beiden jetzt noch ein Geständnis ablegt?«

Caroline, die gut genug Italienisch verstand, schüttelte erschrocken den Kopf.

»Gut!« Gruber schmunzelte. Er sagte etwas auf Deutsch und wiederholte dann auf Italienisch: »Dann wünschen wir Ihnen alles Gute. Sofern Sie noch etwas benötigen oder loswerden wollen, melden Sie sich.«

Nicole streckte die Hand aus. *»Grazie e buona giornata.«* Plötzlich hatte sie es sehr eilig, wegzukommen.

Verwirrt starrte Spagnoli den Schwestern hinterher und fragte sich kurz, ob sie den beiden ein gemeinsames Mordkomplott an den Eltern zutrauen würde. Dann schüttelte sie den Gedanken ab. Dafür gab es keine Indizien, es war nicht logisch.

Gruber klopfte ihr auf die Schulter und schob sie vom See weg in Richtung Altstadt. »Nicht dass es doch dieser Dichter war, dessen Werke Dagmar Bruchsitter in der Zeitung gelesen hatte«, meinte er schmunzelnd.

Spagnoli blickte ihn alarmiert an. »Meinst du das ernst?«

»Überhaupt nicht. Warum? Hast du Zweifel?«

»Eigentlich nicht. Trotzdem ist es anders als normalerweise nach einem gelösten Fall.«

»Ich verstehe dich, Claudia. Aber alles spricht für einen erweiterten Suizid der Mutter. Um den Störsender auszulösen, hätte eine von beiden in der Nähe sein müssen. Und um die Fingerabdrücke auf dem Jammer zu fälschen, wäre ein erheblicher Aufwand vonnöten gewesen.« Er brach ab und blickte sie ernst an. »Kann es sein, dass dies deine erste Ermittlung ohne ein Geständnis ist? Ohne das Bekenntnis der Tatperson, die dir ins Gesicht sagt: ›Ja, ich war es‹?«

Verblüfft erwiderte sie seinen intensiven Blick. »Jetzt, wo du es sagst ... Ja, vielleicht ist es das.« Der Gedanke war ihr noch gar nicht gekommen. Aber es stimmte. Bisher hatten sie letzten Endes immer ein mehr oder weniger ausführliches Geständnis aufnehmen können. Sogar im Falle des toten Carabiniere – auch wenn der Täter nicht mehr ganz zurechnungsfähig gewesen war, so hatte er doch Pellegrini gegenüber seine Schuld zugegeben.

»Dann komm«, meinte Gruber freundlich. Er zog eine Mütze aus der Tasche und verbarg seinen Rotschopf darunter. »Ich wollte noch zur Questura und mit dem unvermeidlich anstehenden Papierkram beginnen. Kommst du mit?«

»Eigentlich wollte ich ... Hast du denn gar kein Privatleben? Es ist Sonntag.«

»Das ist kompliziert.«

»Beziehungsstress?«

»So in der Art.«

»Das wird schon.«

Er erwiderte nichts.

Schweigend gingen sie am Seeufer entlang durch die Giardini del Tempio Voltiano. Spagnoli hätte sich lieber verabschiedet. Andrea Lorenzo wartete in ihrer Wohnung, um den Rest des Tages mit ihr zu verbringen. Natürlich hatte er Verständnis dafür gehabt, dass sie den Fall zum Abschluss bringen wollte. Ebenso selbstverständlich würde er respektieren, wenn sie ihren Kollegen jetzt noch nicht allein lassen wollte. Und so haderte sie mit sich.

»Pass auf, Claudia, begleite mich noch kurz bis ins Büro.

Dann telefonieren wir mit Marco und bringen ihn auf den neuesten Stand. Es wird ihn interessieren, wie das alles jetzt ausgegangen ist. Ich würde mich freuen, wenn du dabei wärst. Und dann komme ich allein zurecht.«

Wider Willen brachte er sie mit diesen Worten zum Lächeln. »Wirklich?«

»Ich bin ein großer Junge, hast du letztens selbst gesagt.« Er grinste.

»Also gut. Versuchen wir, Marco per Videocall zu erreichen, damit er heute wenigstens noch ein paar andere Gesichter zu sehen bekommt als das von einem Baby.«

2

Eine halbe Stunde später betraten sie das Großraumbüro, das an diesem Sonntagmittag verwaist dalag. Schon von der Tür aus erblickte Spagnoli einen übergroßen Blumenstrauß auf ihrem Schreibtisch.

Gruber bemerkte ihn ebenfalls. »Was ist das denn, Claudia? Hast du mir einen heimlichen Verehrer verschwiegen?«

»Ich bin genauso überrascht wie du.« War der von ihrem Bruder? Als erstes Zeichen der Wiedergutmachung?

Neugierig durchquerten sie im Laufschritt den Raum. Es war ein großer Strauß aus Astern, Efeu und Gerbera in herbstlichen Farben.

Spagnoli nahm die Karte, die danebenstand, und reichte sie sofort weiter. »Da steht Antonio Gruber drauf. Dann bist du es, der den Verehrer verschweigt.«

Falls er bemerkt hatte, dass sie absichtlich die männliche Form gewählt hatte, ignorierte er das. »Was? Für mich? Das wird ja immer spannender.« Er klappte die Karte auf und las, dann lachte er auf. »Von Sonia Borghese. Ihr Chef Zanotti ist bis auf Weiteres beurlaubt. Da sie nicht wusste, wo mein Schreibtisch ist, hat sie den Strauß hier hinterlassen. Das ist ja süß. Ich habe doch nicht mehr getan als du, nur dem Questore gegenüber ausgesprochen, was ich denke. Hier, kannst du gern lesen, wenn du möchtest.«

»Und? Was denkst du? Über Aldo Zanotti, meine ich.« Spagnoli überflog die Karte.

»Dass er ein fauler Trottel ist und Sonia Borghese die gesamte Arbeit macht. Und das habe ich Ruscon auch gesagt. In diplomatischen Worten selbstverständlich.«

»Damit hast du für diese Erkenntnis nur ein paar Wochen gebraucht. Bei einigen anderen ist das bis heute nicht durchgedrungen.«

»Marco hat doch mit Ruscon auch schon gesprochen, oder nicht? Ich meine, er hätte so etwas erwähnt.«

»Ja. Das ist schon eine Weile her. Geändert hatte sich danach leider nichts. Vielleicht brauchte es mal den frischen Blick von außen, um Ruscon davon zu überzeugen. So, nimmst du das Gemüse mit zu deinem Schreibtisch, damit ich wieder Platz zum Arbeiten habe?«

»Eigentlich ist das ja immer noch Marcos Schreibtisch. Ich sitze nur übergangsweise auf seinem Platz. Komm, wir rufen ihn an, und dann nehme ich den Strauß mit nach Hause.«

3

Pellegrini legte das Smartphone auf den Wohnzimmertisch. Stille senkte sich über den Raum, nachdem er den Videocall mit Spagnoli und Gruber beendet hatte. Die beiden hatten durcheinandergeplappert wie zwei aufgeregte Kinder. Er konnte ihre Euphorie über das Ende der Ermittlung nachvollziehen. Und wenn er erst einmal wieder ausgeschlafen war, würde er sie vielleicht auch empfinden. Im Moment war er nach zwei weiteren durchwachten Nächten einfach viel zu müde und zu keiner großen Gefühlsregung fähig.

Er stand von der Couch auf und ging zum Fenster. Doch, er fühlte etwas. Erleichterung. Auf eine erschöpfte Art. Der Unfallhergang war aufgeklärt, die Mörderin entlarvt. Juristisch würde es keine Konsequenzen geben, da Dagmar Bruchsitter ebenfalls verstorben war.

Es hatte ihm gutgetan, Teil der Ermittlungen zu sein, wenn auch nur inoffiziell. Sich auf die Gespräche und Erkenntnisse zu konzentrieren, hatte ihn abgelenkt. Sich um Emma zu kümmern, war die eine Sache: Er tat es gern, und es gab ihm sogar ein Stück weit Frieden. Aber die Sorge um Franca machte ihn fertig. Weitere zwei Wochen waren ins Land gegangen, und es hatte sich rein gar nichts verändert.

Der Ausblick auf den See beruhigte ihn, obwohl die Natur in herbstlichem Aufruhr war. Der Wind war stärker geworden, und das Wasser schäumte unruhig. Die Wellen schoben sich übereinander und brachen. Wenn die Böen darüber hinwegfegten, erschauderte die Wasseroberfläche wie mit einer Gänsehaut. Dazu tanzten winzige weiße Punkte, vermutlich Möwen oder andere Wasservögel. Auf der Liegewiese des Albergo konnte Pellegrini beobachten, wie der Wind die Oleanderbüsche zerzauste und den Hortensien die Blätter von den Stängeln zupfte. Beinahe war ihm, als könnte er das Rascheln der verwelkten voluminösen Blüten hören.

Die Türklingel riss ihn aus seinen Gedanken. Einen Moment lang war er versucht, nicht zu öffnen. Er befürchtete, es könnte Nicole sein. Auch wenn sie sich nicht als Mörderin entpuppt hatte, stand ihm nicht der Sinn danach, mit ihr zu plaudern oder sich auch nur von ihr zu verabschieden. Es war nicht so, dass er gar kein Mitgefühl für sie aufbrachte. Was sie und ihre jüngere Schwester durchmachten, wünschte er niemandem. Aber wenn sie eine Schulter zum Ausweinen brauchte, sollte sie sich an ihren Ex-Mann halten.

Er wartete einen Moment ab, aber es folgte kein zweites Klingeln. Wieder breitete sich die Stille in der kleinen Wohnung aus. Pellegrini fiel nicht zum ersten Mal auf, wie gern er hier im Gartenhaus lebte. All die Jahre hatte er versucht, auf Distanz zu gehen, sich vom Albergo, so gut es ging, fernzuhalten. Die Rückkehr war nicht ganz freiwillig geschehen, aber jetzt fühlte sich alles so richtig an. Seine Familie gab ihm Rückhalt, sogar mit seinem Vater verstand er sich besser denn je, obwohl sie kaum miteinander sprachen. Oder vielleicht gerade deswegen. Zwischen ihnen herrschte eine friedliche Wortlosigkeit, so zumindest empfand Pellegrini es.

Alles fügte sich wie von allein.

Dann klingelte es völlig unerwartet doch ein zweites und direkt ein drittes Mal. Erschrocken zuckte er zusammen. Er hatte schon längst wieder vergessen, dass jemand etwas von ihm wollte. Mit einem leisen Seufzen ging er zur Tür. Falls es diese unerträgliche Nicole war, musste er sie ja nicht hereinlassen. Und vielleicht war es ja doch etwas Dringendes.

Pellegrini drückte auf den Summer, öffnete die Wohnungstür und hörte jemanden die Treppe heraufstürmen.

»Endlich! Warum gehst du nicht ran, wenn ich dich anrufe?« Alessandra fragte erst gar nicht, ob er Zeit hatte oder sie ungelegen käme. »Wo ist Emma? Schläft sie?«

»Nicht mehr lange, wenn du weiter so einen Lärm machst. Was gibt es?«

»Du musst sie fertig machen und mitnehmen. Ich habe eine Überraschung für dich.«

»Eine Überraschung? Ich kann doch jetzt nicht einfach … Lexi, was ist denn los?« Ganz kurz rauschte es in seinen Ohren, hatte er Sorge, es könnte etwas passiert sein. »Ist etwas mit Carlo?« Der alte Mann hatte seit ein paar Tagen einen Infekt. Nichts, was einen wie ihn aus der Bahn werfen würde, wie er selbst meinte – was der Rest der Familie aufgrund seines hohen Alters naturgemäß etwas anders sah.

»Carlo? Wieso? Bah! Nein, dem geht es gut!« Sie lachte auf und drückte ihn kurz übermütig an sich. »Seit wann sind Überraschungen etwas Schlechtes? Und was sollte das mit Emma zu tun haben? Wo ist dein *telefonino*?«

Verlegen winkte er ab und rieb sich mit dem Daumen über die Narbe auf seiner Wange. »Ich bin wohl einfach zu müde, um mich vernünftig überraschen zu lassen.« Er wandte sich ab, blickte sich suchend um und entdeckte sein Smartphone auf dem Wohnzimmertisch. Gerade, als er es in die Hand nahm, vibrierte es. Ein Anruf von einer ihm unbekannten Festnetznummer aus Como.

»Sicher nur wieder eine Befragung oder ein Call Center. Bekommst du auch in letzter Zeit immer wieder Textnachrichten, in denen jemand behauptet, er wäre dein Sohn und hätte eine neue Nummer?«

»Nicht wegdrücken! Du nimmst diesen Anruf jetzt sofort an!«, unterbrach Alessandra ihn hektisch.

Pellegrini schüttelte gereizt den Kopf und folgte ihrem Befehl. Währenddessen machte seine Schwester auf dem Absatz kehrt und ging ins Schlafzimmer, wo Emma noch immer friedlich schlummerte.

»Pronto!«

»Ciao, Marco. Es tut mir leid, wenn ich mich erst jetzt melde, aber ich brauchte ein wenig Zeit.«

Er starrte auf das Display, die unbekannte Nummer. »Franca?«

Hatte Alessandra das gewusst? Eingefädelt?

»Ja. Ich bin's. Ich rufe aus der Klinik an, ich habe mein Smartphone gar nicht hier.«

Pellegrinis Knie wurden weich. Rückwärts sank er auf die Couch. »Es tut gut, dich zu hören. Wie geht es dir?« Seine Stimme klang kratzig. Er hatte Mühe, überhaupt zu sprechen, die Worte richtig aneinanderzureihen, sodass sie Sinn ergaben.

Sie ging nicht auf seine Frage ein. »Ich habe gehört, dass du mir jemanden vorstellen wolltest. Ihr habt sie Emma genannt?«

»Den Namen haben ich und Lexi ausgesucht, aber …«

»Es ist ein schöner Name, Marco. Ich bin sicher, er passt zu ihr. Wie ist es, kommt ihr?«

Er war nicht mehr in der Lage, auch nur ein einziges weiteres Wort hervorzubringen. Und so nickte er einfach. Aber er war sicher, dass Franca die Antwort schon kannte.